성소년

성소년

이희주
장편소설

문학동네

차
례

성소년

007

작가의 말

343

응랑 산장에서 시신 2구 발견

지난 3일 강원도 응랑에서 발생한 인질극 현장을 조사하던 경찰이 시신 2구를 발견했다. 시신의 신원은 산장의 원소유주이자 얼마 전 타계한 나래어린이재단 이사장 최경섭씨(74)의 외손자 신 모씨(20)와 서면파출소 소속 순경 서 모씨(26)로 확인되었다.

이로써 응랑 산장 인질극 관련 사망자는 범인 이 모씨(40)를 포함. 총 3명으로 늘어났다. 실종자는 1명이다.

괜찮아요? 늦지 않았나요? ……아니요, 커피는 괜찮아요. 빨리 걸었더니 땀이 비 오듯 하네요. ……하하, 어려서 그렇다구요. 감사합니다. 사실 내일이 생일이에요. 기뻐할 만한 날이지만, 글쎄요. 솔직히 울적하기도 합니다. 아뇨, 나이를 먹는 게 두려워서가 아니라…… 중요한 시점에서 조금씩 떠밀려가는 기분이 들어서 그래요. 그애가 사라진 다음해에 내가 태어났고, 그로부터 벌써 이십 년이 넘게 지났다는 걸 생각하면 장미 케이크 위로 벨벳 같은 촛불이 일렁이는 걸 보아도 영 입꼬리가 올라가질 않거든요.

그렇다고 항상 애상에 잠겨 있기만 한 건 아닙니다. 그때 나는 눈에 보이지 않는 작은 세포 덩어리에 불과했지만 우리 둘이 짧게나마 같은 시간을 공유했다는 건 나의 자랑이기도 하거든요. 이런 경우도 있잖아요. 미술관을 걷다 불현듯 오래된 그림 속 인물과 사랑에 빠지는…… 그에 비하면 나는 운이 좋은 셈이지요. 적어도 한순간은 그애와 같은 강물에 발을 담갔으니까요. 아무리 인류의 역사가 반복의 연속이라고 해도 그애는 다신 없을 하나이니…… 글쎄요, 그걸 뭐라고 표현하면 좋을까요? 축복이라고 해야 할까요? 아니면, 운명이라고?

여러분도 그렇게 생각하지요? 모두 하나뿐인 그애를…… 사랑하고 계시지요? 아직까지? ……대단하네요. 나도, 여러분도. 그애도 그렇고요. 나는 죽은 사람이 남길 수 있는 가장 가치 있는 유산이 재산이라고 생각했는데, 저 문을 열고 들어오는 순간 그게 아니라는 걸 깨달았어요. 나를 돌아본 여러분의 그 빛나는 눈동자. 이미 세상에 없는 사람을 이토록 오래 돌아보게 하는 힘은 돈으로 만들 수 없죠. 죽음을 이기는 힘은, 고루하지만 여전히 사랑밖에 없는 거예요……

그 표현을 쓰지 말라고요…… 미안합니다. 아녜요, 당신의 말이 옳아요. 육체의 행방을 알지 못한다는 것이 곧 죽음을 뜻하진 않으니까요. 정말 미안합니다. 다시 하던 일로 돌아가보아요. 무얼 하고 계셨나요? 사진을 꺼내 보고 있었군요. 가장 좋아하는 사진을. 다들 무얼 고르셨어요? 봐도 되나요? 아, 나도 그 사진 좋아해요. 열여덟 살 때? 이때만 해도 볼이 통통했지요. 젖살이 덜 빠져서 어딘가 부은 듯한 인상이에요. 앞니가 조금 커서 어린아이 같아요. 몸은 깡말라서 휘적휘적. 아직 팔다리의 사용법을 모르는 듯한 인상이에요. 춤을 출 때도 그랬어요. 열심히는 하지만 위태롭고 우습고 사랑스러웠지요.

아, 그 사진도 훌륭하네요. 이건 열아홉 살 늦봄에. 맞지요? 밤에 찍은 사진이라 플래시가 터졌군요. 건조하고 창백한 얼굴. 살짝 찡그린 눈. 피로에 눈 밑이 움푹 팬 그애가 생각에 잠긴 듯한 표정으로 인파를 헤치며 걷고 있어요. 검게 빨려들어가는 것처럼 나무들이 소실점을 향해 오른쪽으로 휘어져 있고, 그애의 앞머리도 같은 방향으로 넘어가 있어요. 품이 큰 티셔츠 위로 가느다란 허리의 윤곽이 드러나 있네요. 이 사진을 보면요, 정말 그해의 공기가 느껴져요. 살아본 적도 없는 90년대 말 어느 늦은 봄밤의 공기가요. 차갑고 습한 냄새. 환청 같은 소음과 안내섬광 같은 후미등의 궤적 뒤에 남은 배기가스 냄새. 젖은 흙 냄새. 이슬 맞은 밤꽃 냄새. 떨어져 죽은 열매가 풍기는 시큼한 냄새. 썩기 시작하는 묵직한 밤의 단내가 느껴져요. 눈을 감아보세요. 그리고 사진 위에 손을 올려보세요. 유령처럼 흰 그애의 등뒤에서 정말로 바람이 불어와요. 그렇죠? 느껴지지요?

그렇지만 제가 가장 좋아하는 건 이 사진이에요. 스무 살 때 찍은 사진. 검은 물에 반쯤 잠긴 듯 어두운 배경 위로 턱을 살짝 가슴 쪽으로 당긴 흰 얼굴이 떠올라 있어요. 요정 대모가 솜씨 좋은 왕궁 침모의 손을 빌려 심은 것처럼 빽빽한 머리칼이 보여요. 깊은 바다처럼 검고 차가운 눈동자가 이쪽을 또렷이 보고 있고요. 이때는 꽤 말랐어서 도공이 굵은 엄지손가락으로 쓸어낸 듯 광대뼈가 날카롭게 도드라져 보이네요. 턱도 고양이처럼 뾰족하고요. 귀에서 턱으로 이어지는 부드러운 살엔 갈색 반점이 하나 있어요. 주근깨처럼 연한 색깔의…… 네, 점이 꽤 많은 편이었지요. 얼굴과 몸에 한가득. 누가 잉크를 쏟은 것처럼요. 그애는 화장하는 데 오래 걸려 힘들다고 했지만 나는 그걸 단점이라고 생각한 적 없어요. 그애의 점은 말하자면, 페르시아산 카펫의 흠 같은 거였죠. 그들은 완벽함은 신만이 가질 수 있는 것이라고 생각해서 일부러 실을 한 올씩 빼둔다고 하잖아요. 그 빠진 올로 인해 진정한 아름다움이 완성되는 거죠.

다시 돌아갑시다. 버선처럼 끝이 오똑하게 올라간 코가 있고, 그 아래 무언가 말하려는 듯 살짝 벌어진 입술이 있네요. 그 사이로 보이는 아랫니는 그애 눈의 흰자위만큼 희어요. 막 낳은 바다거북의 알처럼 점액질이 묻은 촉촉하고 미끈한 눈. 끝이 뾰족한 황금 수저로 뜨면 그대로 푹 하고 말끔하게 떠질 것 같은, 푸른 닭이 낳은 순백의 달걀 같은 눈. 꼭 그와 같은 색의 이예요. 요정의 무덤에 세운 비석처럼 가지런한 이가 하나, 둘, 셋, 네 개. 만약 신이 내게 죽기 전에 원하는 걸 가질 수 있게 해준다면 난 그중 하나를 달라고 할 거예요. 그리고 그걸 마른 제비꽃잎으로 감싸 로켓에 넣은 뒤 목에 걸고 눈을 감겠어요. 혹은 영원히 녹지 않는 사탕처럼 입에 문 채 숨을 멈추거나요.

하지만 모든 찬사는 그애의 입술 아래 무너집니다. 활 모양의 윗입술과 도톰한 아랫입술. 물고기의 내장처럼 부드러운 그 입술엔 무지가 묻어 있거든요. 노인의 입술은 비겁한 자들의 입술처럼 안쪽으로 말려들어가 있다는 걸 모르는 무지요. 무지는 젊은 모두의 특권입니다. 성급한 시간은 그 권리를 앗아가지요. 그러나 모두가 음울한 학자처럼 많은 걸 알아버려도 그애만은 영원히 백치입니다. 그 순백의 무지가 내게 달콤한 슬픔을 안겨줍니다……

이렇게 그애의 죽음으로 되돌아가게 되었네요. 미안합니다. 다들 얘기하기 싫으신 거 알아요. 그래도 이제는 마주할 때가 된 것도 사실입니다. 알아요. 가십처럼 떠들어대고 싶지 않겠죠. 하지만 말예요, 우리가 아니면 누가 얘기하겠어요? 그애에게 아무런 관심도 없는 사람들이요? 단지 죽었다는 이유로 그애를 동정하는 사람들이요? 그냥 얘기해봐요, 우리끼리. 실은 알고 싶어서 견딜 수가 없잖아요. 말해지지 않은 게, 그 여자들과 그애에 대해 말해지지 않은 게 너무 많으니까요. 아니면 상상이라도 해봅시다. 생각은 죄가 아니잖아요. 어디에도 말하지 않고 우리끼리 이야기를 하나 만들어보는 거예요. 신이 세상을 만든 순서대로, 무대를 정하고 거기서부터 이야기를 시작합시다. 비가 내리는 깊은 산의 산장에서. 그래요, 그애가 있었던 작은 손님방 문 앞에서부터……

1

손님방 문 바로 안쪽의 원목 마루는 어긋나 있었다. 녹슨 못이 바닥이 꺼지는 것을 간신히 막고 있었지만, 삐걱대는 소리는 낮과 밤을 가리지 않았다. 오래된 산장인 만큼 사방에서 경고음이 울리는 건 당연했지만 그 자린 유독 심했다. 임시방편 삼아 깔아둔 낡은 러그도 소용없어 바람만 스쳐도 앓는 소리가 났다. 유령도 그 위를 조용히 통과하진 못할 듯했다.

단 하나의 예외가 있다면 나미였다. 그는 깡마른 나무토막 같은 몸을 잘 훈련된 뱀처럼 움직였다. 빠른 손은 정확했고, 환자의 오물을 치울 때도 표정 하나 변하지 않았다. 하나로 묶은 단발의 귀 머리가 빠져나오는 일도, 구김이 간 옷을 입거나 땀을 흘리는 법도 없었다. 무엇보다 손이 깨끗했다. 흠 하나 없고 손톱이 바싹 깎인 그 손은 정화 기능이 있는 것처럼 아무 냄새도 배지 않았다. 아무리 더러운 게 묻어도 가볍게 물로 한번 씻으면 막 태어난 것처럼 희어졌다. 향기 역시 남지 않기는 마찬가지여서, 그의 병간호를 받는 사람은 독한 비누 향을 풍기는 손이 떠주는 끈적한 유동식을 받아먹으며 방금 전 자신의 엉덩이 사이에서 일어난 생물학적 비극을 상기할 필요가 없었다. 그 손처럼 나미는 무색무취의 인물이었다. 무뚝뚝해 보이기는 했지만, 분별 있는 사람이라면 누구나 허물어져가는 육신을 지탱할 도구로 그를 탐낼 만했다. 어린아이도 그를 십 분만 관찰하면 아, 저런 게 천성이구나, 세상엔 타고난 간호사라는 게 있구나, 라고 생각할 것이 분명했다.

그러나 몸이 부자유한 이의 상상은 나쁜 쪽으로 뻗어가기 마련이다. 소년도 예외는 아니어서, 나미의 표정 없는 얼굴을 배려가 아닌 무감정으로 받아들였다. 그는 자주 나미라는 기계의 회로가 뒤틀리는 상상을 했다. 차갑고 무심한 손은 명령어가 뒤바뀌는 순간 수프를 떠먹이듯 태연하게 자신의 내장을 뽑아낼 것이라고. 망상은 날이 갈수록 부풀어올라, 소년은 엉덩이를 내놓은 채 누워있을 때도 수치보다 두려움에 몸을 떨었다. 가끔은 오물이 묻은 빨래 바구니를 들고 떠나는 나미를 붙잡고 싶은 충동을 느끼기도 했다. 그러면 그가 오는 때를 헤아리며 미리 겁먹을 필요가 없기 때문이었다.

주전자의 날카로운 비명소리가 멎고, 한순간 집안이 놀라울 정도로 조용해졌다. 정적을 깨기 위해 소년은 부러 헛기침을 하며 이불을 들척였다. 문밖에서 기묘한 인기척이 느껴졌다. 짓누르는 듯한 침묵. 천천히, 밀물처럼 밀려오는 압박감에 이마 위로 땀이 솟아 맺힐 무렵 노크 소리가 들렸다. 헌팅 트로피가 빈틈없이 걸려 있는 벽 가운데로 난 문을 열고 들어온 건 예상대로 한 손에 갈아입을 옷을 든 나미였다.

"부르지 그랬어요."

"바쁘실 것 같아서……"

본능적으로 아양을 떨었지만 나미는 평소처럼 별다른 반응이 없었다. 기가 죽은 그의 곁으로 나미가 상체를 거의 움직이지 않는 독특한 걸음걸이로 다가와 이마에 손을 얹었다.

"열은 없는 것 같네. 불편한 덴 없고요?"

"예."

"두통은요? 현기증은?"

"그냥 그래요."

"영 낫질 않네. 잘 신경써야겠어요. 화장실은요?"

"……"

"화장실 가고 싶을 텐데."

소년은 아무 말도 하지 않고 눈을 감았다. 그는 뜨거운 여름 바다에 해수욕을 하러 왔다고 상상하며 몸의 힘을 뺐다. 그걸 알면서도 나미는 염불을 외듯 높낮이 없는 목소리로 중얼거렸다. 자, 몸에서 힘을 빼고…… 바지 내리겠습니다……

나미가 일을 마치자 방안엔 알코올 냄새가 진동했다. 과정이야 어땠든 보송한 새 속옷으로 갈아입고, 높이 쌓은 베개에 등을 기대고 앉자 소년의 마음은 한결 누그러졌다. 문득 바깥을 보고 싶다는 충동이 일었다. 머리가 지끈지끈해지는 알코올 냄새를 내보내고 신선한 숲냄새를 맡으면 기분이 좋아질 것 같았다. 소년은 망설이다가 창을 열어달라고 부탁했다.

"비가 오는데."

"괜찮아요. 조금만요."

나미는 더 말하지 않고 여닫이창의 잠금쇠를 풀었다. 기대듯 힘을 실어 밀어내자 창이 활짝 열렸고, 순식간에 소년이 있는 침대까지 빗줄기가 몰아쳤다. 거센 바람소리가 웅웅댔다. 당황한 소년이 다급하게 말했다.

"잠깐, 잠깐만요."

그러나 나미는 바람을 따라 흔들리는 창을 붙잡느라 그 말을 못 들은 듯했다. 뻑뻑한 고정장치와 한참 씨름하던 그가 날카로운 소리를 내며 창을 고정하고 허리를 폈을 땐 두 사람 다 폭풍을 헤치고 걸어온 것처럼 흠뻑 젖어 있었다. 허우적대는 소년과 달리 나미는 다음 명령어를 기다리는 것처럼 숲을 향해 뻣뻣하게 서 있기만 했다. 그걸 보자 옅은 신음이 나왔다. 소년은 울음이 차오르는 목을 가다듬고 힘을 주어 말했다.

"저기요."

"……"

"저기, 나미씨."

이름을 부르자 그제야 그가 느리게 고개를 돌렸다. 목과 몸통이 분리된 듯한 기이한 움직임에 비명을 지를 뻔했지만 소년은 웃으며 말했다.

"고마워요. 이제 닫아주세요."

그 말에 나미가 다시 몸을 굽히더니 여닫이창을 힘껏 당겨 잠갔다. 나미는 잠잠해진 방안에서 빗방울이 마룻바닥에 떨어지는 소리를 듣고서야 젖었다는 사실을 깨달은 듯했다. 한참 자기 앞섶만 바라보던 나미가 입을 뗐다.

"비가 많이 오네요."

"……"

"답답하겠어요."

소년은 그것이 자신의 기분에 대한 얘기라는 것을 한발 늦게 깨달았다. 그래서 약간 놀란 채, 떨리는 입꼬리를 끌어올렸다.

"아녜요. 저야 어차피 움직이지도 못하는데요. 폐를 끼치는 거 같아 죄송하죠."

그리고 혼잣말하듯 덧붙였다. 하다못해 화장실이라도 혼자 가면 좋은데. 눈치를 살폈지만 나미에게선 반응이 없었다. 소년이

다시 한번 용기를 내어 물었다.

"지저분한데…… 힘들지 않으세요?"

이번에도 대답은 없었고, 대신 감정 없는 시선만 돌아왔다. 말 없이 두 사람의 눈빛이 공중에서 엉켰다. 소년은 눈을 감아 억지로 연결을 끊었다. 나미가 계속 이쪽을 보는지 누군가의 손이 뺨에 닿은 듯한 감각이 좀처럼 사라지지 않았다. 소년은 다른 쪽으로 신경을 돌렸다. 척추뼈 밑에 닿는 침대 시트의 바스락거림과 낡은 매트리스의 흐물흐물한 탄성, 젖어 감겨든 옷자락의 끈적함에 집중했다. 그러나 나미의 시선은 사라지기는커녕 물리적으로 느껴졌다. 뺨에 곤두선 솜털이 간지러웠다. 소년은 참지 못하고 실눈을 떴다. 순간 무언가 흰 것이 빠르게 눈앞을 스쳤고, 눈을 완전히 뜨자 벌떡 일어서 있는 나미가 보였다.

"가야겠어요."

"……"

"늦었어요."

나미는 그 말만 남긴 채 소년에게서 돌아섰다. 품에 한가득, 더러운 빨랫감을 안고 미련 없이 방을 나간 그가 밖에서 문을 잠그고서야 소년의 긴장이 풀어졌다. 소년은 붉어진 얼굴로 짧게 생각에 잠겼다. 뭘 한 거지? 혹시 내 뺨을 만진 걸까? 설령 그렇다 해도 그건 동작에 오류가 발생한 탓이지 다른 감정이 있는 건 아닐 것이다. 아니, 애초에 나미에게 감정이란 게 있기는 한 걸까? 그는 자기도 모르는 새 이를 앙다물어 뻣뻣해져 있던 뺨에서 힘을 풀었다. 멍하니 닫힌 방문에 눈길을 두다가 동물원의 철창은 동물을 가두기만 하는 게 아니라 때론 동물을 인간에게서 보호하는지도 모르겠다고 생각했다.

혼자가 된 소년은 붕대가 감겨 있지 않은 왼손으로 얼굴을 훔쳤다. 방안이 엉망이 되었을 거라 생각했는데, 바닥이 젖고 촛대가 쓰러졌을 뿐이었다. 다행이라면 다행이었지만 소년의 기분은 좋지 않았다. 드러누워 있는 촛대를 보고 있자니 자꾸 저 작은 것 하나 바로 세울 수 없는 자신의 처지를 돌아보게 되었다. 먹고 싸는 것이 목적이라면 지금의 생활도 나쁘진 않았지만, 그에겐 그 이상의 성취감이 필요했다. 붕대로 갈비뼈를 칭칭 감고 양다리를 부목에 고정한 장난감 병정 같은 상태였지만 그랬다. 인형이 아니라 인간이기 때문에 그랬다.

그렇게 소년이 쓰러진 촛대를 보며 한숨만 쉬는데 문이 열리고 바닥이 삐걱대는 소리가 들렸다. 들어온 건 미희였는데, 그가 젖은 바닥을 보더니 어리둥절한 표정을 지었다.

"진통제 드리는 걸 깜빡해서…… 바닥이 왜 이래요?"

"창을 좀 열어달라고 했어요."

"비가 이렇게 오는데요?"

소년이 말없이 웃자 미희가 바람 빠지는 웃음소리를 냈다.

"이 사람 바보네. 불편하지 않았어요?"

"괜찮아요."

"괜찮기는. 계속 그러고 있을 생각이었어요? 여름 감기가 제일 무섭다는데."

그가 소년의 머리맡으로 다가와 뺨에 달라붙은 머리카락을 떼 내더니 잠긴 목소리로 속삭였다.

"얼른…… 갈아입는 게 좋겠죠?"

소년이 마른침을 삼키며 간지러운 제안에 동의하자 미희의 손이 올라왔다. 하나씩 단추가 풀리고 물크러진 과일 껍질이 벗겨지듯 얇은 천이 미끄러지는 감촉에 소년의 몸에 오스스 소름이 돋았다. 미희의 손등이 곤두선 젖꼭지를 가볍게 스치자 미희도 얼굴을 붉혔다.

"어머, 미안해요."

미희가 그런 반응을 보이는 일은 드물었던 터라 소년은 경쾌한 짜릿함을 느꼈다. 저절로 깡마른 가슴이 활짝 펴지며 더 해도 좋다는 신호를 보냈다. 그러나 미희는 벗은 몸을 닦아주는 대신 타월을 건넸다. 이 정도는 혼자 할 수 있지 않냐고, 그의 도발하는 듯한 눈빛이 말하고 있었다. 평소 미희가 자신의 몸을 닦는 일은 없었다. 그럼에도 소년은 아쉬움을 느끼며 동요하지 않는 척 맹렬하게 젖은 몸을 문질렀다. 그동안 미희는 바닥과 창턱을 닦았다. 쓰러진 촛대를 세우고, 커튼도 조금 걷어 바깥을 볼 수 있게 해줬다. 창밖은 낮밤을 구분할 수 없을 정도로 어두컴컴했다. 하긴, 진짜 바깥을 보고 싶은 건 아니었다. 그가 조심히 창 앞에 선 미희에게로 시선을 옮겼다. 눈이 나쁜 탓에 볼 수 있는 건 보기 좋게 살집이 오른 부드러운 실루엣뿐이었지만 그것으로 충분했다. 아름답다. 그는 검은 파도가 치듯 윤기나는 미희의 긴 머리카락을 바라보며, 사고를 당한 나그네가 자신을 보살펴준 오두막집의 딸과 결혼하는 유의 동화를 떠올렸다. 만약 자신을 나그네라고 한다면 그와 결혼할 사람은 미희가 될 터였다. 이 집에 젊은 사람이 미희 한 명만 있는 건 아니지만 동화의 주인공은 오로지 아름다운 사람만 맡을 수 있기 때문이다. 미희가 그를 돌아봤다.

"다 닦았어요?"

"예."

그 말에 미희가 의자를 끌어다 다가앉아 소년에게 새 옷을 입히고 단추를 채웠다.

"나미가 참, 그런 애가 아닌데 가끔 정신이 빠질 때가 있어요. 이해해줘요. 그래도 제가 하는 것보다 낫죠?"

"아녜요."

"아니긴요. 저는 간병엔 소질이 없는 거 같아요. 맨날 사고나 치고."

"진짜 그렇게 생각 안 해요."

소년은 자못 진지한 투로 말했다. 정말로 소년은 묵묵히 그를 돌보는 다른 두 사람보다 미희와 있을 때가 좋았다. 미희는 좋은 말로도 솜씨 있는 간병인이라 할 수 없었다. 매번 소년의 여린 가슴에 뜨거운 수프를 흘리거나 물을 엎지르는 탓에 둘이 있을 땐 소년이 떨리는 왼손으로 혼자 식사를 했다. 쉽지 않은 일이었음에도 소년은 미희가 제일 편했다. 그건 단순히 미희에 대한 호감 때문이 아니었다. 스스로 무언가를 하는 것. 그게 풀 먹여 다린 잠옷이나 바스락대는 시트보다 소년에게 필요하다는 걸 미희는 알고 있는 듯했다. 그 주장을 뒷받침하듯 단추를 하나씩 밀려 채운 미희가 소년의 옷매무새를 매만진 뒤 약을 건넸다.

"가끔 부담스럽죠?"

"……"

"그래도 나미는 나름대로 최선을 다하고 있는 거예요. 이모도, 또 저도 그렇고요. 답답하겠지만 조금만 참아줘요."

소년은 흰 알약을 꿀꺽 삼키고 중얼거렸다.

"아녜요. 저는, 저는 감사하기만 한걸요. 어디서 왔는지도 모르는 저를 도와주셔서……"

"우리가 더 고맙죠. 이렇게 비가 와서 나가지도 못하는데…… 당신이 없었다면 우리끼리 힘들었을 거예요. 당신을 돌보는 게 우리의 기쁨이에요."

한 단어 한 단어 꼭꼭 씹어 말하는 미희의 표정은 엉뚱할 정도로 진지했다. 뚫어져라 보는 눈동자, 작게 벌름거리는 콧구멍과 오물대는 입술이 작은 새의 두개골처럼 섬세하고 아름다웠다. 역시 다른 둘과는 다르다. 비교도 안 되게 곱다. 그런 생각을 하던 소년의 입에서 불쑥 이런 질문이 튀어나갔다.

"세 분이 친척이라고 하셨죠?"

그것뿐이었지만 미희는 소년이 무얼 묻고 싶은지 안다는 듯 대답했다.

"네. 꼭 남 같죠? 전부 친탁을 해서 그래요. 같은 피가 섞였으면서 이렇게 안 닮기도 쉽지 않은데."

"근데 그중에서 미희씨 아버님이 제일 미남이신가봐요."

하하. 그 말에 미희가 웃음소리를 냈는데 꼭 폐병 환자가 가슴을 쥐어짜는 듯했다. 짧은 정적이 흘렀다. 망했다. 소년은 생각했지만 농담이 마냥 실패한 것만은 아닌지, 입술을 살짝 오므리며 웃음을 갈무리하는 미희의 얼굴엔 약간의 수줍음이 묻어 있었다. 그 모습을 본 소년의 피가 깊은 곳에서부터 끓었다. 사내다운 만용이 뻗쳤다. 손을 잡아. 본능이 그렇게 말한 순간, 미희가 벌떡 일어났다. 소년의 다음 동작을 예상이라도 한 듯 재빠른 움직임이었다. 넋이 나간 소년에게 미희가 말했다.

"그럼 쉬세요."

"아, 네."

소년은 당황했지만 점잖게 왼손을 들어올렸다. 미희가 미소로 화답하며 빈 물컵과 젖은 옷을 들고 문을 나섰다. 소년은 떠나간 미희의 잔상이 눈앞에 아른거린다고 생각하며 침대에 몸을 뉘었다. 아쉽지만 다음을 기약하게 하는 달콤한 슬픔이 그의 가슴을 적셨다. 소년은 잘못 끼워진 단추를 다시 채우며 코를 킁킁댔다. 모두 같은 비누를 쓸 테지만 미희의 냄새는 특별했다. 어딘지 그리운 향기랄까. 미희와 있을 때면 가슴이 쉴새없이 두근댔는데, 아주 좋은 방식으로 그랬다. 소년은 미희의 향기에 둘러싸인 채 묵직해지는 눈꺼풀을 깜빡이며 생각했다. 미인과 그의 목숨을 살려준 친절한 여자들. 기억을 잃고 다친 것만 빼면 그는 아주 운좋은 사내였다. 누구보다 그 자신이 잘 알고 있었다. 그럼에도 누군가가 머리맡에 서 있는 악몽을 꾸는 건 순전히 몸이 부자유하기 때문이다……

얼마나 잠들어 있었던 걸까. 바닥이 삐걱대는 소리에 소년은 눈을 떴다. 머리가 깨질 듯한 두통 속에서 눈을 가늘게 뜨자 나뭇가지처럼 깡마른, 천진한 표정의 안나가 이쪽으로 걸어오는 게 보였다.
"일어났어요?"
"예…… 제가 얼마나 잔 거지요?"
"글쎄요. 조금 많이…… 너무 곤히 자서 깨울 수가 없었어요."
안나가 혀를 빼쭉 내밀었다. 그 어린아이 같은 태도에 어설프게 입꼬리를 끌어당기면서, 소년은 안나의 얼굴에 묻은 기묘한 희망의 빛을 보지 않기 위해 애썼다. 인정하긴 두려웠지만 안나는 아마도, 아마도 소년을 좋아하고 있었다. 번뜩이는 눈과 쉭쉭대는 숨소리, 열이 올라 번들거리는 뺨이 그 증거로, 짙은 화장은 그 사실을 가린다기보다 명백히 하고 있었다.

안나가 언제나처럼 김이 솟는 대야를 협탁에 내려놓고 타월을 적시기 시작했다. 물은 실수로 한두 방울이 튀는 것만으로도 펄떡 뛸 정도로 절절 끓었지만 안나는 아기 목욕물의 온도를 재듯 태연했다. 그게 신기해 빤히 보다가, 소년은 안나의 눈가가 묘하게 촉촉해졌다는 걸 깨닫고 아차, 싶어 시선을 돌렸다. 놀란 심장의 박동 소리를 뚫고 안나의 새된 목소리가 들렸다.

"여세요."

그 말에 소년이 셔츠의 단추를 풀고 앞자락을 젖히자 안나가 고개를 푹 숙인 채 젖은 타월을 들이댔다. 구역질을 참는 전장의 초보 간호사 같은 모습이었는데, 그건 안나가 이 상황을 지나치게 의식하고 있기 때문이었다. 안나의 손길이 거칠어 금세 옷이 눅눅해졌지만 소년은 불평하지 않았다. 말을 하면 옷을 갈아입히려 들 텐데 벗은 몸을 안나에게 보이기는 싫었다. 옷 안으로 몸을 닦는 정도로 흥분한 티를 숨기지 못하는 안나가 몽땅 벗은 자신의 앞에서 어떤 반응을 보일지 두렵기도 했다.

간단한 목욕이 끝났다. 안나가 의자를 끌어다 창문 쪽을 향하게 두고 앉았다. 두 사람은 침묵 속에서 비에 젖은 숲을 보았다. 아니, 소년은 그랬지만 안나는 그림자처럼 소년의 흉내만 내는 게 분명했다. 가끔가다 힐끗 돌아보던 얼굴이, 언제부턴가 아예 소년을 향해 고정되었다. 안나의 벌어진 입안에 서서히 단침이 고이는 게 보였다. 그 작은 동굴에 넘쳐흐를 듯이 차오르는 물과 불같은 시선을 견디지 못하고 소년은 나오는 대로 말을 뱉었다.

"사고였죠?"

"예? 뭐가……"

"저 말이에요. 무슨 사고였다고 하셨잖아요."

아아. 안나가 고개를 끄덕이는 것도, 그렇다고 젓는 것도 아닌 애매한 각도로 기울였다. 그날의 기억은 안나에게도 좋지 않게 남았는지, 그는 사고 이야기만 나오면 표정이 어두워지고 말을 아꼈다.

"예에. 사고라면 사고겠지요. 자세히는 모르지만."

소년은 안나의 목이 꿀꺽 울리는 걸 보고 묘하게 안도하며 되물었다.

"어떻게 있었다고 했죠?"

"그냥 수풀에…… 수풀에 버려져 있었어요. 밤이었고…… 그때도 비가 많이 왔는데, 저랑, 식구들이…… 힘을 합쳐서 당신을 들었어요."

"교통사고였을까요? 아니면 낙상?"

"글쎄요…… 교통사고…… 아, 아니 낙상이었을까. 둘 다일 수도 있고……" 안나가 말꼬리를 흐리다 되물었다. "갑자기 그건 왜 묻나요?"

"아무것도 아녜요. 그냥요." 소년이 망설이다 한마디를 덧붙였다. "그냥…… 얼마나 다친 건지, 언제쯤 움직여도 좋을지 궁금해서요."

"뼈가 완전히 붙기 전까진 가만히 있는 게 좋아요. 아직 머리도 아프다니…… 혹시 불편한 거 있어요?"

"아니요. 전혀요. 전혀……"

머리맡에서 누군가가 자신을 내려다보는 장면이 떠올랐지만 소년은 고개를 저었다.

"정말 괜찮아요. 모든 게 다."

안나가 고개를 끄덕였다.

"어쨌든 참아요. 제일 중요한 건 건강을 회복하는 일이니까요. 나머지는 다 그다음의 일이니……"

수프 다 끓었겠어요. 안나가 중얼거리곤 밖으로 나가더니 쟁반을 들고 왔다. 우묵한 그릇에 담긴 흰쌀밥과 머그잔에 든 수프, 물 한 컵이라는 메뉴는 평소와 같았다. 조금 물리긴 했지만 밥투정을 할 상황은 아니었다. 소년은 생각을 고쳐먹으며 허리를 곧추세웠다. 그러나 기다려도 안나는 밥을 줄 생각을 않았다. 무슨 일인가 싶어 보니 안나가 어딘지 심각한 표정으로 숟가락을 보고 있었다. 무언가 잘못된 걸까? 소년이 입을 떼려는데, 안나가 꿀이라도 묻은 듯 숟가락을 쪽쪽 빨더니 소리 내어 웃었다.

"미희가 설거지를 제대로 안 했나봐."

그러곤 수프를 떠서 불쑥 소년의 입안에 넣었다. 쑤셔넣었다고 해도 좋을 거친 동작이었다. 금속에 부딪힌 앞니가 울렸다. 혀가 반사적으로 미적지근한 숟가락을 밀쳐냈지만 수프는 이미 열린 목구멍으로 넘어간 뒤였다. 캑캑. 사레가 들린 소년이 잔기침을 하자 안나가 물컵을 건넸다.

"괜찮아요?"

걱정어린 목소리에 소년이 젖은 눈을 치켜떴다. 흐릿해진 시야에 수줍게 웃는 안나의 얼굴이 들어찼고, 그 순간 소년은 역겨움과 동정심, 그리고 자신도 이유를 모를 불같은 화를 참지 못하고 손을 휘둘렀다. 퍽. 물컵이 바닥으로 떨어졌다. 소년은 자기 행동에 자기가 놀라 돌처럼 굳었다. 시트를 적신 물방울이 똑똑 마룻바닥으로 떨어지는 소리가 도끼로 이마를 내리찍는 것처럼 또렷하게 들렸다. 안나가 앉은 자세 그대로 허리를 굽혀 컵을 주웠다. 소년은 등줄기에 애벌레가 하나 기어가는 듯한 기분을 느끼며 더듬더듬 말했다.

"미안해요. 나는 그냥……"

그냥 뭐? 당신이 역겨워서 그랬다고? 눈앞에서 치워버리고 싶다고? 머뭇대는 소년의 앞에 숟가락이 다가왔다.

"아."

"……"

"아."

어느새 자리를 정리한 안나가 다시 수프를 떠 건네고 있었다. 아무 일도 없었다는 듯 담담한 미소를 띤 채였다. 소년은 덜컥 겁이 났다. 어쨌든 자신이 제 몸 하나 건사하지 못하는 처지라는 걸 잊으면 안 됐다. 경고하듯 울리는 긴 이명을 무시하며 소년은 온순하게 입을 벌렸다. 머릿속에 안나가 손을 뻗어 목젖을 과육처럼 도려내는 장면이 스쳤지만, 숟가락은 혀를 스칠 뿐 더 깊숙이 들어가지 않았다. 소년은 수프와 함께 안심을 삼켰다. 그의 목울대가 움직이자 안나가 물었다.

"맛있어요?"

"예?"

"표정이 그래. 되게 맛있게 먹어."

"솜씨가 좋으신 거 같아요."

그 말에 안나의 얼굴에 묘한 빛이 스쳐갔다. 소년은 마음이 조여드는 듯했지만 안나는 평소처럼 밥을 떠서 건넸다. 그다음은 물. 다시 수프. 막힘없는 손놀림에 맞춰 소년은 열심히 씹고 삼켰다. 음식이 빠르게 비워지며 처음의 긴장감도 서서히 옅어졌다. 안나가 숟가락을 내려놓았다. 텅 빈 접시는 밥알 한 톨 없이 말끔했다. 마지막으로 안나가 손바닥에 흰 알약을 올려 내밀었다.

"드세요."

소년은 잠시 고민하다 새가 모이를 쪼듯 고개를 숙여 약을 입에 넣었다. 안나의 손바닥에선 온천수에 삶은 달걀 냄새가 났다. 소금기 어린 맛에, 한여름의 이끼 낀 얕은 개천 물처럼 미적지근했다. 소년은 안나가 손을 뒤로 숨기며 자신의 혀가 스친 자리를 살짝 오므리는 것을 못 본 체했다. 그리고 약을 잘 삼켰는지 확인하는 척 그의 자포동물 같은 혀를, 파도에 깎인 조약돌 같은 이와 붉은 입안을 외딴 해안 동굴을 탐사하듯 샅샅이 훑는 걸 내버려뒀다.

열쇠로 문을 잠그는 소리가 나자 소년의 입에선 긴 한숨이 나왔다. 이 팽팽하게 조이는 공기. 밤마다 찾아오는 악몽을 닮은 공기는 안나와 함께 온다. 그럼 그건 꿈이 아니란 말인가? 정말로 안나가 나를 찾아오는 걸까? 한번 밤을 새워보면 확실하게 알 수 있을 텐데. 시도할 생각이 없는 건 아니었지만 종일 누워 있는 탓인지 밥만 먹으면 졸렸다. 무언가 생각하려 하면 머리가 아프고 모래처럼 묵직한 잠이 덮쳐왔다. 그건 지금도 마찬가지였다. 소년은 저항을 포기하고 어둠 속에 파묻히며 생각했다. 아니다, 그저 꿈인지도 모른다. 이게 다 박제 탓이다. 아무리 가짜라지만 사방에 이렇게 눈이 많으니 이상한 꿈을 꿀 수밖에 없는 거다. 이렇게, 이렇게 사방에 눈이 많으니……

"갑갑해서 그래요. 아무래도 몸도 불편하고 방안에만 있으니까요."

미희가 창가에 서서 말했다. 뜨거운 햇살이 쏟아졌다면 좋았겠지만 비가 내리는 바깥의 풍경은 절망적일 정도로 변함없었다. 미희가 잠시 가지가 부러진 침엽수를 보다가 침대 곁으로 다가와 의자에 앉았다.

"오래 해를 못 봤잖아요. 그래서 그런 거니 너무 염려하진 말아요."

"하지만, 전에도 비슷한 꿈을 꿨어요."

"언제요?"

매일 밤이요, 라고 말하려다가 소년은 입을 다물었다. 미희 앞에서 연약한 모습을 보이고 싶진 않았다. 그러나 미희는 말하지 않아도 안다는 듯 고개를 끄덕였다.

"괜찮아요. 아프면 누구나 마음이 약해지니까. 게다가 엄청 큰 사고였잖아요. 뭐랄까, 그런 꿈을 꾸는 편이 오히려 더 건강한 건지 몰라요. 불안이 밖으로 표출된다는 뜻이잖아요."

미희가 이불 밖으로 나와 있던 소년의 손을 붙잡더니 덧붙였다.

"걱정하지 말아요. 잘 낫고 있으니까."

이런저런 일이 있었지만 손을 잡은 건 처음이었다. 놀란 건지, 설렌 건지 소년의 심장이 잠시 멈췄다. 젊은 그의 두 뺨 위로 순정이 훈풍처럼 불었지만, 미희는 소년이 그 부드러운 감촉을 음미하기도 전에 소년의 손을 한 번 힘주어 쥔 다음 금방 손을 떼어냈다. 텅 빈 손이 아쉬워 소년은 자기도 모르게 외쳤다.

"하지만,"

"예?"

"……"

"무슨 일이 더 있나요?"

"아무것도 아니에요." 소년은 고개를 저으려다가 이왕 입을 뗀 김에 덧붙였다. "혹시 누가 들어오는 건 아닌가 싶어서요."

"그럴 리 없어요." 미희가 딱 잘라 말했다. "문은 항상 잠가두는데요. 그리고 알잖아요. 다리가 끊겨서 오도 가도 못하는 거."

"예, 그거야 그렇긴 하지만……"

말을 흐리자 미희가 살짝 미간을 찌푸렸다.

"설마 우리 중 누가 들어온다는 거예요?"

"아뇨, 그럴 리가요."

처음 듣는 쏘아붙이는 말투에 소년이 발뺌하듯 말했다.

"전혀 그렇게 생각하지 않아요. 그냥 좀, 불안한가봐요. 몸도 아프고, 비도 오니까. 이 방은 박제도 많고요."

그제야 미희가 무언가 깨달았다는 듯 고개를 돌려 방안을 살폈다.

"아무래도 차분해지는 인테리어는 아니죠."

"예. 그렇다고 난잡하다는 건 아닌데요……"

"그래도 이게 다 못으로 박힌 거라 뗄 수는 없어요. 회복중인데 함부로 방을 옮기는 것도 그렇고요."

미희가 뿔이 거대한 수사슴 헌팅 트로피와 눈싸움을 하더니 애교 섞인 투로 혼잣말을 했다.

"보다보면 좀 귀여운 구석도 있는데."

"……"

"나만 그런가보네. 그러면 눈이라도 가려줄까요?"

미희가 벌떡 일어나 벽 앞에 서더니 길게 접은 타월을 사슴의 눈에 갖다댔다. 잠시 방안에 침묵이 맴돌았다. 말은 안 했지만 두 사람 다 눈을 가린 모양새에서 사형수를 떠올리고 있었다. 미희가 한숨을 내쉬었다.

"안 되겠네요, 이건. 별다른 수가 없네요."

"그러게요."

"어쩔 수 없잖아요? 그러니 지금은 좀 참고, 몸 상태가 좋아지면 그때 방을 바꾸도록 해요. 식기 전에 밥부터 먹고요."

다시 돌아온 미희가 교태어린 태로 협탁 위에 두었던 쟁반을 소년의 무릎 위로 옮겼다. 옮긴다고 하기에도 민망한 짧은 거리였지만 서두른 탓인지 물컵이 기우뚱했고, 놀란 미희가 컵을 붙잡으려다가 한 손을 쟁반에서 떼는 바람에 균형을 잃은 수프 접시가 미끄러졌다. 순간 끓인 수프에 덴 미희가 고성을 내지르며 손을 휘둘렀다. 반사적인 행동이라 나무랄 순 없었지만 그 바람에 컵도, 접시도 요란한 소리를 내며 엎어졌다. 물 포탄이 떨어진 것처럼 이불이 축축하게 젖었다. 수프가 분화한 듯 천장까지 튀었다. 이불 위, 벽, 바닥. 사방에 끈적하게 노란 점들이 달라붙었다. 미희가 고개를 돌려 소년을 보았다.

"어떡하죠?"

어떡하죠, 라니…… 그 천진하달지, 예상했던 반응에 차분해진 소년이 침착하게 대꾸했다.

"일단 닦아야겠죠?"

"아, 맞다. 그러네요."

미희가 타월로 이불을 마구 문질렀다. 그렇게 하면 더 번진다고, 찍어내듯 닦아보라고 충고했지만 미희는 알겠다면서도 요령 없이 동작만 크게 했다. 한참을 그러던 그가 타월을 내려놓더니 한숨을 쉬었다. 이걸 언제 다 빨아. 그 말을 들은 소년의 머릿속에 흰 거품 속에서 미희의 종아리가 춤추듯 움직이는 장면이 스쳤다. 상상만으로도 즐거웠지만 소년은 미희에게 호의를 베풀어주기로 했다. 그가 왼손으로 느리게 이불을 뒤집기 시작하자 미희가 어리 둥절한 표정을 지었다.

"지금 뭐하시는 거예요?"

"그냥 뒤집어서 덮으려고요."

"왜요?"

"그럼 미희씨가 안 빨아도 되잖아요. 제가 실수했다고 하고, 나중에 다른 분한테 부탁드릴게요."

"그래도 괜찮아요? 냄새날 텐데……"

"상관없어요."

"어머…… 고마워서 어떡하지……"

미희가 고개를 살짝 꼬았다. 그리고 소년의 얼굴을 빤히 보더니 무언가 생각난 듯 사슴처럼 경중경중 방밖으로 뛰어나가 된장국에 만 밥을 들고 돌아왔다.

"우리가 먹던 건데, 일단 이거라도 드세요."

이미 입맛을 잃은 다음이었지만 소년은 수저를 들었다. 괜찮다는 걸 보여줘 미희를 안심시키고 싶었다. 그러나 크게 한술 떠 입에 넣은 순간, 활짝 웃겠다는 계획은 어긋났다. 국은 짰다. 쓰다 싶을 정도로 짰다. 덕분에 얼굴은 고통을 참는 것처럼 뭉개졌다. 그걸 놓치지 않고 미희가 물었다.

"왜요. 맛이 이상해요?"

소년은 씹지도 않은 밥알을 삼키고 거짓말을 했다.

"아뇨, 맛있어요. 미희씨가 담아줘서 그런가봐요."

그 말이 우스웠는지 미희가 덧니를 드러내고 푸하하 웃었다.

"내가 바보짓 했다고 너무 의기소침하게 굴었나보다. 그래도 가짜로 비행기 태우진 말아요."

"아니에요, 정말이에요."

"거짓말하지 말고요. 좀 짜죠, 그렇지 않아요?" 미희가 덧붙였다. "우리 이모가 간을 좀 세게 하는 편이거든요. 수프는 어때요? 저렇게 안 짜죠?"

"네, 괜찮아요."

"그럴 거 같았어요. 환자식은 슴슴해야 한다는 말을 들었거든요. 하여간, 우리 이모 엄청 고집 세요. 한번은 차라리 제가 해먹겠다고 했다가 남의 부엌살림에 간섭하는 거 아니라면서 되게 혼났어요. 그후론 그냥 참고 먹기는 하는데…… 뭘 먹어도 죄 소태 맛밖에 안 나니까 입맛이 영 안 돌아요. 정작 이모는 워낙 적게 드시니 모르겠지만…… 딱 봐도 그렇지만 우리 이모가 입이 엄청 짧거든요……"

소년은 미희의 음식 투정을 반찬 삼아 식사를 마쳤다. 미희는 수프가 튄 바닥을 걸레로 대충 문지르더니 나머진 다음에 하겠다는 기약 없는 약속을 남기고 떠났다. 소년은 수프 냄새가 풍기는 베개에 머리를 기댔다. 생각할수록 그는 미희의 존재가 고마웠다. 가끔 답답할 때도 있었지만 그것조차 미희의 장점이었다. 움직임이 부자유한 자신보다도 훨씬, 훨씬 모자란 미희. 아름다운, 그러나 찔러서 피 한 방울 안 나오는 차가운 미녀가 아니라 가슴이 크고 팔뚝이 통통한 백치 미희. 그런 미희와의 막연한 미래를 상상하다 소년은 인간이 아기를 낳는 것은 자기보다 못한 존재를 돌봄으로써 전능감을 느끼고 싶어서라는 답을 내렸다. 더러워진 이불과 베개가 거슬렸지만 그보다 귀한 마음의 평화를 얻어 어느 때보다 편안하게 잠을 청했다.

조금 흐린 아침인가 싶었는데 착각이었다. 한밤에 깨어난 소년은 잠시 누워 머릿속의 시차를 맞췄다. 뭔가 이상하다 싶어 곰곰이 생각해보니 매번 잠에서 깰 때면 느껴지던 두통과 현기증이 없었다. 아직 꿈을 꾸는 건가? 그러나 머리맡에서 얼쩡거리던 그림자는 사라지고 없었다. 안개 낀 숲에서 헤매다 자신의 집 뒷마당으로 빠져나온 듯 머릿속이 명징했다. 소년은 눈을 깜빡였다. 혹시 나도 모르는 새 혼수상태에 빠졌다가 깨어난 걸까? 겁이 나 지금이 며칠인지, 몇시인지 확인하고 싶었지만 이곳엔 시계도 달력도 없었다.

모래를 쑤셔넣은 것처럼 목이 탄다는 자각이 들었다. 물컵을 찾으려고 머리맡의 협탁을 더듬던 소년의 귀에 흐느끼는 소리가 들렸다. 그 자체로도 기이했는데, 소리의 근원지는 더 기이했다. 소년이 미친 게 아니라면 그 소리는 분명 바닥에서 나고 있었다. 그는 협탁을 향해 뻗었던 왼팔을 침착하게 이불 속으로 집어넣었다. 그런 다음 눈을 감고, 침대 아래에서 여자들의 가죽을 뒤집어쓴 괴물이 기어나와 머리맡에 서는 상상을 떨쳐내려고 애를 썼다. 아무것도 듣고 싶지 않았다. 그가 원한 건 꿈 없는 잠이었다. 그러나 애를 쓰면 쓸수록 울음소리는 커졌고, 그에 따라 소년의 긴장도 고조되었다. 몸에서 뜨거운 열이 솟구쳤다. 콧등에 송글송글 땀이 맺혔다. 다문 입에서 비명이 새어나올 것 같고 금방이라도 뺨이 경련을 일으킬 것처럼 파들대고 굵은 땀 한 방울이 관자놀이에서 귓속으로 주르륵 흘러내렸다. 더이상은 못 견딘다. 이대로라면 곧

터질 거다. 달리기를 마친 심장처럼, 가득 숨을 불어넣은 풍선처럼 잔뜩 팽창한 몸이 폭발하려는 그 순간

울음소리가 뚝 끊겼다. 소년의 곤두선 털 하나하나, 활짝 열린 땀구멍 하나하나에 차갑고 허망한 해방감이 깃들었다. 그는 한숨을 삼키고 몸이 식을 때까지 기다렸다가 천천히 눈을 떴다. 다행히 방안엔 소년뿐이었다. 침대 밑에 괴물도 없었다. 단 하나, 문 앞에 깔린 러그의 귀퉁이 아래로 실금 같은 빛이 보인 듯했지만, 그마저도 소년이 자세히 보려고 눈을 찡그리는 순간 사라졌다. 그는 버려진 아이처럼 멍청히 눈만 깜빡였다. 그 소리는 뭐였을까? 빛은? 모든 게 꿈인 걸까? 나는 지금 꿈을 꾸고 있나?

생각을 하다 그는 아침이 될 때까지 한숨도 자지 않았다. 아니, 정확히 말하면 자지 못했다. 머리는 좀 멍했지만, 그의 몸은 물 위를 부유하는 쪽배처럼 잠의 바다 위에 둥둥 떠 있었다. 늘 부력보다 중력이 강하게 작용해 저항할 수 없이 빨려들었는데 어제는 아니었다. 그는 눈을 감지 못하는 박제들과 함께 너무 길어 무섭기까지 한 밤을 표류했다. 시간이 그의 피부 위를 겉돌았다. 묘한 괴로움에 발버둥치던 그는 누군가 계단을 내려오는 소리를 듣고서야 아침이 된 걸 알았다. 방문을 똑똑 두드린 뒤 환한 미소를 지으며 안나가 들어왔다.

"일어났네요."

소녀 같은 목소리가 지난밤의 악몽을 밀어냈다. 소년은 처음으

로 이 징그러운 일상에 감사했다. 그의 누그러진 태도를 감지한 건지, 안나는 여느 때의 아침보다 들떠 있었다. 소년은 얌전히 안나의 손에 씻기고, 식사를 끝냈다. 모든 것이 제자리로 돌아와 있었다. 안나의 손에서 진통제를 핥아들다가 어젯밤 약을 먹지 않았다는 걸 깨닫기 전까진 정말 모든 것이 괜찮았다.

*

"자고 있었어요?"

"그냥 잠깐……"

나미의 물음에 소년이 대답했다. 별것 아닌 거짓말을 하는데도 긴장되어 땀이 솟구쳤다. 소년은 나미의 얼굴을 살폈다. 식사 준비를 하는 나미의 얼굴은 표정이 없어 무슨 생각을 하는지 알 수 없었다. 하지만 그건 나도 마찬가지이다. 소년은 생각했다. 내가 드러내지만 않는다면, 나미도 나의 속을 알 수 없다. 이 방의 문은 바깥에서 열리고 잠기지만 내 마음은 내가 잠그고 내가 열 수 있다. 이것이야말로 그 무엇보다 철저하고 안전한 우리인 것이다.

막 씻고 나왔는지 나미의 짧은 머리카락은 물기에 젖어 있었다. 점점이 떨어진 물방울이 흰 티셔츠의 어깨 부분에 회색빛 얼룩을 만들고 있었다. 하의는 편한 고무줄 바지 차림이었다. 나미에게선 좀처럼 볼 수 없는 자연스러운 모습에 호기심이 동했지만 소년은 모른 척 자기 손으로 시선을 돌렸다. 계속해서 비가 쏟아지는 스산한 날씨 탓인지, 찬물로 씻어 그런 건지, (그럴 일은 없겠지만) 흥분한 건지, 팥알처럼 곤두선 젖꼭지가 계속 눈에 걸린 탓이었다. 유혹하는 걸까? 그런 생각이 들었지만 금방 지워버렸다. 그건 말도 안 되는 상상이었다. 집안에서만 지내므로 편한 차림을 했다고 보는 편이 옳았다. 어쩔 땐 그런 무심함이 더 무섭기도 했지만.

소년은 조심스레 입을 벌려 나미가 떠주는 수프를 받아먹었다. 그리고 나미의 눈치를 살피며 평소보다 오래, 천천히 입을 우물거렸다. 어떻게 해서든 약을 먹어서는 안 됐다. 그런데 어떻게? 머리를 굴렸지만 뾰족한 수가 떠오르지 않았다. 간간이 섞인 동결건조 야채를 앞니로 또각또각 끊어 침에 개며 시간을 벌었지만 수프가 줄어드는 걸 막을 수도 없었다. 나미가 바닥을 보이는 접시를 기울여 마지막 한 숟가락을 떴다. 자요. 소년은 입술에 침을 적시며 숟가락을 입에 넣었다. 더는 버틸 수 없었다. 나미는 알약을 손바닥 위에 올려둔 채 그가 마지막 수프를 삼키길 기다리고 있었다. 꾹 닫힌 입술을 대신해 두 눈으로 왜 안 먹어요? 라고 묻고 있었다. 결국 소년은 침묵을 견디지 못하고 수프를 삼켰다. 그리고 패색 짙은 얼굴로 나미의 손바닥을 향해 고개를 숙이는 순간, 밖에서 무슨 소리가 들렸다. 숨을 죽인 듯, 억눌린 듯한 목소리로 보아 두 사람이 싸우는 모양이었다. 또 시작이네. 미희와 안나의 말다툼이 드문 편은 아니었기에 소년은 그러려니 했다. 그러나 나미는 웬일로 얼굴이 딱딱하게 굳더니 몸을 들썩였다. 온 신경이 바깥으로 쏠린 듯했다. 기회다. 소년은 재빨리 알약을 앞니로 물어 올렸다.

"먹었어요."

소년이 입을 벌렸지만 예상대로 나미는 소년이 제대로 약을 삼켰는지 꼼꼼히 확인하지 않은 채 몸을 일으켰다. 곧 문이 닫혔고, 소년은 혀 뒤에 숨겼던 약을 뱉어 베개 밑에 넣으며 생각했다. 이건 하나의 실험이다. 만약 오늘밤 거실의 불이 꺼질 때까지 잠들지 않는다면 이 약이 진통제가 아니라 수면제라는 그의 가설이 사실로 판명되는 거였다. 반대로 잠이 든다면 실험은 실패. 결과가 어떻게 나오든 그는 받아들일 준비가 되어 있었다. 수면제쯤이야, 숙면을 위해 먹일 수도 있었다. 혹은 실수로 약이 뒤바뀌었을 수도 있고. 그는 이런 생각 자체가 실험이 실패하길 바라는 증거라는 걸 애써 무시하며 눈을 감았다. 산장에 고립된 채 자신을 헌신적으로 돌봐주는 여자들이 거짓말을 한 게 아니라고 믿고 싶었다.

바깥의 소란은 어느덧 잠잠해져 있었다. 오랜 시간이 지났지만 잠은 오지 않았고, 흐른 시간만큼 소년의 괴로움도 커졌다. 그는 목 위로 올라오는 비명을 꼴딱꼴딱 삼키며 하릴없이 붕대에 감긴 가슴을 매만졌다. 다른 게 아니라 아프지 않다는 사실이 그를 괴롭게 했다. 진통제를 먹지 않았는데 아프지 않다는 건 뭘 의미하는 걸까? 역시 알약은 수면제가 맞는 걸까? 아니야. 아닐 거야. 소년은 스스로를 설득했다. 뼈가 거의 다 붙어가니까 안 아픈 거다. 이 집에 머문 지도 꽤 오래 지났으니까. 정확히 알 순 없지만 밥을 수십 번도 더 먹었으니 확실히 그럴 것이다. 게다가 여자들이 왜 굳이 내가 다쳤다고 거짓말을 하겠는가? 그것도 대소변까지 받아가면서?

그때 방문이 열리더니 누군가가 안으로 들어왔다. 러그로 덮인 바닥이 삐걱대는 소리가 크게 울렸고, 그 소리에 겁을 먹었는지 발소리의 주인이 살금살금 침대맡으로 다가오는 게 느껴졌다. 잠시 뒤, 달그락거리는 소리와 무언가 긁히는 소리가 들리더니 감긴 눈꺼풀 밖에서 주홍색 빛이 맴돌았다. 누군가 소년을 깨우지 않으면서 방을 밝히기 위해 초를 켠 것이 분명했다. 소년은 뺨 위에서 일렁이는 온기를 느끼며 생각했다. 그림자인가? 드디어 그림자의 정체를 알게 되는 걸까? 호기심이 뱃속에서 끓어오르는 것도 잠시, 소년은 오래 지나지 않아 밤마다 나타나는 그림자와 지금 자신을 보고 있는 누군가가 다른 존재라는 걸 깨달았다. 밤마다 나타나는 쪽이 비교도 할 수 없게 위압적이었다. 지금의 시선이 뺨을 스치듯 쓰다듬는 것 같다면, 평소의 시선은 누군가가 배에 올라타기라도 한 듯 손 하나 까딱할 수 없게 묵직한 느낌이었다……

소년의 위로 드리워졌던 그림자가 사라졌다. 발소리가 창가 쪽으로 향하더니 뭔가를 문지르는 듯한 소리가 나기 시작했다. 소년은 망설이다가 눈을 가늘게 떴다. 아마도 나미인 듯한 여인이 옆드려 걸레질을 하고 있었는데 촛불 탓인지 평소와는 느낌이 달랐다. 소년은 그가 뒤로 돌기 전 잽싸게 눈을 감았다. 생각해보니 방청소를 하는 걸 본 적이 없었는데, 다들 이런 식으로 자신이 잠들었을 때 쓸고 닦아주는구나 싶어 묘한 감동을 받았다. 노크 소리가 났다. 걸레질하던 사람이 몸을 일으켜 문으로 향했고, 크게 삐걱대는 소리가 들린 후 짧은 침묵이 흘렀다. 이어서 들린 건 안나의 숨죽인 목소리였다.

"잠깐만 나와봐. 할말 있어."

그 말에 방안의 사람이 속삭였다.

"조금 이따가 하면 안 돼?"

소년은 남몰래 숨을 삼켰다. 나미가 아니다. 끝이 갈라지는 거친 목소리는 분명 처음 듣는 것이었다. 그러나 안나는 목소리의 주인을 아주 잘 아는 사람처럼 대했다.

"잠깐이면 돼. 물어보고 싶은 게 있어서 그래. 저앤 이제 매일 볼 거잖아."

거친 목소리는 안나의 말에 따르려는지 더 대꾸하지 않았다. 서랍장에서 무얼 꺼내는지 부스럭대는 소리가 들렸고, 그런 다음 촛불이 꺼졌고, 문이 닫혔다.

소년은 눈을 번쩍 떴다. 숨을 깊이 들이마시자 녹은 파라핀 냄새가 물씬 났다. 소년은 캑캑대면서 뛰는 심장을 억눌렀다. 놀랐다기보단 혼란스러워 정신이 없었다. 그들은 분명 다리가 끊겼다고 했다. 비가 와서 마을로 나가는 다리가 끊겼고, 그들은 고립되어 있다고. 그런데 어떻게 다른 사람이 있을 수 있는 걸까? 그들이 거짓말을 한 걸까? 왜? 무슨 목적으로? 물음표가 낫처럼 머리를 찍어내렸다. 가벼운 두통이 밀려왔고 눈에서 맑은 물이 흘렀다. 소년은 마른침을 삼키며 스스로를 달랬다. 분명 잘못 들은 걸 거야. 요즘 이상한 생각을 너무 많이 해서 그래. 떠올려보면 모든 게 분명치 않았다. 방에 들어왔던 사람이 말한 건 고작 한 문장이고, 그마저도 목소리가 너무 작아 제대로 듣지 못했다. 조금 걸걸하게 느껴졌던 건 목에 가래가 낀 탓일 수 있다. 그래, 가래 때문이다. 감기 기운이 있어서 그런 목소리가 난 것이다. 고지대에 있는 이곳은 춥고 습하다. 여름이라고 방심하다가는 뼛속에 스미는 찬 공기에 병들기 십상이었으니……

지난밤을 뜬눈으로 보낸 탓일까. 소년은 자기도 모르는 새 깜빡 잠이 들었었다는 것을 깨달았다. 발작하듯 눈을 떴을 땐 아직 밤인지 사방이 칠흑같이 어두웠는데 뭔가가 번뜩 그의 눈에 들어왔다. 문 앞에 깔린 러그 밑에서 비쳐오는 실금이었다. 소년은 무언가에 홀린 듯 천천히 몸을 일으켰다. 단단히 감은 붕대가 가슴을 조였지만 상관없었다. 누워만 있었던 탓에 조금만 움직여도 숨이 찼지만 그는 멈추지 않았다. 소년은 이곳에 온 뒤 처음으로 스스로 침대 모퉁이에 걸터앉았다. 그리고 다이빙하듯 깊은 숨을 들이마신 다음, 바닥에 베개를 던지고 그 위로 몸을 날렸다. 순간 눈앞이 새하애지고 누군가 심장 한가운데를 강철 빨대로 뚫은 듯 강한 통증이 느껴졌다. 소년은 이를 악물고 버텼다. 다행히 통증은 금방 잦아들었다. 그는 얼어붙은 호수에서 빠져나가는 것처럼 두 팔로 빛이 새어나오는 곳까지 기어갔다.

러그를 걷기 전부터 소년은 확신하고 있었다. 역시 이 방 아래엔 지하실이 있다. 그리고 지금 그 안에 누군가가 있다. 웅웅대는 말소리가 천장을 타고 올라왔다. 귀를 기울였지만 두 사람이 대화 중이라는 걸 빼고는 어떤 것도 알아들을 수 없었다. 소년은 망설이다가 바닥에 깔린 러그를 살짝 들췄다. 예상대로 지하로 통하는 문이 나타났다. 어쩌면 이걸 가리기 위해 러그를 깐 걸지 몰라. 소년은 그런 생각을 하며 납작 엎드려 문틈에 눈을 갖다댔다. 지하실 내부가 흐릿하게 보였다. 그 안에 있는 건 두 사람으로, 앞뒤로 나란히 서서 흰색 천에 싸인 무언가를 옮기는 중이었다. 그 무언가의 무게가 꽤 나가는지 그들은 이따금 무릎을 짚거나 허리를 숙이는 과장된 몸짓과 함께 숨을 골랐다. 무언가를 든 채 소년의 시야를 벗어난 여자들이 기합을 넣는 소리가 들렸다. 몇 번 철퍼덕, 쿵 하는 소리가 들리더니 긴 침묵과 짧은 대화가 이어지다가 갑작스레 불이 꺼졌다.

자신이 본 게 뭔지 혼란스러워하면서도 소년은 재빨리 침대로 기어올라갔다. 이불 밖으로 발 한쪽이 드러났지만, 단단히 감긴 붕대 때문에 허리를 구부릴 수가 없어 포기했다. 소년은 눈을 감고 숨을 골랐다. 겨드랑이에 축축이 배어나오던 땀이 간신히 멎었을 때쯤 문이 열리더니 누군가가 방안으로 들어왔다. 그는 바닥에 떨어져 있던 베개를 소년의 머리 밑에 받쳐준 뒤(이때 온몸의 털이 바싹 곤두섰다) 비어져나온 맨발을 이불 안으로 밀어넣고는 방문을 닫고 나갔다. 마음을 진정시킨 소년이 눈을 떴을 땐 거실에서 새어들어오던 빛도 사라지고 없었다.

소년은 가벼운 이불 안에서도 짓눌리는 기분을 느끼며 땀을 뻘뻘 흘렸다. 다행히 들키진 않았지만, 호기심은 몇 배로 부풀어올라 있었다. 도대체 무슨 일이 일어나고 있는 걸까? 이 밤에 사람들이 왜 지하실로 내려갔을까? 무슨 목적으로? 그 사람들이 옮기던 건 뭐지? 왜 여자들은 번거로움을 감내하면서까지 나를 움직이지 못하게 한 거지?

자신의 이름도 잊은 소년이 스스로에 대해 알고 있는 건 그가 겁쟁이라는 사실뿐이었다. 그러나 지금이 아니면 안 된다고, 소년의 마음이 힘차게 외쳤다. 그는 망설임과 용기 사이에서 숫자 백을 센 뒤 두 발을 보았다. 여자들에 의하면 그 발은 부러진 발이었다. 피투성이가 되어 부목을 댄 발이었다. 소년은 여자들을 의심하지 않았다. 병원도 갈 수 없는 마당에 자칫해서 뼈가 어긋나거나 상처가 덧나면 손쓸 수 없다는 말만 믿고 한 번도 두 발로 서본 적이 없었다. 이제는 사정이 달라졌다. 그는 처음 걸음마를 시도하는 사람처럼 조심스럽게 바닥에 발을 내려놓았다. 아프지 않았다. 발에 체중을 싣고 한 걸음, 그리고 또 한 걸음 내디뎠지만 역시나 다리와 발엔 아무런 통증도 없었다. 아마 오른손도 마찬가지일 것이다. 배신감에 몸이 떨렸지만 화를 내고 있을 시간은 없었다. 그렇게 시간을 지체해선 안 된다고, 갑자기 휘몰아쳐 창문을 두들긴 빗줄기가 알려줬다. 소년은 재빨리 낯선 목소리의 사람이 협탁 위에 놓고 간 성냥갑과 양초를 쥐었다. 살금살금 방문 앞으로 가서 바닥에 엎드려 러그를 걷었다. 드러난 비밀 문 가장자리에 난 홈에 왼손을 밀어넣어 문짝을 위로 들어올리자 예상대로 사다리가 지하로 뻗어내려가는 게 보였다. 소년은 숨을 깊게 들이마셨다. 그런 다음 용기를 집어삼키고 거대한 짐승의 아가리 같은 어둠 속으로 내려가기 시작했다.

창 하나 나 있지 않은 지하실은 생각보다 더 어두웠다. 네모난 구멍을 통해 올려다본 소년의 방이 상대적으로 환할 정도였다. 문득 돌아갈 수 없을 듯한 예감이 들어 몸서리친 그는 막막한 어둠을 떨치기 위해 초에 불을 붙이고 지하실 안을 살폈다. 가장 먼저 눈에 들어온 건 벽에 붙어 섬뜩하게 유리 눈을 빛내는 동물 박제였다. 그는 이곳에 온 뒤 처음으로 저 괴팍한 취미의 손님방에 머물게 된 것에 감사했다. 그러지 않았다면 곧장 비명을 지르며 뒤로 나자빠졌을 게 분명했기 때문이다. 마찬가지로 소년은 의자에 앉아 있는 시체를 보고도 소리지르지 않았다. 심장이 미친듯이 뛰고 눈알이 팽글팽글 돌긴 했지만, 아까 전 두 사람이 흰 천에 싸인 무언가를 낑낑대며 옮기는 걸 봤을 때부터 그 모양이나 크기로 보아 사람이 아닌가 하고 생각했던 터였다. 설마 아니겠지, 망상일 거야, 라고 스스로를 달랠 수 있던 때는 지났다. 여자들은 위험하다. 그는 그런 답을 내렸다. 그 판단에서 도출할 수 있는 행동은 한시라도 빨리 이곳을 탈출하는 것뿐이었다. 그러나 심장박동이 제 속도로 돌아오고, 어둠에 눈이 익을수록 무언가 이상하다는 생각이 들었다. 정확히 말할 순 없지만 시체의 모습에서 알 수 없는 위화감이 느껴졌다. 여기까지 왔는데 진실을 똑바로 마주봐야 한다고 스스로를 달래며, 소년은 겁을 먹어 자꾸 바닥에 달라붙으려고 하는 발을 질질 끌며 시체를 향해 다가갔다. 그리고 떨리는 손으로 시체 가까이에 촛불을 가져다대곤 긴장이 풀려 소리 내어 말했다.

"뭐야, 마네킹이잖아."

그러나 두 손을 얌전히 모은 채 고개를 숙인 마네킹은 의류 매장에서 흔히 볼 수 있는 종류와는 달랐다. 그건 옷을 입히기보단 벗겨둔 상태로 두는 게 옳은 감상법이다 싶은, 신이 만든 인간의 원형과 닮은 작품이었다. 나이는 소년과 청년의 중간쯤으로 보였고, 팔다리가 길었으며 피부는 희었다. 깡마른 몸통에 크림을 얇게 펴 바른 듯 뼈의 윤곽이 하나하나 드러나 있었으나 빈약해 보이진 않았다. 뾰족하게 튀어나온 무릎뼈는 어둠 속에서도 상아처럼 빛났고, 가늘고 긴 목은 사슴을 연상시켰다. 몸에 비해 약간 큰 손은 그것이 고도의 기술이 집약된 도구라는 걸 증명하듯 무척 섬세했다. 보통의 마네킹이라면 생략했을 잔근육까지 섬세하게 부조되어 있었고, 뺨까지 내려오는 찰랑대는 머리카락 또한 정성 들여 심어져 있었다. 거의 다 성장했지만 아직 풋내가 살짝 남은 소년을 만들려고 했다면 정말이지 성공했다, 라고밖에는 표현할 길이 없었다.

소년은 저도 모르게 마네킹의 팔에 손을 살짝 얹어보았다. 생각보다 훨씬 매끄러워 소름이 돋았지만, 매혹적인 감촉이기도 했다. 이렇게 만들어진 것을 들이기 위해 잘은 몰라도 꽤 비싼 값을 치르지 않았을까? 지금은 지하실 구석에서 불청객을 놀래는 역할을 하고 있을 뿐이지만 어딘가에 전시해도 흠잡을 데가 없을 듯했다. 소년은 조금 더 용기를 내어 고개 숙인 마네킹의 턱을 살짝 들어 올려보았다. 예상대로 얼굴 역시 소름 돋을 정도로 정교했다. 불빛을 반사하는 유리 동공은 텅 비어 있었지만, 홍채의 가는 선과 투명함이 잘 살아 있었다. 비뚤어진 눈썹, 해변에 떨어뜨린 막대 아이스크림에 묻은 모래 알갱이처럼 무수한 점이 약간의 인간미를 더했고, 왼쪽 귓불엔 피어싱을 했던 흔적도 남아 있었다. 소년은 자기도 모르게 마네킹의 뺨에 손을 얹었다. 그리고 천천히, 본능에 가까운 움직임으로 그것의 귀와 목, 가슴을 쓸어내리며 이것이 여인들에게 기쁨을 주는 용도로 사용되었다는 걸 알아차렸다. 소년은 반사적인 혐오와 동시에 강렬한 연민을 느꼈다. 여자들만 있는 곳이다. 그들에겐 사랑을 쏟을 도구 이상의 무언가가 필요했을 것이다. 소년은 생각했다. 어쩌면 그들은 소년의 뼈가 붙었다는 걸 알고 있었는지 모른다. 그걸 숨기고 번거로운 일을 감수하며 소년을 돌본 건 이별의 아쉬움 때문일 것이다. 오늘밤 그들이 마네킹을 옮긴 건, 조만간 소년의 몸이 나았다는 걸 밝히기 위해서인지도 모른다. 그가 갓 태어난 새끼 사슴처럼 산장의 이 방 저 방을 돌아다니다가 이 정교한 마네킹을 발견하고 놀랄까 걱정되어 지하실로 가져다둔 것이다.

소년은 마네킹의 말끔한 정수리를 내려다보며 더는 여자들의 비밀을 파헤치지 않기로 결심했다. 세상으로부터 멀리 떨어져 사는 이 불쌍한 여자들을 자신마저 건드릴 필요는 없었다. 추잡스럽긴 해도, 그들은 자신을 구해준 은인이 아닌가? 기다리다보면 여자들이 먼저 말문을 열 것이다.

소년은 방으로 돌아가기 위해 몸을 돌렸다. 마지막으로 사다리에 오르기 전, 초를 불어 끄려는데 지금껏 등지고 있던 액자 하나가 눈에 들어왔다. 소년은 천천히 그 앞으로 다가갔다. 흐린 시야에 보이는 건 방금 전의 마네킹을 찍은 사진으로, 독특하게도 일그러진 표정을 짓고 손에 초를 들고 있었다. 마치 무언가에 대단히 겁을 먹은 듯한 모습이었다. 소년은 한 발짝, 한 발짝 액자를 향해 다가갔다. 점점 표정이 일그러지던 마네킹은 소년이 코앞에 이르자 입을 떡 벌리고 경악하는 표정을 지었다. 초가 바닥에 떨어져 가늘고 긴 연기를 내면서 꺼졌다. 순식간에 어둠이 모든 것을 덮었지만 방금 본 장면은 소년의 눈앞에서 사라지지 않았다.

　틀 안에 있는 건 거울이었다.

2

[별별☆★신세대 스타] 다신 여러분 곁을 떠나지 않을게요

지난 주말, 장충체육관에서 열린 양일간의 첫 콘서트를 성공적으로 마무리했어요. 오랜만에 팬들을 만나는 자리였는데 기분이 어떠셨나요?

—솔직히 걱정을 많이 했어요. 과연 사람들이 올까? 내가 그 넓은 곳을 채울 수 있을까? 두려웠죠. 아시다시피 한동안 활동을 쉬었잖아요. 그런데 공연장을 가득 채운 은회색 풍선을 보니 눈물이 났어요. 앞으로도 그분들을 위해 좀더 나은 모습을 보여드리고 싶어요. 이제껏 보지 못한 새로운 모습을요.

새로운 모습이라. 무궁무진할 것 같아요. 데뷔 때부터 지금까지 직접 작사 작곡을 하면서 곡마다 스타일을 완전히 다르게 바꾸는 걸로 유명하시잖아요. 그런 요셉씨의 모습을 카멜레온 같다며 좋아하시는 분들이 많아요.

—제 길을 찾기 위해 이것저것 시도해보는 거죠. 지금은 하루하루가 빠르게 달라지는 시대잖아요. 제가 쉬는 동안 멋진 후배님들도 많이 나오셨고요. 그런 상황에서 중심을 잃지 않고, 저다운 것을 만들고 싶어요.

자신의 길을 찾는다는 말이 인상깊어요. 모두가 도와줘도 결국엔 혼자 가야 할 텐데요, 외롭진 않으세요?

—아니라고 하면 거짓말이겠지요? (웃음) 딴 얘기지만 여전히 어두운 집에 불을 켜고 들어가는 게 낯설어요. 곧 스물하나가 되는데 마음속엔 아직 어린애가 있나봐요.

이런 질문을 안 할 수는 없겠네요. 한창 좋은 나이에 연애는 안 하세요?

—팬들이 제 애인이에요.

모범답안이네요.

—(웃음) 이젠 팬들이 친구 같기도, 엄마 같기도, 연인 같기도 해요. 기다려주셔서 정말 고마울 뿐이지요.

이제 다음 활동까지 아쉬운 기다림이 남았어요. 당분간은 무얼 하고 지낼 생각이세요?

—일단은 새 앨범 준비에 들어가기 전 재충전을 하려고요. 책도 읽고, 영화도 보고요. 좋은 걸 많이 채워야지 좋은 음악이 나오거든요. 개인적으로는 말없이 훌쩍 여행을 떠나보고 싶기도 하네요. 매니저 형한테 엄청 혼나겠지만. (웃음)

탁. 갑자기 차 안이 어두컴컴해졌다. 말없이 손을 들어 실내등을 끈 안나를 향해 조수석에서 잡지를 읽던 미희가 고개를 휙 돌렸다. 지난해부터 수백 번은 읽어 손때 묻은 책장이 무릎 위로 내던져지며 힘없이 팔락댔고 목적지를 상실한 날벌레 몇 마리가 주인 잃은 양떼처럼 어둠 속에 녹아들었다. 쯧, 미희는 자기도 모르게 혀를 찼다. 그러나 뒷좌석에 앉은 안나는 화를 내는 대신 미간에 깊게 주름을 잡으며 낮게 말했다.

"미희씨, 조심해. 누가 얼굴이라도 보면 어쩌려고 그래."

"어머, 죄송해요. 뭐라시는지 잘 못 들었어요."

예의를 차리는 척 부러 큰 소리로 되물으며 안나의 눈을 봤지만 안나는 자기 신경을 긁으려 드는 미희를 무시하려는 건지, 아니면 긴장한 건지 침착하게 답했다.

"앞에 차가 온다고."

그 말에 나미가 손을 뻗어 비상등을 켰다. 미희는 눈을 살짝 찡그리고 안나의 손가락이 가리키는 쪽을 쳐다봤다. 도시 방향의 언덕에서 바늘구멍만한 빛이 보였다. 빛났다 사라지기를 반복하는 그것은 커다란 에스 자를 그리며 내려오고 있었다. 속도는 태양빛에 소프트아이스크림이 녹듯 점점 빨라졌고, 마침내 그것은 희고 끈적이는 잔상을 남기며 세 사람 곁을 지나쳤다. 미희는 거의 반사적으로 그들에 대해 파악했다. 오픈카. 젊은 남자 둘에 젊은 여자 둘. 귀가 먹먹할 정도로 크게 틀어둔 힙합과 밤공기를 뚫고 뿜어져나오던 비린 열기. 아마 우연찮게 만나 드라이브를 나온 망나니들일 것이다. 교외에서도 조금 멀리 떨어진 이곳까지 나오게 된 건 약에 취했거나 술에 취했기 때문일 것이고. 한소리 할 법도 한데. 미희는 힐끔 룸 미러를 통해 안나를 보았다. 빳빳하게 굳은 안나는 눈도 깜빡이지 못하고 있었다. 어쩐지. 그는 속으로 빈정대며 아마도 안나가 심해의 인어처럼 흰 가슴을 드러내고 있던 두 여자의 모습에 충격을 받은 거라고 생각했다. 예상대로 안나가 잠긴 목소리로 속삭였다. 추잡스러운 것들.

그러나 미희는 젊은이들의 난장보다 하얀 오픈카의 앞 범퍼와 초록색 번호판에 묻어 있던 붉은 얼룩이 더 신경 쓰였다. 눈을 감았지만 세차게 튄 듯한 그 얼룩은 녹색으로 반전되어 검은 시야에 어른거렸다. 미희는 시트 깊숙이 몸을 묻은 채로 팔만 뻗어 비상등을 끄는 운전석의 나미를 툭툭 쳤다.

"봤어요?"

"뭘요?"

"피 말이에요."

"무슨 피?"

"아까……"

미희는 입을 다물었다. 아까 전 그들이 탄 차 앞으로 갑작스럽게 뛰어들었다가 맞은편 수풀로 날아가듯이 튕겨져나간 네발짐승의 그림자, 감지 못한 검은 눈과 바깥쪽으로 뒤틀려 있던 긴 다리의 이미지가 두서없이 떠오르자 안전벨트로 옥죄인 자리가 다시 쑤셨다. 미희는 가슴에 손을 얹고 마른침을 삼켰다. 뻑뻑한 눈을 힘껏 비볐다. 핏자국은 잘못 본 게 분명하다. 우리가 쳤다는 충격 때문에 착각한 거다. 게다가 요 며칠간 제대로 자지 못해 몸 상태가 좋지 않았다. 눈은 젖은 눈곱과 점액으로 지적지적했고 요의가 밀려와 쭈그려앉으면 늙은이처럼 기력 없는 물줄기가 줄줄 새어나왔다. 미희는 끈질기게 눈앞에 떠다니는 벌집무늬를 지우기 위해 팔을 휘저었다. 자세를 고쳐 앉자 허벅지가 가죽 시트에서 쩍, 하고 떨어지는 소리가 났다. 미희는 야광도료를 칠한 듯 번뜩이는 야생동물 주의 표지판을 애써 무시하며 말했다.

"아무것도 아녜요."

그 말에 나미가 싱겁다는 듯 고개를 돌렸다.

음력 초하루. 국도는 어둠에 잠겨 있었다. 낮에 잠깐 내린 비는 그치고 도로 위에는 반토막이 된 지렁이만 남았다. 멀지 않은 강변에서 피어오른 물안개가 이곳까지 밀려왔다. 이따금 구름이 걷힐 때를 빼곤 별도 보이지 않고 캄캄했다. 미희는 목덜미를 간지럽히는 땀방울을 손바닥으로 내리쳤다가 쓱 문질러 닦았다. 차창 밖에서 치르르 들리던 여치 울음소리가 뚝 그치자 이곳에 그들만 남겨졌다는 것이 실감나 덜컥 겁이 났다.

한 달 전 이곳을 답사한 날도 비슷했다. 그날 미희는 그의 음울함을 사랑한다며 어떻게든 그의 다리를 벌리려고 애쓰던 멍청한 대학생과 함께였다. 남자를 떼놓고 혼자 걷던 그는 잠시 길을 잃었다. 한참을 걷다 물안개 사이로 바위가 보여 다가가보니 낚싯대를 드리운 노인이 있었다. 뭐가 좀 잡혀요? 안심하며 묻자 노인은 양동이를 가리켰다. 들여다보니 팔뚝만한 붕어가 세 마리 들어 있었다. 씨알이 굵네요. 놀라 혀를 내두르자 노인이 입을 열었다. 이건 작은 편이고 보통은 못해도 어른 허벅지만한 게 잡힌다는 것이었다. 그런 것치곤 사람도 적고 알려진 곳도 아니라는 생각이 들어 물으니 노인은 다 이유가 있다고 했다. 이 저수지는 인간 고기를 먹기로 유명한 곳으로, 댐을 만들 적에 총각 하나가 빠져 죽은 이후 외지인이 발을 담그면 열에 여덟은 반년 안에 죽고 특히 처녀는 백이면 백의 확률로 그런다고 했다.

그러니까 아가씨도 조심하라고. 노인이 미희를 위아래로 훑으며 말했다. 재밌는 소릴 하네. 당시엔 그렇게 생각하고 말았지만, 이제 와서 미희는 화가 나 신경질적으로 웃었다. 처녀라니. 그건 결혼하지 않은 여자를 뜻하는 거? 삽입만 안 하면 되나? 입으로 한 건? 엉덩이는? 몸만 깨끗하고 정신은 너덜너덜한 건? 그 반대는? 구애를 내치고 혼자 남기로 결심한 처녀와 걸레가 되고 싶지만 실패한 처녀는? 둘을 같다고 할 수 있나?

"괜찮아요?"

불쑥 끼어든 나미의 목소리에 미희가 고개를 저었다.

"아무것도 아녜요."

"좀 피곤해 보이는데. 잠은 좀 잤어요?"

"……"

"담배?"

나미가 주머니에서 다 구겨진 담뱃갑을 꺼내 내밀었다. 미희가 그걸 받아들며 물었다.

"바꿨어요? 아저씨 담배를 피우네."

"원래 아가씨 담배래요. 이름이 버지니아잖아요."

"그게 무슨 뜻인데요?"

"처녀라는 뜻."

농담인지 아닌지 애매해 미희는 그냥 담뱃갑을 탈탈 턴 뒤 한 개비를 꺼내 이 사이에 물었다. 나미가 손을 뻗어 불을 붙여줬다. 한 모금 깊게 빨아들이자 대번에 정신이 맑아졌다. 미희는 눈머리를 가볍게 문지르며 어긋난 초점을 맞췄다. 인가에서 멀리 떨어진 국도는 새벽처럼 고요했지만, 대시보드 가운데의 불빛은 밤 열시를 알리고 있었다. 그건 요셉이 출발하기까지 한 시간쯤 남았다는 뜻이었다. 문제랄 건 없었지만 미희의 마음속엔 다시 불안이 차올랐다. 안 오는 거 아닐까? 아냐, 그럴 일은 없어. 스케줄이 없는 날이면 요셉은 병적으로 하루 일과를 지켰고, 이번 계획이 가능했던 것도 그의 그런 성격 때문이었다. 하지만 모든 일엔 변수가 있는 것도 사실이었다. 오늘과 내일 비 예보가 있었고, 젖은 밤의 도로는 드라이브를 즐기기에 적당하지 않았다. 시내를 도는 걸로 루트를 바꾸거나, 차가 고장나거나, 갑자기 아프거나, 그냥 좀 피곤할 수도 있었다. 그 밖에 미희는 요셉이 오지 않을 이유를 수백 개는 더 댈 수 있었다. 그런 생각이 미희를 묘하게 안심시키는 한편, 초조하게 만들기도 했다. 역시, 요셉은 오늘 와야 했다. 만약 오늘 오지 않는다면 작전을 다음주로 미뤄야 하는데, 그때까지 미희의 신경줄이 버틸 수 있을지 알 수 없었다.

미희가 이런 불안을 입 밖에 꺼내지 못하고 여유로운 척하는 것과 달리, 나미는 정말 밤낚시를 나온 사람처럼 굴었다. 자기 귀에만 들리는 음악을 감상하듯 운전대를 두드리는 그의 옆얼굴엔 표정이랄 게 없었다. 아마 트렁크에 시체를 싣고 가다 검문에 걸려도 그럴 것이었다. 태연한 나미를 보며 경찰들은 안전운행 하라며 트렁크를 통통 두드려줄 테고. 그게 가능한 건 나미가 모든 일은 자신이 바라는 대로 이뤄진다는 확신을 갖고 있기 때문이었다. 미희는 힐끔 나미를 훔쳐보다 고개를 돌렸다. 나미는 정말 무서운 사람이었다. 스스로에게 예언을 내리고 그것을 실현하는 사람인 것이다. 될 때까지 하는데 어떻게 실패할 수 있겠는가?

미희는 사주도 예언도 믿지 않았다. 올림픽도 열었던 나라의 국민으로서 그런 비과학적인 소릴 떠든다는 게 우스웠다. 그러나 나미와 만난 지 십 분도 지나기 전에, 미희는 나미를 찾은 사모님들이 이유 없이 그의 앞에서 바들대는 게 아니라는 걸 인정했다. 말하자면 나미에겐 상대를 압도하는 매력이 있었다. 카리스마라고 해야 하나. 그런 그가 오늘이 백 년에 한 번 있을까 말까 한 천운의 날이라고 했을 때, 미희 또한 적어도 피를 볼 일은 없겠구나 싶어 안심한 게 사실이었다. 그래도 그렇지. 미친 아줌마 같으니. 미희는 습관처럼 혀를 차며 슬쩍 안나를 돌아봤다. 이런 중요한 날을 무당에게 잡으라고 하다니. 안나에 의하면 신의 조언을 받는 건 선택이 아닌 필수적인 절차였다. 틀린 말은 아니었다. 이런 일을 벌이려면 하느님의 힘이건 알라신의 힘이건 모조리 갖다 쓰는 게 옳았으니까. 아무래도 제정신이 아닌 것처럼 보이는 건 어쩔 수 없었지만. 거기까지 생각하고 미희는 웃음을 흘렸다. 제정신이 아니라니. 여기 안 그런 사람이 어디 있는가?

미희는 안나와의 첫 만남을 떠올렸다. 방송국 앞에서 택시에 타려는 한 여자를 미희가 붙잡았다. 갑자기 팔을 잡힌 여자는 어리둥절한 표정을 지었고, 조바심이 난 기사가 짜증 섞인 목소리로 외쳤다. 안 타요? 다음에요! 미희가 대신 외치고 차문을 닫은 뒤 재빨리 여자의 귀에 속삭였다.

"저거 요셉 아니에요."

"……"

"저건 빈 차고, 요셉은 뒤로 빠졌대요. 이따 잡지 인터뷰가 있어서."

미희는 말을 뱉자마자 후회했다. 도대체 자신이 왜 그랬는지 알 수 없었다. 그래서 붕어처럼 멍청한 표정의 여자를 보며 우물댔다.

"그럼…… 갈게요."

이번엔 여자가 미희의 팔을 붙잡았다. 그는 왜인지 조금 헐떡대며 미희에게 물었다.

"저, 아직 식사 전이지?"

"……"

"가자. 내가 사줄게."

두 사람은 강남의 커피숍으로 갔다. 가게 이름은 '장미'. 지하로 난 계단을 내려가 그 이름처럼 장미가 그려진 스테인드글라스 창이 달린 문을 열자 어두컴컴한 가게 안이 보였다. 세피아 톤의 미약한 조명, 돌을 쌓아 만든 벽, 테이블마다 피어오르는 담배 연기 탓에 전체적으로 고문실이나 매음굴 같은 인상이었다. 미희만 오해한 것은 아니었는지 그들의 뒤를 이어 들어온 중년의 남자가 웨이트리스에게 한 시간에 얼마냐고 묻는 소리가 들렸다.

"아저씨, 여긴 그런 데 아니에요."

웨이트리스가 매섭게 쏘아붙이자 가게 안쪽에서 검붉은 페이즐리 조끼를 입은 지배인이 뛰쳐나왔다. 부러 얼굴을 굳히고 있던 그가 여자와 눈이 마주치자 표정을 풀고 고개를 숙였다. 여자는 가볍게 손을 흔든 뒤 안쪽으로 향했다. 시공의 문제인지, 인테리어인지 다른 곳보다 바닥을 두어 단쯤 돋운 곳에 테이블 두 개가 놓여 있었다. 여자는 그중 오른쪽 자리에 앉아 가게 안을 내려다보듯 훑더니 어딘가 극적인 투로 말했다.

"먹고 싶은 거 마음껏 골라."

미희는 촛불에 의지해 손가락으로 더듬듯 메뉴를 읽어갔다. 체육관의 벨루어 커튼을 오려 만든 것 같은 소파, 벽에 걸린 복제화와 얼빵한 표정의 웨이터들. 전부 싸구려 같았는데 음식은 어처구니없을 정도로 비쌌다. 미희는 조금 고민하다 새우 필래프와 오렌지주스를 골랐다. 자기 몫으로 커피를 고른 여자가 손을 들자 아까의 웨이트리스가 허둥지둥 다가와서 주문을 받았다. 얼마 지나지 않아 웨이트리스가 쟁반을 들고 돌아왔다. 우묵한 접시에 담긴 필래프는 이름만 거창할 뿐 그냥 볶음밥이었지만 막 나온 음식의 힘은 대단했다. 지하의 냉기를 이기고 모락모락 피어오르는 김, 벽에 밴 곰팡이 냄새와 담배 냄새를 뚫는 고소한 버터 향에 순식간에 군침이 돌았다. 얼마 만이지? 이렇게 제대로 된 식사를 하는 게. 턱이 얼얼할 정도로 침이 고였지만 미희는 늘 그랬듯 모든 게 따분하다는 표정으로 천천히 수저를 놀렸다. 여자가 설탕도 넣지 않은 커피를 마시는 둥 마는 둥 입술만 적시더니 조심스레 입을 뗐다.

"어떻게 알았어?"

"예?"

여자가 목에 뭐가 걸린 듯한 목소리로 뱉었다.

"내가 요셉을……"

"아아……"

미희는 입을 우물대며 말을 골랐다. 그럼…… 모를 거라고 생각했단 말인가? 음악방송을 하는 날이면 늘 방송국 주변을 얼쩡대는 걸, 인파 앞쪽에서 비명소리가 들리면 두 손을 꼭 쥔 채 까치발을 드는 걸, 요셉이 타는 차가 방송국을 빠져나간 뒤에 아쉬운 듯 입맛을 다시며 돌아서는 걸 아무도 보지 못할 거라고 생각했단 말인가? 그걸 나이들고 잘 차려입은 여자가 하면서?

미희는 역으로 물었다.

"그, 빡빡이 아시죠?"

머리를 푸르스름하게 깎고 승려복을 입고 다니는 애였다. 부모가 아이돌에 미친 딸의 머리를 밀었다. 앵벌이를 하다가 탈출했다. 진짜로 파계승이다. 등등 말이 많았는데 본인에게 직접 묻자 요셉의 눈에 띄기 위해 그러고 다닌다는 심플한 대답이 돌아왔었다. 얼굴을 붉히는 여자를 향해 미희가 말했다.

"그만큼…… 눈에 띄세요."

"그렇구나."

"네, 아무래도……"

나이가 많아서 그렇다는 말을 미희는 된 밥알과 함께 삼켰다. 짧은 침묵이 이어졌다. 여자는 미희가 하려던 말을 알아들은 건지 아닌지 알쏭달쏭한 얼굴로 말을 돌렸다.

"걔네들은 서로 친구니?"

"누구요?"

"네 근처에 맨날 붙어다니는."

"뭐, 그런 것 같아요."

"너는?"

미희는 웃었다. 여자가 조금만 더 눈치가 좋았다면 미희가 혼자 겉돈다는 걸 알아챘을 것이다. 미희가 대답하지 않자 여자는 더 묻지 않고 미적지근한 커피를 홀짝였다. 어쨌거나 여자가 자신의 눈치를 보고 있었다. 미희는 그게 불편하기도, 뿌듯하기도 했다. 그런 대접을 받는 건 아주 오랜만이었다. 아니, 처음이라고 해야 하나? 할말이 끝난 듯해 미희는 다시 밥을 먹었다. 그새 식은 밥알이 빳빳하게 마르고 접시에 노란 기름이 흥건히 고여 기분이 좋지 않았다. 그는 밥 먹을 때 누가 말을 거는 걸 싫어했다. 여자가 입을 열었다.

"오늘, 말 걸어줘서 고마웠어. 궁금했거든. 요셉⋯⋯이 어딜 가는지 뭐 그런 거 말야."

"⋯⋯"

"어떻게 알았는지⋯⋯ 말해줄 순 없겠지?"

미희는 대꾸 없이 남은 밥을 입안에 쓸어넣었다. 이 정도면 충분했다.

"잘 먹었습니다."

여자가 메뉴판에 손을 뻗으며 말렸다. 더 시켜, 배고플 텐데. 그 말에 반사적으로 단침이 넘어갔다. 거리 생활을 하며 밴 허기, 몸에 고인 냉기가 뜨겁고 향기나는 음식을 원했지만 미희의 자존심이 그보다 강했다.

"아녜요. 배불러요."

"좀더 먹지."

"괜찮아요. 약속이 있어서요."

"그렇구나. 바로 가야 하니?" 여자가 안절부절못하더니 물었다. "혹시, 전화번호 알 수 없을까?"

"집에 전화 없어요."

"삐삐는?"

"삐삐도요."

그렇구나. 여자는 잠시 미희를 훑더니 그의 말이 거짓이 아니라고 판단했는지 입맛을 다셨다. 미희는 삐삐가 든 바지 주머니를 매만지며 어색하게 웃었다. 그 웃음에 대꾸하듯 여자가 억지로 입꼬리를 올렸는데, 그게 이상하게 안쓰러웠다. 미희는 묘한 동정심에 젖어 충동적으로 말했다.

"다음에 만나면 인사해요."

여자의 얼굴이 밝아졌다.

"그래. 그러자. 내 이름은 안나야. 서안나. 그냥 편하게 안나 언니라고 불러."

언니는 무슨. 미희는 속으로 콧방귀를 뀌었지만 얻어먹은 값을 하기 위해 얌전히 여자의 말을 따라 했다.

"네, 언니."

그게 이런 사이로 발전할 줄 누가 알았겠는가?

그뒤로 미희는 자주 안나와 마주쳤다. 처음에는 미희와 조금 떨어진 곳에서 얼쩡대던 안나는 언젠가부터 미희 곁에 붙어 있게 되었다. 몰랐는데 안나는 점잖아 보이면서 원하는 것을 얻어내는 데 능숙했다. 야외 행사가 있을 때 그들은 밤을 새우지 않고도 관계자 옆에 앉을 수 있었다. 스태프들은 안나를 자신들이 너무 어리고 멍청해 알아보지 못하는 거물로 착각하고 백스테이지를 헤매게 내버려두었다. 안나는 자랑하듯 이런저런 연예인의 사인을 받아왔다. 한동안은 미희도 신기해서 그것을 간직했지만, 얼마 지나지 않아 낙서된 종이 쪼가리는 행사가 시작되기도 전에 사람들의 발에 짓밟혔다. 그들에게 중요한 건 언제나 요셉뿐이었는데, 문제는 정작 요셉 앞에선 안나의 오만한 마력이 빛을 잃는다는 것이었다. 멀찍이 요셉의 그림자만 보여도 안나는 소금 바위처럼 굳었다. 얼굴엔 깊은 그늘이 드리웠고, 방금 전까지만 해도 고개를 꾸벅대며 그를 피해 가던 스태프들은 갑자기 어떻게 들어오셨냐며 경비를 찾았다. 사랑을 하는 사람은 가장 낮은 곳으로 내려간다. 다른 게 아니라 순식간에 뒤바뀌는 안나의 몰골로 미희는 그 사실을 배웠다.

"혹시 다른 애들이랑 싸웠니?"

두 사람은 이젠 아지트가 된 커피숍에 마주앉아 있었다. 미희는 키위주스를 마시는 중이었는데, 조명 탓에 맛좋은 진흙을 빨아들이는 느낌이었다. 싸웠냐니. 점잖은 안나의 표현에 미희는 끈끈한 음료를 입에 머금고 천천히 말을 골랐다. 뭐랄까, 그보다는……

"제가 마음에 안 드나봐요."

"왜?"

안나가 백치처럼 천진하게 물었다. 보면 모르나. 미희 역시 차마 자신의 입으로 진실을 말하긴 머쓱해 순진한 척 고개를 갸웃거렸다.

"저야 모르죠."

안나는 더 묻지 않았다. 테이블 가운데에 놓인 양초에서 빛이 일렁였다. 가게 구석구석에 장식된 유리 조각상들이 이따금 그 빛을 미희에게로 반사했고, 몇몇 남자들이 빛을 보는 척 미희를 힐끗댔다. 미희는 화답하듯 긴 머리카락을 귀 뒤로 넘기다가 웃음을 터뜨렸다. 그런 행동까지 재수없다고 하는 애들이 생각나서였다. 예쁜 척을 한다나? 척이 아니라 타고나길 그런 걸 어쩔 거야. 그렇게 무시했지만 때로 몰려와 덤비는 덴 당해낼 재간이 없었다. 머리카락과 옷이 난도질됐다. 피가 터져 얼굴이 부었다. 그애들의 전략이 무시로 바뀌기 전까지 미희의 몸에선 멍이 빠질 날이 없었다. 미희는 정말 무시당하는 게 좋았다. 누군가는 그걸 영혼의 말

살이라고 칭했지만, 무시는 머리카락을 길어지게 했고 찢어진 입 안을 아물게 했다. 단점을 꼽자면 심심하다는 거? 그래서 안나에게 말을 건 걸지도. 미희는 고개를 저어 상념을 떨쳐냈다.

"예전에 한 번 요셉이 절 보고 웃은 적이 있어요."

"……"

"그때 제가 나무에 올라가 있었거든요. 보통 요셉은 그런 데 있는 팬들을 못 본 체하는데 그날은 기분이 좋았는지, 아니면 제가 열매처럼 매달린 꼴이 웃겼는지 푸하, 하고 웃은 거예요. 그게 꼴 보기 싫었나봐요."

"왜?"

또다시 순수하게 궁금하다는 말투였다. 진짜 모르나보네. 미희는 부드러운 두 뺨을 세수하듯 문지른 뒤 아무렇지 않은 듯 대꾸했다.

"글쎄요. 그냥 따라오더니 뒤에서 치더라고요."

"쳤다고?" 안나가 눈을 동그랗게 떴다. "아니 왜?"

"괜찮아요. 지금은 멀쩡하니까요."

"무서운 애들이네."

"견딜 만해요. 생각하는 순서만 틀리지 않으면요. 맞을 땐 맞는 일에 집중하고, 맞고 난 뒤엔 지난 일을 생각하지 않는 거죠. 이 순서가 중요해요. 반대가 되면 사람이 미치거든요. 억울해서."

그날의 대화는 거기서 끝났다. 그후 두 사람이 미희가 당한 일을 입에 담는 일은 없었지만, 그 대화는 안나가 미희에게 더 신경을 쓰는 계기가 되었다. 그는 거처도 없이 길거리를 전전하던 미희에게 커피숍 아르바이트 자리를 마련해주었고, 종업원용 휴게실로 쓰는 쪽방에서 잠도 잘 수 있게 해줬다. 알고 보니 그 가게는 안나의 가게였다. 일손은 충분했고, 미희는 '정원 외'였으므로 가끔 테이블을 행주로 문지르거나 서빙을 하는 게 전부였다. 그마저도 요셉을 보러 가는 날에는 거의 하지 않았지만 안나는 아무 말하지 않았다. 아니, 외려 그편을 권장하고 싶은 듯했다.

우연히 안나가 남편에게 맞는다는 사실을 미희가 알게 된 다음부턴 관계가 더 편해졌다. 안나는 미희가 자기 부부생활을 못 본척하는 게 자신을 배려한 행동이라고 믿었는지 미희에게 더 의지했다. 솔직한 심정으로 미희는 안나가 맞든 때리든 관심이 없었다. 부자 아줌마는 어떨지 몰라도 미희의 세계에서 폭력은 도처에 널려 있었다. 아니, 그게 세계가 이뤄진 방식이었다. 그러나 안나의 신뢰는 점점 커졌다. 미희는 단지 안나가 겪는 일이 별것도 아니라고 생각해 입을 다물었을 뿐인데, 안나는 미희가 믿을 만한 존재라고 착각했다. 그렇게 만들어진 미묘한 고용인과 피고용인의 관계가 오늘 미희를 이곳으로 이끌었다. 뭐, 미희로서는 이번일에 참여한 게 손해는 아니었다. 처음 얘기를 들었을 땐 아줌마가 미친 줄 알았지만, 안나가 하자고 한 일은 그 역시 한 번은 해보고 싶던 일이었다. 사람은 누구나 기묘한 꿈을 꾼다. 그걸 실제로 저지를 힘을 가진 사람이 있고, 아닌 사람이 있을 뿐이다. 안나는 전자였다. 그리고 오늘밤, 자신도 안나와 같은 부류의 인간으로 거듭날 것이었다.

안나가 중얼거렸다.

"어머, 저기 봐. 저게 뭐지?"

"……"

"사슴인가봐. 밤에 이런 델 지나가네."

"고라니겠죠."

나미가 대꾸했다. 미희의 눈에는 어둠만 보였다. 뚱한 반응에 당황한 듯 안나가 허공을 휘저었다. 저기, 저어기 있잖아.

진짜 본 거 맞아요? 미희는 그렇게 물으려다 말았다. 대신 나미가 했던 말을 안나에게 되풀이했다.

"피곤하신가봐요. 잠깐 눈 좀 붙이실래요? 전화는 저 주시고요."

"아니야. 근데 정말……"

"예?"

"……아니야. 아무것도."

"괜찮으신 거죠?"

"응."

안나가 고개를 끄덕였다. 미희는 더 대꾸하지 않았다. 대신 글러브 박스를 열고 언제부터 들어 있었는지 모를 민트 껌을 꺼내

안나와 나미에게 건넸다. 안나는 손을 드는 것으로 거절 의사를
밝혔고 나미는 껌을 받아 주머니에 넣었다. 미희는 눈썹을 가볍게
올리고는 은박지를 벗겨 껌 두 개를 한 번에 입에 넣었다. 혀가 아
리게 화한 단맛이 느껴지자 어금니 뒤로 침이 죽 나왔다. 그는 목
젖을 꼴딱거리며 카스테레오에 손을 댔다.

"음악 들을까요? 잠 좀 깰 겸요."

반대하는 사람은 없었다. 전원을 켜고 라디오의 주파수를 맞추
자 귀에 익은 팝이 울려퍼졌다.

"오랜만이네요."

미희가 말하자 안나가 비극적인 멜로디와 어울리지 않는 밝은
목소리로 물었다.

"이런 노래도 아니?"

"티브이에 나왔잖아요."

"그때 국민학생 아녔어? 별걸 다 기억하네."

안나가 신이 난 듯 허밍을 하기 시작했다. 미희는 대꾸 없이 머
릿속을 박차고 들어온 지저분한 더벅머리들에 대해 생각했다. 그
들은 한 가정집에 들어가 사람들을 인질로 잡고 경찰과 대치했다.
거기까진 선명했지만 끝은 기억나지 않았다. 어떻게 되었더라? 자
기 머리에 총을 쏘았던가? 뻥 뚫린 두개골에서 뇌수가 질질 흐르
는 것만 같아 미희는 머리를 매만졌다. 식은땀이 흘러내렸을 뿐,
핀을 꽂은 긴 머리는 변함없이 단정했다.

미희는 노랫소리와 맞지 않는 박자로 운전대를 두드리며 혼자만의 리듬을 타는 나미를 바라보았다. 미희는 점을 믿지 않았다. 믿지 않았지만, 나미가 한 말을 떠올리며 스스로를 안심시켰다. 안나, 나미, 미희와 희애. 네 사람의 사주는 각각 쇠와 흙과 불과 나무가 강하다. 요섭은 물이라 다섯이 서로를 돕는다. 아직까지 손발이 잘 맞는다는 인상을 받은 적은 없었다. 요섭이 빠진 탓인지 무언가 비어 있는 느낌이었다. 오늘도 그랬다. 모든 일이 무난하게 흘러갔지만 바로 그게 문제였다. 오늘이 천운의 날이라면, 정말 서로가 서로를 돕는다면 확실한 신호가 있어야 했다. 미희는 자기도 모르게 두 손을 모았다. 제발 신호를 보내주세요. 그러나 나미는 운전대만 두드리고 있고 안나는 계속해서 노래를 흥얼거리고 눈앞엔 다시 피가 튄 듯한 얼룩이 어른거렸다. 얼룩은 점점 커지고 커지면서 차를 향해 다가왔다. 미희는 두 눈을 후벼파듯 손가락으로 문질렀다. 빠르게, 점점 빠르게, 두개골 안의 동그란 젤리를 으깨기라도 할 듯이 힘을 주어 문지르며 지금 이 순간에 집중하기 위해 애썼다. 그 와중에 뽐내듯 자연스럽게 굴리는 안나의 영어 발음이 미희의 곤두선 신경을 거슬렀다. 한마디 할까? 조용히 좀 하라고? 제발 좀 닥치라고? 그 순간 밖에서 유리창을 두드리는 소리가 들렸다. 미희는 눈에서 두 손을 뗐다. 운전석 창 옆에 서 있는 그림자를 보고, 그것이 환각이 아니라는 사실에 등줄기에 오싹 소름이 끼치면서도, 이것이 어떤 신호가 아닐까 하는 기대감에 눈을 반짝였다.

*

　남자의 손짓에 미희가 라디오를 껐다. 남자가 콧물을 마시더니 꿀꺽하고 가래를 삼켰다. 코를 움켜쥐고 몇 번 흔들며 목울대를 움직이던 그가 내뱉듯 외쳤다.

　"스콜피언스."

　그 말에 미희가 되물었다.

　"예?"

　"스콜피언스 노래 아니야? 〈홀리데이〉."

　"맞는데요, 비지스 노래예요."

　"비지스라고?"

　"예."

　"〈홀리데이〉 아니야?"

　"〈홀리데이〉는 맞는데요, 비지스의 〈홀리데이〉예요."

　"비지스도 〈홀리데이〉가 있어?"

　"네. 그게 더 유명한데요."

　"그래? 스콜피언스보다 더?"

　"네. 티브이에 나왔거든요."

　"몇 번에?"

"그냥 전부 다요."

"그래? 왜?"

어…… 미희가 말끝을 늘이자 그때까지 앞만 보고 있던 나미가 답했다.

"인질극이 있었거든요. 그때 그 노래가 방송에 나왔어요. 범인은 자살했고요."

그랬나…… 남자가 목을 울리더니 이번엔 바닥에 가래침을 뱉었다. 그리고 잊은 게 떠올랐다는 듯 물었다.

"우리 사슴 못 봤어?"

"예?"

"사슴 말이야. 못 봤냐고."

"못 봤는데요."

피휴. 남자가 깊은 한숨을 쉬었다. 벙거지를 깊이 눌러쓴 남자는 허리춤에 목장갑을 끼우고 목이 긴 장화에 두툼한 체크 셔츠를 입은 작업복 차림이었다. 다리가 불편한지 한 손엔 지팡이를 짚고 있었다. 사십대? 나이를 잘 가늠할 수 없지만 그쯤 되어 보였다. 니미 씨팔…… 중얼거리던 그가 불쑥 먹이를 받아먹으려는 사슴처럼 열린 창틈에 고개를 들이밀고 킁킁대더니 말했다.

"담배네."

"예?"

"젊은 아가씨가 담배를 태운다고."

"……"

"아가씨, 될 수 있으면 하루라도 일찍 끊는 게 좋아. 아기가 들어서지 않거든. 지금은 애가 다 뭐냐 싶겠지만 나중에 후회하면 늦어. 인간이 남길 수 있는 게 뭐가 있겠어. 자식밖에 더 있어? 사슴도 그래. 새끼를 못 배는 것들은 값이 덜 나가. 팔려면야 멋모르는 뜨내기한테 넘기면 되지만, 그건 도리가 아니지. 길게 보면 말이야, 거짓말을 하지 않는 편이 인생에 도움이 되거든."

남자는 다시 담배 냄새를 맡으려는 듯 창에 바싹 다가왔다. 모자에 가려진 눈동자가 번뜩이는 듯했다. 나미는 뒤로 물러서지 않았다. 유리창 하나를 사이에 두고 둘의 얼굴이 닿을 듯 가까워지다…… 쿵, 하는 소리가 났다. 남자의 머리가 창에 부딪히며 난 소리였다. 낮은 신음을 내며 이마를 문지르던 남자가 민망한지 골이 난 소리로 외쳤다.

"아가씨들 여기 처음 아니지? 뭐하러 온 거야? 어? 이 밤중에 뭐하러 왔냐고."

"뭐하러 온 것 같으세요?"

나미가 역으로 되묻자 남자는 당황하는 듯싶더니 공격적인 말투로 되물었다.

"신자 아니야? 사슴농원?"

"사슴농원이요?" 나미가 낮고 침착하게 물었다. "처음 듣는데요. 뭐하는 데인데요? 무슨 농장인가요?"

남자가 갑자기 기가 죽은 목소리로 칭얼거렸다.

"이 근처에 사슴농원이라는 사이비 단체가 있거든. 그래서 나한테 자꾸 전화가 와. 호박이랑 옥수수도 키워야 하고, 꼴도 베야 하는데, 전화 받으면 한나절이 지나. 자식 뺏기고 부모 뺏긴 사람들한테 뭐라 할 수도 없고. 그것 때문에 단골 전화를 놓칠 때도 있어. 어떻게 모은 단골인데."

"무슨…… 장사를 하시나보죠?"

미희가 조심스레 묻자 남자가 깊은 한숨을 쉬었다.

"응. 사슴농장. 진짜 사슴농장. 자기 전에 마지막으로 잘 있나 보러 나왔는데 수가 하나 부족하더라고. 태어난 지 열흘도 안 된 수사슴이 하나 사라졌어. 아직 새끼인데…… 그래서 아가씨들은 못 봤다 이거지?"

"못 봤어요." 나미가 대꾸했다. "여기도 밤낚시 해보려고 처음 온 거고요. 친구가 낚시 도구를 갖고 오기로 했는데 그애가 좀 늦네요."

"그래? 어디서 본 듯한 얼굴인데."

"젊은 애들이 다 거기서 거기잖아요."

"그렇긴 해."

남자가 퉁명스레 대답했다. 그런 뒤 좋은 생각이라도 났는지 반색하며 물었다.

"묵고 가나?"

"아니요."

"묵고 갈 거면 우리집이 좋은데. 민박도 하거든. 하나부터 열까지 다 우리 엄마가 기른 걸로 차리는 밥상이야. 먼 데서 오신 손님들 식사 대접만 하다가 우리 밥상이 녹용보다 더 좋다고들 하는 바람에 시작한 거지."

"말씀은 고마운데요, 금방 갈 거예요."

나미가 고개를 숙여 보이며 대답했다. 더이상 할말이 없을 텐데도 남자는 차 지붕에 손을 얹은 채 서 있었다. 그는 눈을 피하지 않는 나미를 훔쳐보듯 하며 버티다가 한숨을 내쉬더니 돌아섰다.

"별 미친놈을 다 보네."

그게 나미의 총평이었다. 미희도 동의했는지 고개를 끄덕였다. 씨팔 새끼. 그냥 확 쳐버릴라. 미희의 말을 시작으로 두 사람은 비웃음을 담아 남자를 입으로 난도질하기 시작했다. 긴장이 누그러지고 분위기가 화기애애해졌지만 안나는 거기 끼지 않았다. 그는 엉뚱하게도 남자가 지나가듯 말한 호칭을 곱씹는 중이었다. 남자는 분명 아가씨들이라고 했다. 아가씨들끼리 이 밤에 왔다고. 미희와 나미는 아가씨가 맞았다. 하지만 자신은? ……아니었다. 쓰리지만 사실이었다. 남자는 '아가씨'가 아닌 자신의 존재를 무시한 걸까? 아니면 어둠이 주름을 가린 걸까? 차 안에 미희와 나미가 없었다면 남자는 자신을 무어라 칭했을까? 안나는 곰곰이 생각하다가 어두운 탓에 남자가 자신을 젊게 본 거라고 결론을 내렸다. 그런 게 아니라면 지금이라도 차에서 내려 저 남자의 머리통을 깨부숴야 마땅했으니까.

분노를 잠재우기 위해 안나는 눈을 감았다. 그는 피가 들끓을 때마다 그랬듯 기억 속에서 마약 같은 기쁨을 꺼내 주사했다. 요셉의 유리구슬 같은 눈동자, 얼굴을 찡그리듯 구기며 웃을 때 코에 잡히는 주름, 귀와 턱을 잇는 부드러운 살을 떠올리자 기쁨이 과했는지 이번엔 구토와 같은 멀미가 시작되었다. 요동치는 감정에 안나는 입을 틀어막고 고개를 숙였다. 운전석 등받이에 머리를 비비는데 눈물이 바닥으로 뚝뚝 떨어졌다. 이 혼란을 멈출 방법은 오로지 요셉을 손에 쥐는 것뿐이었다. 가만히 놔두면 수염이 자라 까칠해지는 두 뺨을 매만지는 것. 혼란스러운 체취를 풍기는 겨드랑이 사이를 파고드는 것. 그게 아니고서는 이 허기를, 텅 빈 속으로 인한 울렁거림을 멈출 수 없었다. 그는 두 눈을 손바닥으로 꾹 누르며 신물을 삼켰다.

안나가 처음 어린 육체를 갈망하게 된 건 중부 유럽의 한 도시에서였다. 박사과정생인 남편을 따라 건너가 뒤늦은 신혼생활을 시작하고 일 년쯤 지난 무렵이었다. 신혼집은 스튜디오형 연립주택이었다. 엘리베이터는 수십 년째 고장이었고 욕조는 부엌에 있었다. 첫날 낑낑대며 오층까지 올라와 낡은 석유곤로에 발을 녹이며 안나는 계약에 무슨 착오가 있었을 거라고 생각했다. 그러나 남편은 이곳이 지난 사 년 동안 그가 살았고, 앞으로는 그들 부부가 살 집이라고 했다. 남편은 안나의 아버지가 맞춰준 무스탕은 트렁크에서 꺼내지도 않은 채 주말 벼룩시장에서 산 낡은 점퍼만 입고 다녔다. 기름도 바르지 않은 빵과 감자로 끼니를 때웠고, 왕복 두 시간이 넘게 걸리는 학교까지 자전거를 타고 다녔으며 가끔은 걸어다녔다. 못 본 사이 마른 남편의 얼굴은 까칠했지만 눈만은 자기 학대를 통해 길을 찾은 성자처럼 빛이 났다. 충분히 예상 가능한 일이었다. 처음 만난 홍안의 청년 시절부터 그는 곧잘 노인의 표정을 짓고 너무 많은 걸 누리면 우울해진다고 말했다. 시대의 종말. 정치의 멸망. 자본주의의 번영. 그에게서 기쁨을 앗아가는 지뢰가 사방에 널려 있었다. 한때 안나는 남편의 그런 면을 사랑했다. 처음엔 죄의식을 느끼며 남편에게 미움받을까 두려워했고, 나중엔 값비싼 란제리에 매혹을 느끼면서도 입으론 끔찍하다고 말하는 남편을 귀엽다고 여겼다. 문제는 부부가 되어 산다는 건 연애나 동거와는 전혀 다르다는 점이었다. 안나는 남편이 이 도시와 닮았다는 것을 금세 깨달았다. 얼핏 낭만적으로 보이지만 실상은 고루하고, 끔찍하고, 우울했다. 무엇보다 사람을 견딜 수 없게 했다.

얼마 지나지 않아 안나는 우울에 잠겼다. 그는 눅눅한 추위를 핑계로 대부분의 시간을 침대에서 보냈다. 짓눌린 것처럼 무거운 몸을 겨우 일으키는 건 대체로 서향의 창 안으로 저물어가는 햇빛이 길게 들이친 다음이었다. 가끔은 뒤늦은 후회를 하며 쫓기듯 문밖으로 나섰지만 가까운 강가에 도착할 때쯤이면 이미 해는 싸늘한 관 속에 들어간 뒤였다. 그는 흘러가는 물을 바라보다가 패잔병처럼 집으로 돌아왔다.

안나는 몰래 아버지가 부쳐준 돈을 받기 시작했다. 그걸로 구찌와 샤넬에서 옷을 사고, 불시착한 듯 장소에 어울리지 않는 밝은 미소를 띠고 사방을 훑는 관광객 틈에 끼어 도시를 배회했다. 카메라를 들고 매일 같은 장소에서 사진을 찍었다. 오래된 건물, 커다란 벽의 잔해, 공원과 아직 재건되지 않은 다리…… 그의 하루는 해질녘 관광객들이 떠나고 혼자가 되는 것으로 끝이 났다. 사람들은 사진 속에 안나를 끼워주지도, 말을 걸어주지도 않았다. 들뜬 마음으로 말을 걸기엔 안나의 얼굴에 생활인으로서의 피로가 끼어 있는지도 몰랐다.

그러던 어느 날 혼자 다리 밑에 서서 강바람을 맞고 있는데, 누군가가 팔을 쳤다. 픽치기인가? 자기를 친 사람을 돌아본 안나는 순간 들고 있던 카메라를 강에 떨어뜨렸다. (이후 그때를 회상하며 안나는 자신이 스스로 카메라를 던진 거라고 생각했다. 그러니까, 소년의 얼굴을 자신의 기억 속에만 영원히 남기기 위해 무의식적으로 그러기를 선택한 것이다.) 안타까워할 틈도 없이 카메라는 물속으로 사라졌다. 하지만 그게 중요한 게 아니었다.

안나의 팔을 친 건 라파엘로의 그림에 나올 법한 소년이었다. 차이가 있다면 그림과 달리 깡말랐고, 20세기 소년답게 나일론 점퍼와 엉덩이가 반들반들해진 청바지를 입고 낡은 워커(어쩌면 진짜 군화일 수도 있었다. 안나는 어린애들의 옷을 잘 알지 못했다)를 신고 있다는 것이었다. 한눈에 봐도 영양 상태가 좋진 않았다. 가는 목을 덮는 더러운 금발은 떡이 져 엉켜 있었고, 물려 입은 듯 품이 큰 티셔츠 안으론 주근깨투성이의 마른 가슴이 엿보였다. 볼은 산호처럼 붉었는데, 건강해서가 아니라 추위에 터서 그런 듯했다. 얼어붙은 바다처럼 파란 눈을 보며 안나가 무슨 말을 해야 할지 몰라 쭈뼛대는 사이 소년이 입을 열었다.

뭐라고? 안나가 당황해서 되물었다. 소년이 안나를 똑바로 보고 안나의 손바닥을 손톱으로 긁으며 다시 한번 말했다. 순식간에 안나의 얼굴이 달아올랐다. 그는 경련이 일듯 뻣뻣해진 혀로 더듬거리다 소년의 손을 뿌리치고 도망치듯 떠났다.

집에 돌아와 뜨거운 물에 몸을 담그며 안나는 생각에 잠겼다. 동구권 출신 소년들이 중앙역 근처에서 매춘을 한다는 소문은 들은 적이 있었다. 대가는 맥도날드 햄버거라던가. 몰락한 사상을 조롱하는 도시 괴담인 줄로만 알았지 진짜라곤 생각하지 못했다. 아마 소년은 카메라를 든 노란 얼굴의 안나를 돈 많은 일본인 관광객쯤으로 착각한 듯했다. 하지만 안나는 생활인이었다. 이 도시에서 얼굴을 못 들고 다닐 만한 일을 만들고 싶진 않았다. 그는 물이 식는 것도 모른 채 혼자 계속 혀를 찼다. 세상이 이상해지고 있다. 정말로…… 그러나 의지와는 반대로 그의 손은 점점 아래로 내려가고 있었다.

다음날 안나는 그 다리 밑으로 갔다. 다시 만난 소년에게 딱딱한 말투로 몇 가지 주의사항을 말했다. 이를 깨끗이 닦을 것. 손톱을 다듬을 것. 거기를 깨끗이 씻을 것. 안나는 소년의 단골손님이 되었다.

소년의 이름은 요셉이었다. 요셉에겐 연락처가 없었기에 헤어짐은 매번 마지막일 수 있었다. 안나는 요셉과의 만남에서 달콤한 불확실성을 얻었다. 모호함과 고통. 언제 경찰이 문을 박차고 쳐들어올지 모른다는 긴장감. 새 시즌 상품이 진열된 부티크에서 모두가 탐내는 걸 덥석 집어들 때와 비슷한 날카로운 쾌감이 안나의 척추를 타고 흘렀다. 안나는 요셉을 만날 때만 살아 있음을 느꼈다. 그는 태양이었고 안나는 그 빛을 훔쳐 썼다. 너무 뜨거워 타들어갈지라도 괜찮았다. 요셉에겐 자신을 파멸로 던질 만한 가치가 있었다. 게다가 안나의 손길을 탄 요셉은 더이상 더러운 짐승이 아니었다. 여전히 아이처럼 웃고, 리바이스 진과 나이키 운동화라면 충치로 엉망인 작은 입이 더러워지는 걸 개의치 않았지만 그의 얼굴엔 여자들의 눈길을 끄는 우수가 생기기 시작했다. 조금 더 자라면 모델이나 배우로 유명세를 떨칠지도 몰랐다. 안나는 그런 미래를 꿈꿨다. 망상은 달콤하고 잔인해서 안나는 일어나지도 않은 일에 대해 막연히 질투했다. 하지만 그는 담대한 어른으로서 요셉이 자라나는 걸 지켜봐야 했다. 둘의 이별은 아름다울 테지만 어쩌면, 어쩌면 영원히 일어나지 않을지도 몰랐다. 어느 순간 안나는 그런 단어를 생각하게 되었다. 둘 사이에 있을 수 없는, 영원 같은 단어를.

헤어짐의 시간은 찾아오기 마련이다. 그리 오래 지나지 않아 한국으로 돌아온 안나에겐 사랑과 맞바꾼 중산층의 평온한 삶이 주어졌다. 강이 보이는 넓은 아파트와 외제차. 남편은 더이상 가난 흉내를 내지 않았다. 전향은 손바닥을 뒤집는 것보다 쉬웠다. 안나도 모든 걸 뒤로한 채 주부 역할에 충실하기로 마음먹었다. 발코니에서 열대식물을 기르거나 인테리어 잡지를 뒤적이며 옆집과 비슷한 듯 다른 거실을 만들기 위해 탐구했다. 주부 모임에서 남자 접대부가 나오는 바 이야기를 듣고 유혹을 느꼈지만 가진 않았다. 그 남자들은 요셉이 아니었으니까. 더러웠으니까. 전화기와 테이블이 레이스 뜨개옷을 입었다가 벗었다. 노란 금붕어가 변기 물과 함께 내려갔다. 꽃병에 꽂혀 있던 꽃송이가 말라비틀어졌고 일본식 정원처럼 아름답게 정리된 냉장고 속 재료들이 손질 한 번 받지 못한 채 천천히 썩어갔다. 아이가 없는 것만 빼면 안나 부부는 그림처럼 완벽했다. 비록 화가가 비밀을 숨겨둔 불온한 그림이었지만 둘은 행복했다. 적어도 겉으로는 그랬다.

그리고 그해 여름, 한 지인 모임에서 안나는 다시 요셉을 만나게 되었다. 물론 금발의 요셉과는 이름만 똑같을 뿐 다른 소년이었다. 하지만 그 역시 축복받은 아름다움을 지녔고, 점이 많았으며, 얼굴엔 묘한 애수가 배어 있었다. 나중에 소년이 입양아라는 사실을 듣고서야 안나는 그가 가진 슬픔의 근원이 뭔지 깨달았다. 너무 안됐잖아. 안나는 얘깃거리를 물어다준 친구에게 속삭였다. 그 소년에겐 의지할 다른 어른이 필요하다는 생각이 들었고, 자신이 그 존재가 되고 싶었다. 안나는 그의 양부모를 통해 소년에게 접근했다. 부부도, 소년도 그를 의심하지 않았지만 안나 자신만은 마음 깊은 곳에 자리한 다른 욕망을 의식하고 있었다.

"그 새끼가 봤으면 어떡하지?"

한바탕 웃음이 지나가고, 얌전히 음악을 듣던 미희가 불쑥 말했다.

"얼굴이요. 다 봤을 거 아녜요. 나중에 이상한 소리 하면 어떡해요."

"괜찮아요. 깜깜한데. 그 사람 눈도 안 보이던데요?"

"그래요?"

"네. 나는 바싹 붙어 봤잖아요. 동공이 부옜어요. 게다가 이 밤에 나오면서 손전등 하나 안 들고 있었잖아요. 지팡이만 짚고."

"절름발이가 아니었구나."

"불안하면 잠깐 언덕 위에 다녀올까요? 어차피 한 번 가기도 가야 하고. 안나씨 생각은 어때요?"

"……"

"안나씨?"

"어?"

"어떡할까요. 자리를 옮길까요?"

"맘대로 해."

그럼 언덕으로 갈게요. 나미가 시동을 걸었다. 세 사람을 태운 차가 천천히 움직였다. 안나는 점점 가까워져오는 산을 바라봤다. 역시나 그 중턱엔 눈에서 노란빛을 뿜는 사슴 한 마리가 있었다. 뿔이 아주 커다랗고 몸에서 빛이 나는 듯 새하얀 사슴이 검은 산 속을 얼쩡대고 있었다. 저 홀로, 아주 고독하게……

예상대로 소년은 외로워했다. 어느 정도 머리가 커서 입양된 그는 가족에게 애정이 없었고, 차라리 완전한 외부인인 안나를 더 편하게 여겼다. 안나는 지인이라는 이점을 발휘해 남은 방학 동안 요셉의 과외를 맡았다. 두 사람은 안나의 집 근처 패스트푸드점에서 자주 만났다. 공부는 뒷전이었고, 붉은빛의 딱딱한 플라스틱 의자에 앉아 보낸 대부분의 시간은 안나가 소년의 아픔을 들어주는 데 쓰였다. 그러는 동안에도 안나의 머릿속은 딴생각으로 가득 차 있었다. 그는 소년의 말을 한 귀로 흘리며 소년의 티셔츠 틈새로 드러난 목덜미의 점으로 별자리를 그렸다. 그걸 알 리 없는 소년은 안나 앞에서만은 마음의 벽을 허물었다.

요셉은 그 나이대 애들이 그렇듯 지루할 정도로 자기 생각만 했다. 그는 세상에 하나뿐인 고아처럼 굴며 자기 고통에 스스로 숨을 불어넣으면서도 그 사실을 알지 못했다. 그가 겪은 일은 드라마도 될 수 없게 뻔했다. 가수가 되고 싶다는 이야기, 언젠가 성공해서 엄마를 찾고 싶다는 이야기도 마찬가지였다. 그러나 뻔하다고 해서 아프지 않은 이야기는 아니었다. 특히 안나에겐 더 그랬다. 그의 세상엔 요셉뿐이었으므로, 요셉의 고통은 곧 세계의 고통이었다. 그 밖의 사람들이 겪는 고통은 이름 없는 도시에 일어난 폭격처럼 의미 없었다. 요셉이 있기 전의 세계는 존재하지 않는 것과 마찬가지였다. 역사 없이 하늘에서 떨어진 천사. 그게 요셉이었다. 안나 그 자신의 인생도 요셉을 만난 후부터 시작한 것 같았다.

동정과 사랑이 뒤섞여 터질 것처럼 부풀어오른 날이었다. 과외는 단 한 번을 남겨두고 있었고, 요셉은 곧 새 학기를 맞아 미국으로 돌아갈 예정이었다. 그때까지 아무런 일도, 안나가 내심 기대해온 어떤 긴장의 촉발도 일어나지 않고 있었다. 안나는 마지막날이라는 핑계로 요셉을 집으로 초대했다. 초인종이 울리고, 새삼스레 쭈뼛대며 요셉이 들어왔다. 안나는 들뜬 마음을 숨겼다. 공부고 뭐고 의지가 없었지만 침착하게, 오히려 엄격하게 수업을 진행했다. 방안을 감도는 기이한 긴장감을 눈치챘는지 요셉도 말이 없었다. 짧은 수업이 끝났다. 안나는 재빨리 일어나 오렌지주스 한 잔을 요셉에게 건넨 뒤 말했다.

"저녁 먹고 가. 준비해뒀으니까."

"가야 할 거 같은데요."

"괜찮아. 부모님한테는 말해뒀으니까."

안나는 앞치마를 매고 부엌으로 갔다. 요셉은 거절하지 못한 채 두 손을 모으고 거실 소파에 앉았다. 안나는 고개를 빼고 틈틈이 요셉에게 말을 걸었다.

"집에서는 요리 자주 해먹니?"

"아니요. 아줌마가 해주시고, 아닐 땐 외식이에요."

"그래? 우리집은 해먹는 편인데."

"선생님이 하세요?"

"응."

"사부님은 좋겠네요. 전 나중에 꼭 요리를 잘하는 여자를 만날 거예요. 그래야 더 집 같잖아요."

"그러니?"

퉁명스럽다 싶은 말투로 대꾸했지만 돌아선 안나의 얼굴은 묘한 기쁨으로 얼룩져 있었다. 안나는 자신작인 캘리포니아롤을 긴 접시에 줄 맞춰 담고 마요네즈를 예쁘게 뿌린 다음 샐러드와 함께 거실 테이블로 가져갔다. 그는 감탄하는 요셉에게 무알코올 샴페인을 따라주며 물었다.

"이런 퓨전도 좋아하니?"

요셉이 금방 잔을 비운 다음 입맛을 다시며 고개를 끄덕였다.

"자주 먹어요. 거긴 한식당이 많지 않아서, 쌀 먹고 싶으면 일식당에 가게 되거든요."

"보스턴에서 먹었던 거랑 완전히 같진 않을 거야. 내 식으로 한거라서. 입에 맞을지 모르겠다."

"맛있을 거 같은데요. 모양도 예뻐요. 미술을 하셨다고 했던가요?"

"조소를." 안나가 쓰게 웃었다. "안 한 지 오래됐지만."

"멋진걸요. 솜씨가 이런 데서 다 나타나네요."

잘 먹겠습니다. 요셉이 두 손을 가볍게 모은 뒤 젓가락을 들었다. 미국 생활에 젓가락질이 서툴러진 탓인지, 아니면 안나가 충분히 단단하게 말지 못한 건지, 요셉이 집어든 롤은 입에 채 넣기도 전에 풀어졌다. 아보카도와 오이, 마요네즈에 버무린 게살 따위가 요셉의 흰 티셔츠 위로 떨어졌다. 아. 요셉이 당황하는 사이 안나가 티슈를 뽑아주었다. 그는 요셉이 옷에 묻은 마요네즈를 문질러 닦는 동안 안방에서 남편의 티셔츠를 꺼내왔다.

"얼른 벗어. 갈아입을 옷 있으니까."

"괜찮은데."

"사양하지 말고."

요셉이 쭈뼛대며 옷을 받아들더니 자리에서 일어났다. 다른 방으로 들어가야 할지 고민하는 듯했지만 안나의 아무렇지 않다는 듯한 태도에 마음을 굳혔는지 기울기 시작한 세피아 톤 햇빛 아래서 티셔츠를 벗기 시작했다. 어린애다운 천진함과 소년의 수줍음, 청년의 대범함 사이에서 고민하듯 안나에게서 약간 몸을 튼 자세였다. 그 때문에 마른 갈비뼈와 사선으로 길게 뻗은 외복사근이 또렷하게 보였다. 순간 조급해진 안나는 뻔한 실수를 했다. 여름밤 하늘처럼 점이 총총히 박힌 소년의 등을 끌어안고 만 것이다. 잠깐만. 자기도 모르게 나온 단침을 요셉의 등에 흘리며 안나가 헉헉댔다. 잠깐만잠깐만잠깐만. 안나의 손이 아래로 내려갔다. 그러자 뻣뻣하게 굳어 있던 요셉의 몸이 바르르 떨렸고 곧장 강한 힘이 안나를 밀쳤다. 안나는 그대로 떠밀려 바닥으로 쓰러졌다. 역광에 가려 표정을 읽을 수 없는 요셉을 올려다보며 안나는 욕을 들을 각오를 했다. 실은 은밀히 기다렸다. 그러나 요셉은 소리를 지르거나 안나를 비난하지 않았다. 단지 어두워진 눈으로 이렇게 말했을 뿐이다. 나는…… 아줌마를 엄마처럼 생각했어요. 그리고 도망치듯 그의 곁을 떠났다.

얼마 지나지 않아 요셉은 바다 건너로 돌아갔다. 그 일은 요셉의 양부모에게 알려지지 않았고 안나 역시 복기하지 않았다. 거기엔 사랑의 실패로 인한 민망함 이상의 무언가가 있었다. 건드려선 안 될 뇌관이랄까. 안나는 그걸 묻고 살았다. 거기에 불꽃을 당길 요셉이 없었기에, 그날 일은 불발탄으로 남을 수도 있었다.

그로부터 이 년 뒤 다시 만난 요셉은 브라운관 안에 있었다. 그는 소원대로 가수가 되어 많은 사랑을 받았다. 광기의 사랑이었다. 넘치지만 줄 데 없던 소녀들의 에너지를 요섭은 온몸으로 받아들였다. 그는 마치 성자처럼 굴었다. 점처럼 흩뿌려진 수많은 소녀 한 명 한 명을 사랑한다고 했다. 그건 진심이었다. 하지만 사랑의 결은 여러 가지이고, 그 역시 한편으론 평범한 소년이었다. 지난해 요섭과 동료 아이돌의 스캔들이 터졌다. 양측 다 부인했지만 팬들에게는 사실로 여겨졌는지, 여자 아이돌에 대한 공격이 쏟아졌다. 안나는 그 모든 걸 한발 떨어져 지켜봤다. 요섭에게 실망하지도, 상대가 밉지도 않았다. 다만 그는 설명할 수 없는 불쾌감을 느꼈다. 그는 그 원인을 알기 위해 두 사람이 처음 만났다던 예능 프로를 돌려봤다. 몇 개의 장면을 반복재생하며 안나는 생각에 잠겼다. 화면 속에 나란히 서 있는 여자와 요섭은 둘 다 피부가 희고 목이 길어 두 마리 사슴 같았다. 둘은 결코 서로를 마주보지 않았다. 하지만 아주 잠깐, 누군가의 농담에 웃으며 그 여자를 힐끗 보는 요섭을 안나는 놓치지 않았다. 안나는 그 장면을 정지시켜두고 한동안 티브이 앞에 앉아 있었다. 결국에는 점점 밝아오는 푸른 새벽빛 속에서 시린 눈으로 눈물을 줄줄 흘리면서 인정하게 되었다. 여자를 보는 요섭의 눈은 무척 따뜻했다. 마지막으로 요섭을 만난 날, 갑자기 뒤에서 끌어안은 자신에게 보였던 싸늘함과는 달랐다. 안나는 처음으로 그날의 일을 복기했다. 그리고 스스로에게 날카로운 상처를 내면서, 묘하게 거슬리던 가시 하나를 뽑아냈다. 나는 아줌마를 엄마처럼 생각했어요. 아줌마. 그래, 그 단어였다. 그 단어를 뱉는 순간 요셉의 눈 안쪽에 빠르게 스쳐가던 혐오를 안나는 기억했다.

안나는 그런 말을 들은 적이 없었다. 안나가 만나온 사람들 대부분이 그를 존중해줬다. 그건 그가 부자여서도, 학벌이 좋아서도 아니었다. 여자여서였다. 요셉은 그 반대였다. 그에게 어른이나 선생님으로 존경받을 순 있었지만 여자는 될 수 없었다. 안나는 밤을 새운 피로를 끌어안고 화장실로 갔다. 날카로운 흰 조명 아래 푸석푸석한 얼굴로 죽어가는 표정을 짓고 있는 건 젊고 아름다운 안나가 아니었다. 세월이 짠물처럼 소리 없이 깎아내 풍화시키고 만 존재였다. 아줌마였다.

안나는 거리를 헤매다 강으로 갔다. 지나치다 싶게 넓고 긴 다리 위에서 그는 오로지 한 가지 생각만 했다. 죽고 싶다는 생각. 이 음울한 잿빛 강물 속에 몸을 던지고 싶다는 생각. 저 일렁이는 물에 몸을 담그면 새로 태어날 수 있을 것만 같았다. 끓는 솥에서 꺼낸 새끼 염소처럼 뽀얗게 되돌아갈 수 있을 듯했다. 하지만 그는 스스로를 강 아래로 떨어뜨리지 않았다. 마지막 순간 요셉이 그를 잡아 세웠다. 갈 땐 가더라도 요셉, 마지막으로 너는 한번 안고 가야지. 그런 생각에 이른 안나는 코웃음을 쳤다. 요셉을 안는다니. 그건 납치라도 하지 않고선 이룰 수 없는 일이었다. 정말이지, 납치라도 하지 않고서야……

나미가 속도를 줄이더니 언덕 위 길 가장자리에 차를 세웠다. 그곳까지는 물안개가 올라오지 않아 산과 산 사이로 멀리 떨어진 마을의 불빛이 또렷하게 보였다. 그들은 잠시 야경을 즐겼다. 낭만적이다. 그렇죠? 나미가 혼잣말처럼 중얼거렸다. 고개를 끄덕였지만 안나는 도시 위로 천천히 가라앉던 주홍색 노을과, 그 연한 빛에 의지해 눈으로 더듬어보던 무수한 점보다는 아름답지 않다고 생각했다. 그 아름다움은 얼마 전까지 별과 마찬가지로 손에 쥘 수 없는 곳에 있었지만 이젠 아니었다. 오늘밤 그는 별을 끌어내릴 예정이었다. 별은 얼음처럼 뜨겁거나 타는 불처럼 차가워서 품에 안는 순간 안나는 산화할 것이다. 꽝꽝 얼어 부서져 파편으로 흩어질 것이다. 그러나 상관없었다. 그는 이미 죽은 인간이었다. 그날 다리 위에서 무언가를 던진 후 계속 시체로 살았다.

나미가 운전석 문을 열고 밖으로 나가더니 밤공기를 온몸으로 마시려는 듯 양팔을 벌렸다. 그걸 보던 미희가 뒷좌석으로 고개를 돌렸다.

"언니."

"……"

"안나 언니."

"응?"

"언니 잘못이 아녜요. 운전하다보면 이런저런 일이 생기기 마련이니까요."

"……"

"겨우 고라니인데요. 사냥도 하는데 실수로 친 것쯤은 별일 아니죠."

"그래, 고맙다."

안나는 입꼬리를 올려 웃었다. 아무리 산전수전 겪었다 해도 애들은 애들이었다. 잘 구워삶으면 뼈까지 발라낼 수 있는 아기들. 순진한 공범들을 향한 애정이 치솟아 안나는 코끝이 시큰해졌다. 그래. 나중에 어떻게 되더라도 오늘밤만은 우리는 하나의 팀이다. 그런데 어째서 희애에게선 연락이 없는 걸까? 안나는 손톱을 깨물었다. 심장을, 몸에서 저 자신만 남은 것처럼 시끄럽게 뛰는 심장을 뽑아내 차가운 강물에 담그고 싶었지만 언제나 그랬듯 점잖게 두 다리에 힘을 주고 버텼다. 열린 창으로 내다보이는 빛으로부터 요셉의 몸에 흩뿌려진 점들을 떠올리며 정말이지, 살아 있다고 느꼈다.

*

노인은 얌전히 깊은 잠에 빠져 있었다. 천장의 조명은 은근하고 열린 창으로 들어오는 습한 밤공기는 짙은 흙냄새를 풍겼다. 희애는 먼 옛날 이런 밤에 어린애를 재웠던 걸 기억했다. 그와 아이는 시장통 구석에 자리한 오래된 적산가옥의 방 한 칸을 빌려 살고 있었다. 가난한 동네의 명물은 소음이다. 무언가 깨지는 소리, 취객의 고함소리, 개 짖는 소리가 달빛에 뒤엉켜 밤새 쏟아지는데도 어린애는 깨지 않았다. 그는 어린애 코에 손가락을 대고 꾸벅꾸벅 졸았다. 너무 사랑해서 불안할 수도 있다는 걸, 꿈과 현실을 오가던 그 밤에 배웠다.

하지만 지금 그의 옆에서 입을 벌리고 누워 있는 건 어린애가 아닌 노인이었다. 희애는 메마른 석회동굴 같은 그의 입안을 들여다보며 노인의 나이가 된 자신을 그려보았다. 의외로 큰 차이가 없을지 몰랐다. 외롭고, 몸이 뜻대로 안 움직이는 건 누구나 같을 테니까. 그러나 노인은 돈이 많았고 자신은 없었다. 노인에겐 자신이 붙어 있었지만, 만약 자신의 거동이 불편해진다면 운이 좋아야 성가신 할머니가 죽기만을 꿈꾸는 불친절한 간병인의 손을 주에 한 번 정도 빌릴 수 있을 것이었다. 그런 생각을 하자 희애의 마음이 무거워졌다. 제때 죽는 것도 복이다. 질질 목숨줄만 이어붙이는 건 누구를 위해서도 좋은 일이 아니다. 옛날이 좋았다고, 희애는 중얼거렸다. 나이를 먹은 노인이 곱게 차려입고 식사를 마친 뒤, 지게에 실려 눈 내리는 산으로 올라가 홀로 마지막을 기다리던 옛날. 그리고 그 지게를 짊어지는 건……

희애는 침대에서 일어나 자신의 방으로 갔다. 열린 창을 닫은 후 서늘한 유리에 이마를 대고 한동안 바깥을 내다봤다. 부촌이 자리잡은 언덕에서도 가장 꼭대기에 위치한 이 집에선 서울 시내가 한눈에 내려다보였다. 한때 모래밭이었던 강변은 세련된 시민 공원으로 바뀌어 행복한 가족들을 불러들였다. 이따금 낮의 푸른 하늘 아래서 요트를 타는 사람들을 볼 때면 근심 걱정 없는 삶이 저런 거구나 싶었다. 그들은 모든 걸 잃은 희애와 달리 손에 쥔 게 많았고 웃을 줄 알았다. 희애가 입꼬리를 올리는 일은 하루 세 번 양치할 때를 빼곤 없었다.

그래도 노인이 부자라는 점은 좋았다. 저택엔 달팽이관처럼 뱅글뱅글 이어지는 계단이 있었고, 불을 켜지 않아도 빛이 나는 샹들리에와 정원 여기저기에 흩어져 기이한 수세를 자랑하는 늙은 소나무들이 있었다. 희애는 모든 게 영화 세트장 같다고 생각했다. 촬영을 마치고 일상으로 돌아갈 시간이 머지않았고, 자신은 단지 배우로서 가장 어려운 장면을 소화하는 중인 것 같았다. 컷 소리가 들리기 전까진 이 크고 넓은 집안을 쓸고 닦는 것도, 이층 난간에서 노인이 자신을 감시하는 것도, 그가 희애의 귀밑머리에서 풍기는 쉰내를 맡으며 아랫도리를 주무르는 것도 참아야 했다. 배우가 꿈에서 깨면 모든 게 끝나니까. 이따금 노인은 베테랑 선배답게 희애의 진짜 감정을 이끌어내려 했다. 그는 부러 금방 갈아입은 옷을 더럽히거나 밥상을 뒤엎어서 희애의 신경을 긁었다. 그에 맞춰 희애가 이따금 수건을 바닥에 홱 내던지거나 밥그릇을 식탁에 세게 내려놓는 즉흥연기를 하면 노인은 둘만 알아볼 수 있게 입을 히죽댔다. 그는 모든 감독이 탐낼 악역이었다. 현명하고, 상황을 통제할 줄 알고, 때론 관객들에게 인간적인 연민도 불러일으킬 줄 알았다. 그러나 그런 노인도 모르는 게 딱 한 가지 있었다. 언젠가부터 희애가 카메라가 꺼진 뒤에도 그의 목을 조르고 싶어하게 되었다는 것이었다.

희애는 지난겨울 노인의 딸을 처음 만난 순간을 떠올렸다. 약속 시간은 오후 세시였지만, 여자는 세시 반이 넘어서야 카페에 나타났다. 그는 종업원이 내민 메뉴판은 보지도 않고 장갑을 벗더니 담배에 불부터 붙이며 희애를 흘겨보았다. 얼굴엔 마치 면접이 늦어진 게 희애의 탓이라는 듯 묘한 짜증이 어려 있었다. 아님 지나치게 높여 그린 눈썹 탓에 그래 보이는 것뿐? 희애가 등을 곧추세우며 미소를 지었지만, 여자는 경련이 인 듯 입꼬리만 살짝 올릴 뿐이었다. 한동안 얼어붙은 얼굴로 연기만 내뿜던 그가 판단을 끝냈는지 다짜고짜 말했다.

"김복순씨."

"예."

"생각보다 젊으시네요. 환갑은 되신 줄 알았는데."

"올해로 마흔이에요."

"이십 년 넘게 일하셨다고 들었는데."

"예. 열네 살 때부터 일했거든요."

흠, 여자가 호기심어린 표정으로 희애를 고쳐 보고는 쏟아내듯 말했다.

"노인이니까, 그렇게 많이 드시진 않아요. 입맛이 좀 까탈스럽지만요. 아침은 반드시 한식으로 드셔야 해요. 찌개는 그때그때 새로 끓인 거. 밥은 말할 것도 없고요. 점심엔 꼭 고기를 드세요. 스테이크로. 굽기는 그날 기분에 따라 다르고요."

여자가 미심쩍다는 태도를 숨기지 않은 채 희애를 위아래로 훑었다.

"서양 요리는 하세요?"

희애가 고개를 끄덕였다.

"예전 집에서도 곧잘 했어요. 자격증은 없지만 이태리, 프랑스 요리라면 어느 정도 해요. 케이크도 구울 줄 알고요."

그 말에 여자가 건수를 물었다는 듯 날카롭게 쏘아붙였다.

"아버지가 당뇨 위험이 있는 건 아시죠?"

"예. 예. 알아요. 저는……"

"……"

"그냥 해본 말이에요."

희애가 얼굴을 붉혔다. 여자는 잠시 눈을 가늘게 뜨고 희애를 보더니 담뱃불을 비벼 끄며 읊조렸다. 괜찮겠죠. 안나가 소개했으니. 그는 담배 한 대를 더 꺼내려다가 멈추고 손톱으로 가볍게 테이블을 두드렸다. 희애가 테이블 위에 있던 성냥갑을 들었다.

"붙여드릴까요?"

그의 적극성에 여자는 놀란 듯했지만 이내 고개를 저었다.

"아뇨, 일이 바빠서…… 그럼 연락드릴게요."

잠시 뒤 종소리가 울리고 휘발유 냄새가 뒤섞인 찬바람이 밀려들어왔다. 희애는 좀더 그 자리에 앉아 있다가 다 식어 미적지근한 유자차를 비운 뒤 카페를 나왔다. 면접 분위기가 좋았다곤 할수 없지만 안나의 얘기도 있고 하니 별문제 없으리라 생각했다.

그러나 여자에게선 연락이 없었다. 희애 혼자 살고 있는 셋방에는 전화가 놓여 있지 않았기에 하루에도 수십 번씩 화장실에 가는 척하며 주인집 문간을 얼쩡댔지만 전화는 울릴 생각이 없는 듯했다. 자다가도 일어나고, 화장실에 갔다가도 뛰쳐나오며 피가 마르는 며칠을 보낸 뒤에야 희애는 자신이 심사에서 탈락했음을 깨달았다. 양식을 잘 못하는 것처럼 보였나? 아니면 너무 젊은 게 문제였나? 여자는 아버지가 어린 여자에게 홀랑 넘어가 재산을 넘겨주는 최악의 상황을 상상했는지도 몰랐다. 보통은 희애의 피로에 전 얼굴에서 늙은 부호의 주머니를 터는 요부를 떠올리진 않겠지만, 여자는 남녀관계가 그렇게 단순한 게 아니라는 걸 알 법했다. 이런저런 걱정에 속이 달아오른 희애와 달리 안나는 태연했다. 수화기 너머에서 노래하듯 높은 목소리가 말했다.

"걱정 마. 곧 연락 올 테니."

"정말 그럴까?"

희애는 침을 삼키며 차마 두려워 하지 못한 말을 꺼냈다.

"내가 누군지 들킨 건 아닐까 싶어서."

"얘, 괜한 걱정 하느라 애간장 태우지 마. 나나 되니 널 알아봤지. 그 언니가 어디 남 신경쓰는 사람이니? 그 언닌 맨날 가는 카페 웨이터도 유니폼 벗으면 못 알아보는 사람이야. 재고 따지는 척하느라 그런 걸 테니까, 너는 기다리고 있으면 돼. 알았지?"

하여간 되게 비싸게 군다니까, 제깟 게. 거친 콧방귀 소리에 수화기에서 귀를 떼며, 희애는 그렇게 매섭게 생긴 여자를 별 볼 일 없다는 듯 깔보는 안나의 말투에 감탄했다. 역시 보통이 아니었다, 안나는. 어릴 때부터 그랬다. 부잣집 아가씨이기 때문이라고만은 할 수 없는 타고난 오만함이랄까 당당함이 몸에 배어 있었다. 그런 안나를 희애는 두려워하면서 동경했다. 말하자면 그에게 인정받고 싶어했다. 세월이 지난 지금도 그런 감정은 남아 있어서 희애는 안나의 말이라면 일단 수긍하고 보았다. 안나가 괜찮다고 하면 정말 괜찮은 기분이 들었다.

그 말대로 열흘이 지났을 무렵 갑자기 연락이 왔다. 좀 바빴어요. 출국 준비하느라고. 노인의 딸은 핑계인 듯 아닌 듯 모호한 인사치례를 하고 물었다. 내일 당장 오실 수 있죠? 시간이 촉박했지만 그런 건 문제가 아니었다. 희애는 더 묻지 않고 여자의 요구를 수락했다. 가까운 공중전화로 뛰쳐나가 소식을 전하자 안나는 놀랍지 않다는 듯 말했다. 내가 뭐랬어. 그러나 일이 계획대로 되어서 내심 기뻤는지, 그날 저녁 희애를 대리점으로 데려가서 휴대폰을 사줬다. 눈이 휘둥그레지게 비싼, 최신형 폴더폰이었다.

"이젠 이걸 써. 방법은 알지?"

"응."

"그래. 이젠 머지않았어."

희애는 고개를 끄덕였다. 그의 가슴속에서 떨림과 자부심과 그리움이 끓어 맑은 눈물이 되어 넘쳤다. 안나는 뺨을 훔치는 희애에게 말했다.

"울지 마. 이제 시작인걸. 그런 건 성공하고 나서 흘려도 되는 거야."

다음날 희애는 안나가 사준 옷과 프랑스·이태리 요리책, 망원경과 그 밖의 준비물을 들고 노인의 집으로 갔다. 언덕 위 저택은 무척 좋았다. 생각하지 않으려 해도 희애는 자신이 사는 집을 떠올릴 수밖에 없었다. 그 허름한 동네엔 오이 하나를 세 쪽으로 나눠 고추장과 함께 한끼 식사로 먹는 노인들이 있었다. 가난과 피로는 폭력을 불렀고, 다닥다닥 붙은 게딱지 같은 집들은 서로의 그림자가 되어 사람의 마음을 갉아먹었다. 그와 반대로 저택은 태양의 축복을 정면으로 받고 있었다. 세계와 떨어진 높은 곳에 고고하게 있었다. 안에서 보나 밖에서 보나 마치 천국과 같았다.

희애에게 천국은 낯선 곳이 아니었다. 열네 살부터 그는 대부분의 시간을 천국의 쪽방에서 보냈다. 그는 온갖 더러움으로부터 천국을 지키는 문지기가 되어 매일 천국을 등지고 지옥을 바라보았다. 이따금 천사들은 선심 쓰듯 부드러운 살코기와 치즈 따위를 주었다. 그 순간만은 그도 천사가 된 듯한 착각에 빠졌다. 그 혼란을 못 견디고 구름 밖으로 뛰어내리는 임시직들도 있었지만 희애는 꿋꿋이 버텼다. 그는 강했다. 그를 강하게 만들어준 건 요한이었다.

요한! 그 이름을 생각하면 희애의 마음은 뿌듯한 슬픔으로 가득 찼다. 잃어버린 아이. 그러나 잃어버렸다는 건 한때 가졌다는 뜻이었다. 지금의 상실은 그 작은 손이, 동그란 뒤통수가 한때는 자신의 것이었다는 증거였다. 그는 아들의 사진 하나를 언제나 품에 넣고 다녔다. 그 남자가 요한을 뺏어갈 때 실수로 빠뜨린 거였다. 이제 희애에게 남은 건 그 사진과, 요한에 대한 기억뿐이었다. 그 아이가 걷기 시작했을 때, 처음으로 자신을 불렀을 때 가슴을 채웠던 환희, 왜 우리집은 아빠가 없느냐고, 왜 이렇게 가난하냐고 울부짖었을 때 희애의 가슴에 남은 상처는 누구도 뺏어갈 수 없었다. 그는 마모된 혀로 상처를 핥고 또 핥았다. 그게 상처를 낫게 하는 건지, 더 벌어지게 하는 건지 스스로도 알지 못한 채 그랬다. 그것 때문에 희애는 살았다. 그 상처. 요한이 자기한테만 남긴 상처라도 간직하고 싶었다. 죽으면 그것도 함께 썩어 문드러질 테니 희애는 살아야 했다.

그로부터 몇 달 전, 안나에게서 연락이 왔을 때 희애는 건물 청소 일을 하고 있었다. 일터에 제때 도착하기 위해선 다섯시 반에 일어나 집을 나서야 했다. 일출 직전의 푸른빛엔 힘찬 하루를 기대하게 하는 에너지가 있었지만, 희애의 마음은 무겁기만 했다. 한창 화제가 되었던 유괴사건의 피해 아동이 집과 멀지 않은 곳에서 죽은 채 발견되었기 때문이었다. 노란 띠가 쳐진 현장 옆을 지나 버스를 타러 가며 희애는 매번 죽을 것처럼 아팠다. 납치는 요한을 키우며 그가 가장 겁냈던 불행 중 하나였다. 그는 망태 할아범 이야기를 어린이들보다 더 무서워했다. 조금만 한눈팔면 금방이라도 누군가 바닥에 뉘어놓은 아이를 업어갈 것만 같았다. 아이의 태지가 벗겨지고, 팔다리가 길어지며 아름다움이 배가될수록 희애의 불안은 커졌다.

그런 아이를, 희애가 두려움 때문에 잠 못 이뤘을 정도로 아름다운 아이를 두 눈 시퍼렇게 뜨고 빼앗겼다는 사실이 희애를 병들게 했다. 그러던 중에 요한을 떠올리게 하는 그 범죄가 일어났다. 아이의 시신이 유기돼 있었다는 건물 앞을 지날 때마다 희애는 가슴을 얼어붙은 날붙이로 도려내는 듯한 통증을 느꼈다. 그 탓인지 그는 어느 아침 출근길에 자기도 모르게 기절했다. 눈을 뜨자 병원이었고, 그는 얌전히 수액을 맞은 뒤 몽롱한 정신으로 집에 돌아왔다. 꿈인지 현실인지 모호한 시간 속에서 그는 앓았다. 일자리를 잃었고, 자신을 찾아온 어린 요한을 만났으며, 딱따구리 한 마리가 두개골을 쪼는 바람에 화장실로 가서 구토를 했다. 그리고 찬물로 간신히 입을 헹구고 나서야 문을 두드리는 듯한 소리가 환청이 아니라는 걸 알았다. 밖에 나가보니 주인집 할머니가 전화가 와 있다고 했다. 올 곳이 없는데. 희애는 이상하다고 생각하면서도 수화기를 들었다. 그러자 건너편에서 연령을 짐작할 수 없는 통통 튀는 목소리가 들렸다.

"애, 주말인데 뭐하느라 이렇게 전화를 안 받니?"

낯설면서 익숙한 목소리였다. 그는 먼지 나는 기억 속을 헤집으며 입을 뗐다.

"누구……세요?"

"나야, 안나. 야, 근데 요즘 세상에 전화가 없는 집이 어딨니? 나 진짜 깜짝 놀랐어. 그럼 전화 올 때마다 집주인이 너 부르러 가야 하잖아. 번거롭다고 안 해?"

"……"

"여보세요?"

"……"

"애, 희애야. 너 듣고 있는 거야?"

어어. 그제야 희애가 간신히 대꾸했다. 그가 아는 안나라곤 처음 식모로 살았던 집의 막내딸뿐이었다. 문득 그 집 대문을 나설 때 불어오던 초봄의 찬바람이 뼈에 스몄다. 몇 년 만이지? 이십 년 만인가? 시간이 일그러진 것 같은 혼란을 느꼈지만 수화기 너머의 안나는 여전히 소녀 같은 목소리로 태연하게 떠들었다. 잘 지내지? 할말이 있어. 얼굴도 볼 겸 내일 이쪽으로 와. 여름방학에 친구에게 시내 구경이라도 가자고 하는 듯한 말투였다. 그 단순함과 명랑함, 무엇보다 거절당할 리 없다는 듯한 확고함에 희애는 기가 죽었다. 그래서 버적버적 마르는 입술에 침을 바르고, 그 집에서 들었던 모든 말에 그랬듯 알았다고 답했다.

안나가 그를 부른 곳은 '장미'라는 커피숍이었다. 희애는 지하철을 갈아타가면서 약속 장소로 갔다. 경기가 어렵다지만 다리가 재건된 후 상권이 회복되었는지 거리엔 별세계처럼 기이한 활기가 붐고 있었다. 무스로 머리를 넘기고 재킷 안에 몸에 달라붙는 쫄터를 입은 야한 차림의 남자들과 와인빛의 짙은 입술 사이로 흰 이를 빛내며 웃는 여자들 사이를 지나며 희애는 두 개의 벽 사이에서 짓눌리는 기분을 느꼈다. 간신히 간판을 찾아 건물 앞에 섰을 땐 덥지도 않은데 이마에 땀이 맺혀 있었다. 가게는 지하에 있었다. 안나는 벽을 더듬으며 아래로, 아래로 발을 디뎠다. 마치 교회당에라도 온 듯, 장미 문양의 스테인드글라스 창이 달린 두꺼운 나무 문을 밀고 들어가자 정면에 십자가와 눈에 익은 오래된 종교화가 보였다. 순간 희애의 눈앞에 깡마른 남자가 두 팔을 벌리고 피를 흘리는 모습이 앞당겨져 보였다. 그는 가벼운 현기증이 일어 발을 멈췄다. 빠르게 반복되는 하프시코드 소리가 머리 주위를 뱅글뱅글 돌았고, 웨이터의 금귀걸이에서 반사된 빛이 눈을 찔렀다. 그가 중력에 끌려 몸을 휘청이는 찰나 누군가가 큰 소리로 외쳤다.

"희애야!"

그는 두 눈을 껌뻑이며 소리가 나는 곳을 봤다. 가장 안쪽, 바닥을 한 뼘 정도 돋워 다른 곳보다 높이 솟은 테이블에 하늘색 홀터넥 스웨터를 입은 단발머리 여자가 앉아 있었다. 조금 낯선 얼굴이었지만, 희애는 빈틈없이 마감된 석조 벽을 등지고 있는 여자에게로 천천히 다가갔다.

"안나……씨?"

그 말에 여자가 희애의 손을 끌어당기듯 잡았다.

"얘는 무슨 씨야. 그러니까 우리가 꼭 남 같잖아."

여자가 웃었다. 어둠 속에서도 눈에 띌 정도로 움푹 들어가는 인디언 보조개가 보였다. 그제야 희애는 짙은 화장 때문에 본래 얼굴을 알아보기 힘든 이 여자가 안나라는 걸 확신했다. 안나가 낭랑한 목소리로 물었다.

"잘 지냈어? 밥은 먹었고?"

"아, 아직."

"그래, 그럴 거 같았어. 배고프지? 얼른 뭣 좀 시켜." 그는 머뭇대는 희애의 앞에 메뉴판을 펼쳐 보였다. "얼른. 가격 같은 건 신경쓰지 말고. 어차피 내 가게니까."

"……"

"희애야?"

"아, 고마워. 잠깐, 잠깐 어지러워서. 어쩐지 가게가 참 멋지더라."

"그치? 독일서 유명한 디자이너가 한 거야. 이 테이블은 최고급 월넛이고, 소파는 비로드. 만져봐. 어때, 아주 부드럽지? 우리 주방장은 저기 도쿄에 있는 호텔 출신인데, 솜씨가 아주 대단해. 이런 것만 시키는 게 미안할 정도로……"

"……"

"희애야?"

"어?"

"뭐해? 얼른 고르지 않고."

"미안. 정신이 좀 없어서. 그럼 난 김치…… 이거랑 오렌지주스로 할게."

"김치 필래프? 그거 볶음밥인데. 더 맛있는 거 먹지."

"괜찮아. 약간 멀미를 했거든."

그래…… 난 커피. 안나가 짤막하게 말하고, 그때까지 말없이 서 있던 웨이터에게 메뉴판을 건넸다. 웨이터는 젤을 발라 단정히 넘긴 머리를 가볍게 숙이고 카운터로 걸어갔다. 그 뒷모습을 잠시 눈으로 좇던 안나가 덥석 희애의 손을 잡더니 털이 복슬복슬한 작은 동물이라도 되는 양 문질렀다.

"오랜만이야. 거의 이십 년 만인가, 그렇지? 일이 많이 힘들었나봐. 왜 이렇게 말랐니?"

"너야말로……" 희애는 실례가 되지 않도록 애쓰며 말을 골랐다. "길에서 만났으면 못 알아볼 뻔했어."

"강산이 두 번 바뀌는 시간이니까." 안나가 흡족한 듯이 웃었다. "마지막으로 본 게 언제지? 우리가 스물하나 되던 해였나?"

"응."

"그래, 그해 봄이다. 나 대학 들어가고 얼마 안 됐을 때였으니까. 세상에, 그게 벌써 이십 년 전이라는 게 믿어지니?"

"……"

"잘 지냈지?"

"그럼. 너도 잘 지냈지?"

"나야, 뭐. 그냥 지내지."

안나가 이를 드러내고 웃었다. 희애도 미소를 보냈지만, 대화는 메밀국수 가닥처럼 끊겼다. 둘의 침묵 사이를 음악이 뚫고 들어왔다. 낮은 목소리의 여자가 애원하는 듯, 혹은 환희에 찬 듯한 음색으로 끊임없이 같은 말을 반복하고 있었다. 희애는 노랫소리에 묻히지 않도록 배에 힘을 주고, 몸을 뒤틀어 가게 정면 벽을 차지하고 있는 그림을 가리키며 입을 열었다.

"저건……"

"아, 집에서 가져온 거야. 저것도, 그리고 저것도." 안나가 사방에 걸린 중세 성화를 가리키며 말했다. "다 오빠 방에 있던 거야. 장식이지. 나야 신실한 것도 뭣도 아니니까. 너는 구세주를 믿던가?"

"응."

"그래, 그랬던 것 같다. 우리 엄마가 그래서 너 참 좋아했던 거 같다. 너 같은 며느리 얻으면 좋겠다고, 그랬던 거 같다."

"……"

"……"

또다시 침묵이 내려앉았다. 이번에도 희애가 먼저 물었다.

"저게…… 천당 그림이던가?"

"저거? 어. 왼쪽은 천당이고 가운데는 인간세계. 오른쪽은 지옥."

"아아. 맞아, 그랬던 것 같다."

"복제화 중에서도 꽤 비싼 거야. 고품이고. 오빠 열여덟번째 생일 선물로 아버지가 사준 걸 거야. 오빠는 좀 괴이한 취미가 있었으니까."

"그래, 선물 받고는 꽤 아끼셨지. 혹시 액자를 닦다가 흠이라도 낼까봐 늘 조심하라고 다그치셨어."

"기억하나보네."

"응."

"……"

"……"

"미안해."

안나가 테이블 위로 고개를 숙였다. 희애는 눈썹을 긁으며 최대한 아무렇지 않다는 투로 대꾸했다.

"뭐가. 네 잘못이 아닌데."

"정말 미안해."

"······"

안나가 듣는 사람 하나 없는데도 목소리를 낮췄다.

"있지, 그 일은 정말 미안했어. 그래선 안 되는 거였어. 내가 집에 제대로 붙어 있었으면 뭐라도 했을 텐데. 그땐 나도 정신없었지. 남보다 늦게 학교 간 것도 그랬는데 아빠 일두 터지구······ 변명 같지만 한참이 지나서야 네가 나간 진짜 이유를 알게 됐어. 만약 제때 알았다면 무슨 수를 써서라도 널 도왔을 거야. 그런 식으로 보내진 않았을 거야."

"······"

"정말 정신이 없었어. 아니, 혼란스러웠다고 해야 할까. 너도 알다시피 내가 우리 아빠를 엄청 따랐잖니. 그런 아빠가 노동자 탄압이니 뭐니, 사람들 입에 오르내리는 게 믿기지 않구, 화도 나구, 괴로웠어. 어릴 때 공장 마당에서 놀고 있음 얼굴이 밀가루처럼 하얀 언니들이 와서 예쁘다, 예쁘다 해주고 갔는데, 그이들한테 아빠가 그렇게 지독하게 굴었을 줄은······ 정말이지, 그때 난 그냥 우리집이랑 관련된 게 다 싫었어. 어느 날은 밥을 삼키는데 정말 쌀알이 목에서 곤두서더라니까? 그러느라 정작 너에게 무슨 일이 있었는지 모르고 있었던 거야. 아니, 어떻게 알았겠어? 너 나가기 전만 해도 다 좋았는데. 기억하지? 그해 구정 쇠기 전에 엄마랑 너랑 나랑 셋이 명동에 가서 옷을 맞춰 입었잖아. 본견 양단을 너는 노랑 저고리에 붉은 치마로 하구, 나는 녹색 저고리에 붉은 치마로 하구…… 같이 입으면 자매처럼 보일 거라고 내가 그랬는데…… 기억하지? 남산으로 넘어가서 돈가스를 먹는데 네가 접시에 손도 대지 않았어…… 간만의 외식인데 이상하다고 생각했지만 그런 일이 있었을 줄은…… 돌이켜보면 엄만 그때 이미 모든 걸 알고 계셨던 거야……"

안나의 중얼대는 목소리가 점점 잦아들었다. 안나가 분위기를 바꿔보려는 듯 다시 목소리를 밝게 했다.

"참, 미영이랑은 아직 연락하니?"

"아니."

"어머, 그래? 너희 둘, 참 친했었잖아. 고향이 같댔던가?"

"아니. 미영이는 서울 애야."

"어머, 정말? 참 이상하다. 서울 살면서 남의 집 식모살일 하고…… 그래도 둘이 친하긴 했지? 자주 붙어 있었잖아. 파티나, 뭐 그런 때."

"일하느라 그랬을 뿐이야."

"그렇구나. 나는 영 친한 줄만 알았지……"

그 말을 끝으로 안나가 다시 침묵했다. 한동안 두 사람 다 선불리 입을 열지 않았다. 정적을 이기지 못했는지 안나가 헛기침을 하더니 텅 빈 물컵을 입술에 갖다댔다. 올백 머리의 웨이터가 주둥이가 긴 주전자로 솜씨 좋게 빈 컵을 채우더니, 다시 돌아가 이번엔 주문한 음식을 쟁반에 받쳐들고 왔다. 커피잔의 손잡이를 잡기 편하게 슬쩍 돌려두는 웨이터를 안나는 본 체도 않다가 그가 오렌지주스와 김치 필래프를 내려놓고 돌아서자 불쑥 입을 열었다.

"개새끼들."

"……"

"영기 오빠도 개새끼지만 비겁하게 널 갖다 바친 서수철이 더 개새끼야. 비겁한 새끼. 겁쟁이. 병신. 어떻게 그런 짓을……"

"……"

"미영이가 말 안 했으면 끝까지 몰랐을 거야. 그걸 고맙다고 해야 할지……"

"……"

"그래도 너도 참 너야. 어떻게 아무 말도 안 할 수 있니? 알았으면 분명 우리 엄마가 도와줬을 텐데."

안나가 토라진 흉내를 내며 귀엽게 희애를 흘겼다. 그 순진함에 희애는 웃는 것 말고는 아무것도 할 수 없었다. 안나가 그 속을 들여다보려는 듯 빤히 희애의 얼굴을 보다가 한숨을 내뱉었다.

"뭐, 어차피 다 지난 일이니, 얘기해봤자 뭐하겠니? 그래도 좋은 소식도 있어. 서수철은 이제 이 세상 사람이 아니거든."

"그…… 돌아가셨어?"

"그 새끼라고 해도 괜찮아. 너한테만 그런 게 아니거든. 그 새끼는 나한테도 그랬어. 서희한테도 그랬고. 알지? 내 친구."

안나가 어울리지 않게 킬킬대며 말을 이었다.

"얘, 내가 놀란 게 뭔지 알아? 여자들이랑 얘기하다보면 크든 작든 간에 자기 오빠한테 추행당한 경험이 한 번은 있다는 거야. 도대체 뭐가 문젠 거니? 하여튼 일찍 죽어서 다행이야. 안 그랬으면 아버지 재산은 진작 다 까먹었을걸? 그럼 나도 교수 사모님 소리 듣고 살 리 없었고. 우리 남편이 머리는 좋은데 사람은 개털이거든."

안나가 다갈색 입술을 씰룩이더니 그제야 김치 필래프 접시를 발견한 듯 말했다.

"뭐해? 얼른 먹어."

"어? 어."

희애는 기름에 젖어 빛나는 밥알을 향해 고개를 숙였다. 한 숟갈 뜨자 뜨겁고 매운 기운이 코를 때려 그만 사레가 들리고 말았다. 잘게 다진 김치와 밥알이 침방울과 함께 테이블 위로 흩뿌려졌다. 미안해. 당황한 희애가 냅킨을 찾아 테이블을 더듬었다. 안나는 손을 저었다. 아니야, 괜찮아. 그럴 수도 있지. 그리고 덧붙였다.

"대신 은영 언니 만날 땐 밥은 먹으면 안 되겠다. 그 언니가 엄청 깔끔떨거든. 실수로 얼굴에 밥풀 하나라도 튀었다간 바로 아웃

일걸."

"은영 언니……가 누군데?"

처음 듣는 이름에 희애가 물었다.

"기억 안 나려나. 하긴 그 언니가 우리집에 자주 놀러오는 편은 아니었으니까, 끽해야 일 년에 한두 번이었나…… 좀 설명이 필요하겠지만, 결론부터 말하면 내 부탁을 들어줬으면 해."

"무슨?"

"별건 아니고, 그 언니 아버지 댁에 입주가정부로 들어가서 가까운 집을 감시하는 거야. 그 댁에서 일하던 아줌마가 올해까지만 하고 그만둔다는 말을 들었거든. 일은 어렵지 않을 거야. 나머지 식구들은 미국 사니까 간섭받을 일도 없고. 아저씨가 다리를 저시지만 지팡이를 짚으면 걷는 덴 문제없는 정도야. 당뇨 전 단계라 먹는 걸 조금 신경써야 하지만, 그건 뭐…… 충분히 할 수 있지. 너는 열네 살에 우리 네 식구도 돌봤었잖아. 안 그래?"

감시……라고? 내가 왜? 뭐 때문에? 희애는 복잡한 머릿속을 정리하려 애썼다. 아니, 일단 내가 일 그만둔 건 어떻게 알았지? 내 연락처는 어떻게 알았고?

희애가 입을 떼기도 전 안나가 모든 대답을 하나로 묶는 질문을 던졌다.

"요셉, 알지?"

테이블 위로 어느 때보다 싸늘한 정적이 감돌았다. 안나가 조용히 핸드백을 뒤지더니 담배를 꺼냈다. 느긋한 손짓으로 테이블에 담뱃갑을 두 번 탁탁 내리치고, 흘러나온 한 개비를 집어 불을 붙이는 과정은 물 흐르듯 자연스러웠다. 우아했다. 안나가 가늘고 부드러운 연기를 두어 번 내뿜더니 입꼬리를 올렸다.

"네 아들이더라. 아, 원래 이름은 요한이지."

"……"

"놀랐어. 그때 지웠다고 들었거든."

"……"

"그리고 그애가 연예인이 되었다니. 진짜 깜짝 놀랐어. 기자들이 알면 뒤집어질걸?"

안나가 떨어질 듯 긴 속눈썹을 깜빡였다.

"얘, 유전이란 게 진짜 희한해. 암만 절대적이라고 해도 우리 생각이랑 종종 어긋나는 걸 보면 말야. 왜, 정말 못난 부부한테서 예쁜 아기가 태어날 때도 있고 그 반대도 있잖아. 흑인 부부한테서 백인 아기가 태어나기도 하고. 그런 거 말도 안 되는 이야기라고 생각했는데. 드라마보다 현실이 더해, 그치?"

희애는 놀란 나머지 딱 달라붙은 목구멍을 간신히 움직였다.

"어떻게…… 안 거야?"

"몰랐어, 며칠 전까진. 요셉이 입양아라는 건 알았지만. 몇 년 동안 남편 따라 외국 나가서 살았었거든. 귀국하고 이제 숨 좀 돌릴까 하는 찰나에 영기 오빠네도 애 방학 맞춰서 한국 들어왔다길래 만났는데, 요셉이 어릴 때랑 얼굴이 완전 다른 거야. 자주 본 것도 아니고, 그냥 기분 탓이려니 하고 넘겼는데 알고 보니까 걔는 죽고 예전에 오빠가 밖에서 낳은 애를 데려온 거라네? 언니가 난임이었다고 듣긴 했거든. 암만 아들 아들, 하는 집이라도 그렇지, 그런 식으로 다 큰 애를 데려다가 키울 줄은 몰랐어."

희애의 심장이 북처럼 울렸다. 그는 뜨거운 얼굴과 귀를 매만지며 물었다.

"요한은, 요한은 어때?"

"뭐가?"

"잘…… 지내고 있던?"

안나가 커피를 홀짝이며 아무렇지 않게 말했다.

"잘 못 지내지. 당연한 거 아냐?"

"……"

"얘, 영기 오빠가 뭐라고 한 거니? 무슨 소릴 했길래 애가 벌벌 떨면서 엄마는 절대 못 만나요, 살아서는 못 만나요, 그래?"

"……"

"그래도 너보다는 나을 거야. 얘, 나 처음에 진짜 깜짝 놀랐다? 실어증, 그거 지나가면 평소처럼 말 나오는 건 줄 알았거든. 이렇게 목소리가 상할 줄은 몰랐어…… 하여튼 내가 그 말 듣고 요셉한테 약속했지. 네 아버지가 뭐라고 하든 내가 무슨 수를 써서라도 네 어머니를 찾아주겠다고. 애야 아직 어리고, 제 아버지 말이라면 경기를 일으켜도, 나한테 사람 하나 찾는 건 어려운 일이 아니니까. 세상 참 좋아, 그치? 돈만 쓰면 뭐든지 다 알 수 있으니까. 너 요셉 잃고 실어증 걸렸었다는 것도 거기서 들은 거야. 그러니까 처음부터 널 만나려고 했던 건 아니라는 말."

안나가 동급생의 생일에 간단한 깜짝 다과를 준비한 중학생처럼 산뜻한 목소리로 덧붙였다.

"오랜만에 연락 와서 놀랐지?"

"……"

"나도 놀랐어. 선녀님이 올해 옛 인연을 만난다고 했는데, 그게 너일 줄이야."

안나는 거의 타들어간 담배를 재떨이에 비벼 끄고 자세를 바로 했다.

"뭐, 좀 늦었지만 약속한 건 지키려고. 그 어린애가 말이야, 이젠 다 커서 제 몫 하고 산다지만 엄마가 얼마나 그립겠어, 그치? 그러면 안 되지. 낳고 기른 정이 있는데 이렇게 둘 사이를 떼놓을 순 없는 거야."

"그치만 어떻게 해. 못 만나게 하는데, 안 되는데 어떡하냐고!"

희애의 속에 불타는 돌 같은 것이 던져졌다. 애써 억눌렀던 마음이 요동치고 순식간에 시야가 뿌연 수증기가 낀 것처럼 흐려졌다. 희애는 젖은 두 뺨을 아이처럼 문질렀다. 일그러진 세상 속의 안나는 슬픈 건지 고통스러운 건지 알기 어려운 표정으로 희애를 빤히 볼 뿐 말이 없었다.

"자."

한참이 지난 뒤 진정이 된 희애에게 안나가 티슈를 건넸다. 그는 손을 들어 따뜻한 홍차 한 잔을 시키더니 주머니에서 납작한 스테인리스 병을 꺼내 그 안에 담긴 액체를 차에 조금 탔다. 뭐냐고 묻기도 전에 안나가 단호하게 말했다. 위스키. 다 마시면 정신이 들 거야. 희애는 평소에 술을 하지 않았지만 안나를 믿고 살짝 미지근해진 잔을 비웠다. 실컷 울었기 때문인지, 술 때문인지 몸과 마음이 한결 풀어지는 느낌이 들었다. 딸꾹질이 나와 입을 틀어막자 안나가 가볍게 웃더니 명랑한 목소리로 말했다.

"나도 아무 생각 없이 널 부른 건 아냐. 나름대로 계획이 있긴 하거든. 그건 이제부터 얘기하려고. 시간 괜찮지?"

희애는 고개를 끄덕였다. 어차피 그의 인생에 중요한 거라곤 없었다. 요한을 제외하곤. 안나가 만족스러운 표정을 짓고는 손을 번쩍 들었다. 여기, 커피 두 잔 더!

가방을 열어 옷으로 둘둘 감싼 쌍안경을 꺼냈다. 눈을 대고 초점을 맞추자 잠깐의 어지러움이 있었고 곧 드리워진 커튼 틈새로 거실을 서성이는 요한이 보였다. 요한은 무언가 망설이는 듯 소파에 앉았다. 리모컨을 만졌다 하더니 다짐하듯 일어나 불을 껐다. 그 어둠 속에서 희애는 요한이 창가에 붙어서서 집 근처를 배회하는 소녀들이 있는지 확인한다는 걸 알아챘다. 비가 내린다는 예보에도 불구하고 서너 명이 서성거리고 있었지만 더 있어도 상관없을 터였다. 어차피 그들은 요한이 차를 바꾼 사실을 알지 못했다. 두 달 전, 선팅한 그랜저의 열린 창으로 무심히 빠져나온 손을 보기 전까진 희애도 마찬가지였다.

그날 희애는 자다 깨 창밖을 보고 있었다. 봄이었고, 불 꺼진 요한의 방엔 커튼이 쳐져 있었다. 지금은 잘 자려나. 희애는 문득 든 생각으로 둔통이 이는 가슴에 오른손을 얹었다.

어릴 때 요한은 기가 참 약했다. 자기 전 은행을 볶아 먹이고, 언젠가는 사마귀알집을, 또 언젠가는 지렁이 몇 마리를 구해 달걀에 바늘구멍을 내서 넣고 태운 재를 먹이기도 했지만 열흘에 한 번은 이불에 실수를 했다. 그게 버릇이 돼 애답잖게 자다 깨다를 반복했다. 그러다 나아지려나 싶었을 때 그 남자가 요한을 앗아갔고 그후로는 다 나았는지 알 수 없었다.

희애는 어두운 창밖으로 몸을 반쯤 뺐다. 벚꽃이 비처럼 쏟아지는 봄밤은 아름다웠다. 시간이 늦어서인지 얼쩡대는 소녀들도 없었다. 평소엔 요한을 괴롭힌다는 생각에 밉기만 했는데 그날은 그 애들이 없는 게 유달리 쓸쓸했다. 그는 어쩐지 고이는 눈물을 닦아냈다.

언덕 아래에서 차가 한 대 올라왔다. 새로 뽑은 걸까? 아니면 관리가 잘된 걸까? 말끔한 뉴 그랜저는 맞은편 빌라의 주차장 셔

터가 열리길 기다리며 멈춰 서 있었다. 희애는 무심히 벚나무로 눈을 돌리려고 했다. 그 순간 그랜저의 창이 열리며 그 안에서 손이 나왔다. 어라? 쌍안경을 들 필요도 없었다. 창틈 안으로 살짝 보인 건 분명 요한의 얼굴이었다. 요한은 꽃잎 하나를 쥐고 팔을 거두더니 창을 닫았고, 곧 차는 주차장 안으로 들어갔다. 요한의 차는 티뷰론. 새 차를 샀다는 얘긴 들은 적이 없었다. 그러나 혹시, 하는 마음에 희애는 차를 본 날짜와 시간을 적어뒀다. 그리고 삼 주 뒤, 그랜저가 매주 한 번 같은 시간에 나가서 같은 시간에 돌아온다는 걸 깨닫고 안나에게 알렸다.

"아마 개인적인 스케줄일 거야."

그 말에 안나가 눈을 빛내며 속삭였다. 이걸 기다렸어. 안나의 입에서 폭포처럼 쏟아진 계획은 영화 같고 허무맹랑했다. 평소라면 말렸을 테지만 희애는 그래 한번 해보자, 하고 대답하며 고개를 끄덕였다. 그는 지쳐 있었다. 까탈스러운 노인을 돌보는 데, 자기 아들의 그림자만 훔쳐보는 데, 이따금 소녀들처럼 비명을 지르고 싶은 충동을 참는 데에 지쳐 있었다.

열한시 정각이 되자 주차장에서 선팅한 그랜저가 나왔다. 예상대로 소녀들에게선 반응이 없었다. 지친 듯 몸을 돌리는 아이도 보였다. 희애는 휴대폰을 들어 전화를 걸고 연결음이 두 번 울린 후 끊었다. 그런 다음 창가에 서서 작은 불빛이 언덕을 따라 아래로 내려가는 것을 보고 노인의 침실로 돌아갔다. 나무토막처럼 잠든 노인. 지금은 심술만 남은 그도 한때는 자식을 사랑했을 것이다. 아이에게 별도 달도 따주리라고 다짐했을 것이다. 연락 한 통 없는 노인의 딸이 생각났다. 그 여자에게도 아빠랑 결혼하겠다며 품에 안기던 시절이 있었을까? 시간은 흐르고 자식에게 준 사랑은 배반당한다. 그건 섭리였고 희애는 그것을 부정하지 않았다. 단지 그는 노인이 부럽다고 생각했다. 쏟아줄 만큼 쏟아주고 배반당한 그가 부러웠다. 배반당하고 싶어. 그러나 누구에게? 맘껏 쏟아부은 사랑을 지겨워하고, 내팽개치고, 끝내 짓밟고 도망갈 사람이 없다면 살아갈 이유도 없었다.

다시 옛이야기. 고운 옷을 입고 지게에 실려 산으로 올라간 노인들은 어떤 기분이었을까? 그들은 평온하고 행복했을 것이다. 김이 솟는 자식의 등에 마지막으로 기대, 그 뻘뻘 흘러넘치는 생명력을 한껏 만끽했을 것이다. 자기 피가 그 몸에 흐른다는 사실에 감격했을 것이다. 이대로라면 희애는 자기 발로 눈밭을 헤치고 올라가야 했다. 그럴 순 없어. 설령 그렇게 되더라도 그전에 한 번은 요한을 만나야 해. 그가 한때는 나의 세포였다는 것, 내 몸에서 떨어져나온 조각이라는 걸 확인해야 한다.

여전히 잠들어 있는 노인 곁에 꿇어앉아 희애는 두 손을 모았다. 마음속으로 작게 속삭이던 기도문은 방언처럼 변했고 끝내 그는 눈물투성이가 된 얼굴로 마룻바닥에 엎드렸다. 곧 자정이 될 것이다. 이십 년 전 오늘 그의 몸을 가르고 태어난 아이를 만나는 순간이 머지않았다.

만날 수 있어. 이제 곧 요한을 만날 수 있어.

흐려진 시야 바깥에서 희애는 요한을 품에 안은 자기 자신을 보
았다.

*

"나, 나미씨."

쥐어짜는 듯한 목소리가 들렸다. 안나가 백 미터 전력질주라도
한 듯 헉헉대며 차문을 열고 나왔다.

"왔어."

"출발했대요?"

안나가 대답 대신 손을 들어 휴대폰을 보여줬다. 나미는 얼른 열
린 차창 안으로 상체를 들이밀었다. 예상대로 정확히 열한시였다.
그는 교통방송의 아나운서가 말하는 도로 상황을 주의깊게 들었
다. 평일 늦은 밤. 사고가 일어난 구역은 없었다. 도로는 텅 비었
지만 배짱 좋게 그 위를 미끄러지듯 달리는 사람은 드문 듯했다.
혹은 모든 운이 맞아떨어져 아무런 일도 일어나지 않고 있거나.

"지금 내려가봐야지 않겠어?" 안나가 초조한 듯 말했다. "미리
가 있어야지. 준비도 하고."

"너무 이르지 않아요? 혼자 괜찮으세요?"

"괜찮아. 먼저 내려가 있어."

"배터리는요?"

"충분해." 그가 갑자기 나미의 손을 꼭 쥐고 말했다. "잘해야 해, 알았지?"

"걱정 마세요."

안나가 곁눈질로 조수석에 있는 미희를 슬쩍 보고는 속삭였다.

"걱정이야, 잘할지."

"괜찮아요, 제가 같이 있는데. 아셨죠? 지나갈 때 바로 전화 주셔야 해요. 그래야 안 헷갈려요."

안나가 고개를 끄덕였다.

"그럼 잘 부탁드려요."

나미는 차에 올라탄 뒤 그 자리에서 유턴을 해서 언덕 아래로 내려갔다. 댐의 수문을 개방한 건지 물이 쏟아지는 소리가 점점 크게 차 안을 울렸다. 구름이 밀려오는 걸까? 공기가 축축했다. 그 소리를 들으며 나미는 비가 오던 어느 오후의 기억에 잠겼다.

엄마는 한마디로 미친 사람이었다. 대체로 미동 없이 누워만 있었지만 가끔 집밖으로 뛰어나가 쓰러질 때까지 춤을 추거나 정자에 앉은 노인들에게 헛소리를 늘어놓다가 쫓겨 들어오곤 했다. 지금 생각하면 일종의 신병이었는데 아빠는 병원 치료도, 내림굿도 아닌 마귀를 물리치는 축사 기도를 택했다. 집에 목사님과 기도회의 주부들이 찾아왔다. 괜한 기대를 갖기 싫어 쓸데없는 짓이라고 투덜댔지만 놀랍게도 기도는 엄마를 일으켰다. 학교에 다녀오면 설탕이 듬뿍 뿌려진 도넛이나 미니 돈가스가 산처럼 쌓여 있었다. 나미는 맨손으로 음식을 집어 꾸역꾸역 입에 넣었다. 천천히 먹으라는 말에 고개를 끄덕이며 이런 숨막히는 기쁨이 오래가길 빌었다.

어느 여름 갑작스레 소나기가 내린 날이었다. 교내 공중전화에 길게 늘어선 줄을 보던 나미는 처마 아래서 팅기듯 밖으로 뛰쳐나갔다. 지난밤 나미는 엄마 아빠와 처음으로 함께 영화를 보았다. 제목은 '사랑은 비를 타고'. 극 속에서 사랑에 빠진 남자가 물방울을 튀기며 춤을 추는 게 나미는 너무너무 좋았다. 나미는 그 스텝을 잊지 않았다. 비와 함께 사랑으로 온몸을 적시며 깡총깡총 달렸다.

팔차선 도로 앞에서 신호가 바뀌길 기다렸다. 건너편에 흰 가운 같은 홈드레스를 입고 우산을 들고 있는 사람이 보였다. 엄마다. 나미의 가슴이 어린 비둘기처럼 부풀었다. 나미는 신나 손을 흔들었다. 엄마! 엄마에게선 아무런 반응이 없었다. 그는 조바심에 제자리에서 콩콩 뛰었다. 매일 보는데 왜 이렇게 반가운 걸까? 의문이 들 정도였다. 시간이 느리게 흘렀다. 신호가 초록불로 바뀌었다. 엄마가 첫발을 뗐다. 나미도 첫발을 뗐다. 그리고

쾅!

그게 엄마의 마지막이었다. 빗길에 미끄러진 차는 엄마를 치고도 십오 미터를 더 가 사거리 맞은편 건물에 부딪힌 뒤에야 멈췄다. 엄마도, 운전자도 즉사했다. 운전자는 아빠였다. 안타깝다고 사람들은 말했다. 딸이 비에 젖을까 급하게 집으로 돌아온 아빠. 아픈 몸을 이끌고 집을 나선 엄마. 우연이 빚어낸 비극이라고들 했다. 나미가 궁금한 건 하나였다. 엄마가 치인 걸까, 아빠가 친 걸까?

같은 걸 묻고 답하다보면 의문은 선명해지는 게 아니라 점점 흐릿해졌다. 해체되고 뭉개졌다. 그 짙은 안개 속에서 나미를 끄집어낸 건 엄마의 친언니라는 여자였다. 처음 보는 사람이었지만 엄마와 한 핏줄이라는 걸 부정할 순 없었다. 아니, 우렁우렁한 목소리와 기이한 안광까지, 땅에 묻혔던 엄마가 부러진 목을 끼우고 옷을 갈아입은 뒤 돌아온 것 같았다. 나미는 이모의 손에 맡겨졌다. 단출한 짐을 들고 어색하게 들어선 집이 눈이 휘둥그레지게 화려하더라니, 이모는 잘나가는 무당이었다. 서울 내 땅값이나 아파트값이 오를 지역을 족집게처럼 맞힌 탓에 강남의 주부들 사이에선 소문이 자자한 듯했다.

나미는 이모의 곁에서 중학교를 졸업했다. 고등학교에 진학했지만 곧 가지 않게 되었다. 대신 이모의 일을 돕기 시작했다. 간단한 전화 응대, 예약 확인이 주업무였다. 이모의 기분이 좋거나 고객들이 좋은 점괘를 받은 날이면 얼마씩 받을 때도 있었지만 고정

급여는 없었다. 나미는 신경쓰지 않았다. 그가 돈보다 갖고 싶던 건 사람들을 사로잡는 법이었다. 이모는 난다 긴다 하는 사모님들을 손바닥에 쥐고 놀았다. 밖에선 사람을 홀기듯 노려보는 사모님들도 이모의 방 문이 열리는 순간 납죽 엎드려 쩔쩔맸다. 나미는 어째서 이모의 무례함에도 사람이 끊기지 않는지, 아니, 어째서 더 많은 사람들이 모이는지 흥미를 갖고 지켜봤다. 그리고 배우가 가면을 쓰듯 이모를 따라 했다. 찬물로 씻었고, 고기를 먹지 않았고, 몰래 술담배를 했다.

어느 순간 나미는 자신이 고객들 사이에서 아기보살 따위의 이름으로 불리기 시작했다는 걸 깨달았다. 아기도, 보살도 아니었지만 이모는 웃기만 하고 고객들을 말리진 않았다. 대신 일을 마치고 매일 저녁 한 시간 정도 나미에게 사주 보는 법을 알려줬다. 나미는 성실하게 배웠다. 무당은 벼락처럼 내려온 계시를 장황하게 떠들어대는 줄로만 알았는데 일종의 통계학이라고 생각하니 어렵진 않았다. 거기에 이모가 말하는 방식, 눈을 부라리는 방법, 앉을 때의 자세까지 흉내내니 모양새가 제법 그럴싸해졌다.

나미는 곧 대기실이었던 방에 자기 책상을 두고 간단한 운세를 봐주기 시작했다. 중요한 일은 맡길 수 없으니 주 종목은 연애운이나 궁합 따위였다. 그게 꽤 잘 맞아떨어졌는지, 언제부턴가 나미만을 찾는 단골도 생겼다. 이모는 그 모든 상황을 예견했다는 듯 사기꾼 재능도 신내림처럼 하늘이 주는 거라며 나미를 북돋았다.

그렇게 하나둘 모은 단골이 나미를 대단한 사람으로 만들었다. 나미는 자신이 단골들에게 그랬듯, 스스로를 강하게 세뇌하기 시작했다. 이모는 나미의 자기 확신에 찬 태도가 일종의 장사 수완이라고 생각한 듯했지만 그건 사실이 아니었다. 나미는 정말 자기 자신을 믿었다. 그는 오로지 한 권의 책만 읽은 사람과 같았다. 그 책의 이름은 자기 자신이었다. 그것이 나미에겐 성서였다.

어느 비 오던 날 나미는 한 여자와 만나게 되었다. 여자는 예약을 하지 않고 불쑥 찾아온 이모의 단골이었다. 얼굴은 익숙했지만 한 번도 대화를 나눈 적이 없던 터라 조금 낯설었다. 깡마른 얼굴에 눈매가 사나워 나미는 그를 제대로 쳐다보지도 못했다. 여자는 괜찮다고 했지만 이모의 상담은 평소보다 길어지고 있었다. 시간이 갈수록 안절부절못하는 건 나미였다. 괜찮을까…… 겁을 먹은 그의 머릿속에서 여자가 신당의 초를 몽땅 뒤엎어 불을 내는 상상이 펼쳐졌다. 여자가 입을 열었다.

"저."

아이 같은 목소리였다. 생김새와 달리 부드럽고 높은 음색에 놀란 나미가 반사적으로 되물었다.

"예?"

"저, 잠깐만 티브이 좀 볼 수 있을까요?"

"예, 마음대로 하세요."

여자가 얼굴을 붉히며 고개를 숙였다. 리모컨을 만지작거리던 그가 채널을 고정한 건 음악방송이었다. 나미가 가요를 좋아하느냐고 묻자 여자는 취미로 가끔 듣는다며 말을 흐렸다. 말은 그랬지만 그의 눈은 단순히 취미를 즐기는 눈이 아니었다. 짐승이 그림자에 숨어 사냥을 준비하듯 날카로웠다. 뭘 보는 걸까? 호기심에 나미도 화면을 쳐다봤지만 몇몇의 가수들이 지나가는 동안 여자는 아무 반응이 없었다. 엠시가 이제 마지막 무대만을 남겨두고 있다고 했다. 그 말에 여자가 몸을 움찔 떨었다. 이건가? 도대체 뭐길래?

무대가 시작되었다.

거기 한 소년이 있었다.

그는 노래하고 춤을 추며 아주 반짝이고 있었다. 그게 전부였다.

한참 뒤 돌아본 여자의 얼굴엔 환희가 어려 있었다. 그는 분명히 사랑에 빠져 있었다. 그리고 그 자리에 사랑에 빠진 사람은 여자뿐이 아니었다. 저 사람이다. 소년을 본 순간 나미는 운명을 느꼈다. 새로운 장이 열리는 것 같았다. 강렬했다. 손을 댈 수 없게 뜨거웠다. 뜨거운 건 그것만이 아니었다. 나미를 보는 여자의 눈빛. 그 눈빛도 그랬다. 아무 말도 하지 않았지만 여자 역시 나미가 그 소년과 사랑에 빠졌다는 것을 느끼고 있었다. 숨길 필요가 없어져 나미는 물었다.

"이름이 뭐예요?"

여자가 대답했다.

"요셉이에요."

그것이 나미와 안나의 첫 만남이었다.

라디오에서 열두시를 알리는 시보가 들렸다. 해피 버스데이, 요셉. 나미가 입속말로 중얼거렸다. 밖에서 계획을 점검하던 미희가 다가와 허리를 숙이고 창문을 두들겼다.

"저기, 나미씨. 들었어요?"

"……"

"집중 좀 해줘요. 한 번 있는 기회인데……"

"괜찮아요. 제대로 될 거니까." 나미가 눈에 힘을 주고 미소 지었다. "나를 믿어요. 오늘은 천운의 날이라니까요."

미희가 약간 복잡한 표정을 짓더니 할말은 해야겠다는 듯 혼자 계획을 되짚기 시작했다.

"그러니까, 요셉이 오면 경광봉을 켜는 거예요. 내가 이렇게 나와서 손을 흔들게요. 요셉이 무슨 도움이 필요하냐고 묻겠죠? 그럼 난 엔진이 고장난 것 같다고, 요셉한테 한번 내려서 봐줄 수 있냐고 물을 거예요. 개가 알겠다고 하면서 열린 보닛 안으로 머리를 집어넣으면……"

미희가 손에 든 전기충격기를 흔들었다.

"끝나는 거죠."

나미가 이를 드러내고 웃었다.

"완벽하네요."

"잘되었으면 좋겠어요." 미희가 춥지도 않은데 두 팔을 감싸안으며 혼잣말을 했다. "좀 떨리네요."

"괜찮아요. 잘될 거니까."

나미는 미희의 눈을 똑바로 바라보며 고개를 끄덕였다. 그것을 본 미희가 안심이 되었는지 한결 풀어진 미소를 지었지만, 나미는 실은 혼자 다른 계획을 갖고 있었다. 그건 요셉을 기절시키는 게 아니라 차로 치는 거였다. 이유는 간단했다. 위기는 운명적 사랑에 가장 잘 어울리는 양념장이니까.

둘이 만나는 순간 사랑에 빠지는 건 확실했다. 그 점에 대해서 나미는 의심하지 않았지만, 그것만으론 영 심심했다. 두 분은 어떻게 사랑에 빠졌습니까? 누군가 그렇게 묻기라도 한다면 뭐라고 답할 것인가? 만나자마자 첫눈에 반했지요. 끝! 멋지지만, 한편으론 시시한 이야기였다. 금방이라도 하늘로 올라갈 듯 꿈틀거리는 용 그림에 눈동자가 찍혀 있지 않거나 예쁘게 생크림을 짜 올린 파르페 꼭대기에 체리가 없는 꼴이었다. 나미는 완벽한 시나리오를 쓰기로 했다. 재미있고, 사람들이 좋아할 만한, 피가 흐르는 이야기로. 일단 지금까지 생각해둔 건 다음과 같았다.

요셉의 차가 다가오면 나미가 중앙선을 넘어간다. 두 사람은 죽지 않을 정도로 충돌한다. 요셉의 성격이라면 나미를 치지 않기 위해 가드레일을 들이받을지도 모른다. 하지만 역시 둘이 부딪히는 쪽이 좋겠지? 사랑은 충돌이니까. 부딪힌 둘의 차는 앞 범퍼가 종이처럼 찌그러졌을 것이다. 깨진 유리가 사방에 흩어져 검은 도로 위에 설탕처럼 흩뿌려져 있을 것이다. 나미 자신도 십 분 정도는 기절할지 모른다. 하지만 그는 눈을 뜬다. 온몸에 힘이 하나도 들어가지 않음에도 정신력으로 차문을 열고 나가 요셉에게로 절룩이며 걸어갈 것이다. 한 번쯤 넘어지면서 손바닥에 붙은 크고 작은 유리 가루를 털어내며 요셉에게로 간다. 신월 아래 요셉은 입맞춤을 받지 못한 피그말리온의 조각처럼 눈을 감고 있을 것이다. 고개를 한쪽으로 갸웃이 기울이고 있는 그의 창백한 이마로 검붉은 피가 한 줄기 흘러내려도 좋을 것이다. 그편이 훨씬 낭만적이겠지. 그렇게 쓰러진 요셉을 차에 태워 산장으로 간 뒤, 어느 날 나미는 눈을 뜬 그의 곁에서 간호에 지쳐 잠든 성스러운 모습으로 발견된다. 놀란 요셉이 그의 얼굴을 확인하기 위해 내려온 머리칼을 손으로 넘기는 순간 잠에서 깨 서로 눈을 마주치는 것이다. 새끼 오리가 어미 오리에게 각인되는 것처럼. 그렇게 두 사람은 서로에게 오로지 하나뿐인 사랑이 될 것이다.

눈에 보이는 것처럼 선명한 풍경에 나미는 몸을 부르르 떨었다. 생각만으로도 웃음이 비실비실 나왔다. 그는 들뜬 속내를 들키지 않기 위해 입꼬리에 힘을 주어 끌어내렸다. 어디서 노크하는 듯한 소리가 들리는가 싶더니 미희가 정수리를 두 손으로 가리며 투덜댔다.

"뭐야, 비 와요. 많이 올까요?"

"금방 지나갈 거 같은데요."

미희가 차 안으로 들어왔다. 그러자마자 장대비가 무섭게 쏟아졌지만 예상대로 오래가지 않고 그쳤다. 모든 게 뜻대로 되는 날이었다. 사람들에겐 이런저런 말을 덧붙여 천운의 날이라고 했지만 나미가 오늘을 작전 개시일로 선택한 이유는 단 하나뿐이었다. 햇수로 따지면 오늘은 요셉의 스물한번째 생일이니까. 그보다 운이 좋은 날이 어딨겠는가? 나미는 엄지손가락으로 가볍게 운전대를 두드렸다. 그걸 본 미희가 신기하다는 듯이 말을 걸었다.

"긴장 안 돼요?"

"왜요? 그럴 게 없는데."

"그냥요. 삶에는 너무 많은 우연이 있잖아요."

"우연 같은 건 약한 마음이 만들어내는 거예요. 성공할 거라는 강한 확신을 가지면 돼요. 그럼 다른 게 끼어들 수가 없어요. 미희씨, 성공하고 싶죠."

"……네."

"확실히 말해줘요. 성공하고 싶죠?"

"네."

"그럼 성공할 거예요."

멀리 언덕 위에서 노란 점이 보이는 듯싶더니 휴대폰이 울렸다. 예상대로 안나였다.

"봤어요."

나미는 받자마자 바로 답했다.

"맞대요?"

나미가 고개를 끄덕였다. 그걸 보고 미희가 밖으로 튀어나갔다. 나미는 헤드라이트를 켜 경광봉을 들고 두 팔을 휘젓는 미희를 비췄다. 처음 운전을 배운 날처럼 뒷목과 어깨가 뻐근해졌다. 나미는 핸들에서 손을 떼 목덜미를 두드렸다. 미희도 팔을 내리고 가만히 섰다. 한참을 기다렸는데도 차가 오지 않았다. 뭐지? 어리둥절해하는데 안나에게서 전화가 걸려왔다. 안나가 벌벌 떠는 목소리로 물었다.

"했어?"

"아니요. 아직 안 왔어요."

"뭐? 간 지가 언젠데?"

"요셉 차 맞아요?"

"맞아. 번호 제대로 확인했는데."

"하여튼 안 왔어요. 잠깐만 기다려봐요."

나미가 휴대폰을 얼굴에서 떼곤 고개를 빼서 밖에 서 있는 미희에게 손짓했다. 미희가 운전석 쪽 창으로 고개를 들이밀자 나미가 말했다.

"안나씨가 그러는데요, 요셉이 맞대요."

"근데 차가 사라졌다는 거예요?"

"그런가봐요. 미희씨도 아까 언덕에 불 있는 거 봤죠."

"네."

"짐승 눈 아니었죠."

"분명 차였어요."

"이상하다. 근데 어디로 빠졌지."

"아." 미희가 눈을 크게 뜨고 속삭이듯 말했다. "저수지 쪽으로 갔나."

"저수지요?"

"이쪽으로 안 내려오고 바로 빠지는 길이 있거든요. 전에 와봤을 때 봐둔 길인데." 미희가 분하다는 듯 입술을 깨물었다. "어떡할까요. 한번 올라가볼까요?"

"잠깐만요." 나미가 손을 들고는 전화기 건너편에 있는 안나에게 미희의 말을 전했다. "예, 예. 다른 길이 하나가 더 있다나봐요. 어떡할까요?" 그러고는 고개를 끄덕인 뒤 전화를 끊었다. "안나씨도 같이 가겠대요. 잠깐 데리러 가요."

두 사람은 언덕으로 되돌아가 안나를 태운 다음 차를 돌려 저수지 쪽으로 향했다. 그들은 일단 내려서 요셉이 정말 거기 있는지 확인하기로 하고 길 가장자리에 차를 세웠다. 숨죽인 발들이 풀숲 사이를 헤치고 나아갔다. 종아리가 함빡 젖었다. 저수지는 생각보다 훨씬 넓었다. 달도 없는 밤인지라 평소보다 움직임이 굼떠졌다. 그들은 눈에 띄지 않기를 포기하고 손전등을 켰다. 한참을 헤매던 셋은 멀리 나무 그림자 사이에 주차된 차를 발견했다.

저거다. 맞죠? 미희가 떨리는 듯 숨을 크게 들이마셨다. 어떡할까요? 낚시하러 온 척하는 게 낫겠죠? 응, 그게 낫겠다. 아, 근데 낚싯대가 없잖아. 지금이라도 가져올까? 오히려 이상하지 않아요? 누가 낚싯대를 들고 다녀요. 멀리 세워뒀다고 하면 되지…… 웅얼웅얼 엉터리 작전을 짜는 미희와 안나의 목소리가 풀벌레 울음과 뒤섞여 들렸다. 나미는 개의치 않았다. 그게 중요한 게 아니었다.

뭔가 이상하다.

그건 예감이라기보다 확신이었다. 나미는 두 사람을 두고 요셉의 차를 향해 걸었다. 뒤에 선 두 사람은 나미를 잡지도 말리지도 못하고 손만 휘저었다. 저기, 나미씨! 한 박자 늦게 안나의 숨죽인 목소리가 들렸다. 손에서 힘이 빠지며 손전등이 바닥으로 떨어졌다. 그러나 지금은 그걸 신경쓸 때가 아니었다.

나미는 유리창 앞에 섰다. 검은 유리창을 두드렸지만 대답도, 인기척도 없었다. 그렇지만 그 안엔 분명 요셉이 있었다. 그는 잠들었지만 잠든 게 아닌 상태로 앉아 있었다. 나미는 움직임을 멈추고 그 앞에 서 있었다. 무얼 해야 하는지 알 수 없었다. 다가온 안나가 숨을 헐떡이며 속삭였다.

"왜 그러고 있어? 요셉이 없어?"

나미는 대답하지 않았다. 그는 단지 어긋나기 시작한 운명의 톱

니바퀴를 가만히 느낄 뿐이었다. 머리 위에서 다시 굵은 빗방울이 떨어지기 시작했다. 이번에는 그치지 않을 것이다. 무섭게, 하늘을 무너뜨릴 듯이 무섭게 내릴 것이다. 나미는 강렬한 예감에 몸을 떨었다. 그리고 비명을 지르며 유리창을 내려치기 시작하는 안나의 곁에서 눈을 감았다. 무언가 잘못되었다는 예감이 차가운 엄지손가락처럼 나미의 등줄기를 쓸었다.

3

죽는 시늉을 해야 해.

그 말을 했을 때 요셉의 표정은 어땠지? 미친 사람을 보는 것
같았던가? 아무 표정이 없었던가? 아니면…… 웃고 있었던가?

"또 왔어요."

송이 걸어들어오며 빠르게 말했다.

"이거 완전 정신 나간 년인데요."

화가 난 건지 흥분한 건지 알 수 없는 말투라고 생각하며 박은
건네받은 상자를 열었다. 순간 흠칫해 손에 힘이 풀렸지만 다행히
떨어뜨리진 않았다. 그는 태연한 척 송에게 상자를 되돌려줬다.
몇 번을 보아도 눈에 못이 박힌 쥐의 사체는 섬뜩했다. 동봉된 종

이에 붉은색으로 적힌 '死'라는 글자가 뇌리에 새겨져 흰 벽에 초록색 글자가 되어 둥둥 떠다녔다.

박은 지난해 여름부터 꾸준히 도착한 택배들을 떠올렸다. 어떤 것엔 갈기갈기 찢긴 요셉의 사진과 부서진 카세트테이프가 들어 있었다. 부적을 붙인 밀짚 인형이 든 상자, 목이 잘린 아기 사슴 인형과 불에 타 반쯤 녹은 사진이 든 상자도 있었다. 아기 사슴은 요셉의 별명이었다. 모두 단발적으로 배달되고 끝났지만 죽은 쥐는 달랐다. 매주 다른 상자에 담겨 도착했다. 하루에 두세 개씩 도착하는 날도 있었다. 집요하고, 잔인했다.

"그래도 오늘은 이거 하나예요." 송이 느린 목소리로 말했다. "나머진 다 멀쩡해요. 아, 케이크가 하나 있던데 아까 김미정씨가 가져갔어요."

박은 고개를 저었다.

"버리라고 해."

"예?"

"다 버리라고. 뭘 넣은 줄 알고."

"아, 맞네요."

송은 고개를 끄덕이다가 과장되게 몸을 한 번 부르르 떨었다. 미친년들. 그 말을 하는 송의 목소리엔 어딘지 기운이 빠져 있었다. 힐끗 돌아보자 송은 반사적으로 얼굴을 구겼다. 그러나 박은 그 직전 송의 표정을 읽었다. 부러움. 그래, 송은 요셉을 부러워했다. 백 킬로가 넘는 거구에 조그만 눈을 희번덕거리며 흘기듯 사람을 노려보는 그가 실은 아주 연약한 사람이고, 너무 연약해서 폭력으로 자신을 감싸고 있다는 걸 박은 알았다. 그는 요셉에게 달라붙는 여자애들에게 큰 소리로 욕을 하고 주먹을 휘두르면서 그들을 갈망하고 있었다. 발정난 기집애들이라고 헐뜯으면서도 그들이 박에게 오빠 잘생겼어요! 라고 외치면 표정 없는 얼굴이 더 딱딱해지면서 부러움을 숨기지 못했다. 그게 장난이란 걸 알면서, 그 말 끝에 곧장 킬킬거리는 소리가 뒤따르는 걸 알면서 한 번이라도 그 말의 당사자가 되어 얼굴을 붉히고 싶어했다.

박은 갑자기 송의 얼굴이 낯설어 빤히 쳐다보았다. 아토피 때문에 얼굴에 생긴 딱지를 습관적으로 긁고 있는 송이 미남이었다면 호스트로 일했을 거라고 생각했다. 여자를 구슬리는 것. 그들에게 만족감을 주고, 이용하고 버리기도 하고, 때로는 자신이 버림받기도 하며 고독한 늑대처럼 살아가는 것. 그게 송이 원하는 삶이었고 어쩌면 하늘이 준 본성과 가까웠다. 다만 외모와, 소아 비만이 남기고 간 도토리만한 성기가 모든 걸 망쳤다. 다마를 박으라고 해볼까? 박은 충고를 하려다 말았다. 시술을 받은 박의 지인들은 그들이 얼마나 여자를 정신 나가게 했는지, 여자들이 어떻게 매달렸는지 신이 나서 떠들었지만 벗은 여자 앞에선 돌덩이가 되는 송에겐 쓸모없는 일일 것이었다.

박은 푸, 하고 깊은 한숨을 쉬었다. 송에게는 여자를 만족시키는 경험이, 사랑받는 경험이 필요했다. 그게 인정욕구든, 아니면 정말 사랑이 고파서이든 알 바 아니었다. 그게 없으면 그는 지금보다 더, 빠르게 망가질 거라는 생각이 들었다. 하지만 어느 여자가 그를 좋아하겠는가? 사랑을 수치로 여기고, 알량한 자존심 하나 꺾을 줄 모르는 그를.

"그 사람도 보냈을까요?"

송의 질문에 박은 생각에서 깨어났다.

"뭐?"

"생리대요. 그거 보낸 사람도 이번에 뭔가 보냈을까요."

"아." 박은 애매하게 답했다. "글쎄, 그럴 수도 있겠고."

불쾌한 상자들이 밀려온 건 스캔들이 터진 이후였다. 상대 여자를 겨냥한 살해 협박에는 뒤졌지만 요셉에게도 만만찮은 공격이 들어왔다. 직원들은 이제 상자의 겉만 보고도 위험한 게 들었는지 알아챌 정도로 도가 텄다. 그러나 송이 말한 그 기이한 상자는 일이 이렇게 되기 전, 지난 늦봄에 요셉의 이적을 축하하는 수많은 선물과 함께 도착했다. 백 송이의 인조 장미로 가득찬 상자였다. 그 한가운데에 피로 쓴 편지와 꽃처럼 동그랗게 만 생리대가 담겨 있지만 않았다면, 밀폐된 상자 안에서 구더기들이 알을 까고 나와 악취와 함께 득시글거리지만 않았다면 평범하게 낭만적이라고 할 수 있었다.

실제로 편지에 적힌 글씨체는 꽤 반듯한 편이었고 내용도 우아했다. 뭐라고 적혀 있었더라? 그래, 작은 핏방울 옆에 이렇게 쓰여 있었지. 이 원을 뺀 만큼 너를 사랑해. 그걸 본 송의 바지춤은 뾰족해졌지만 박은 묘한 슬픔에 잠겨 오래된 동화를 떠올렸다. 거위 치는 공주 이야기. 여왕은 시집가는 공주에게 핏방울이 떨어진 손수건을 안겨준다. 공주가 곤경에 처할 때마다 핏방울은 이렇게 말한다. 공주님, 공주님의 어머니가 이 사실을 아신다면 가슴이 찢어지실 거예요……

"그럼 전 가겠습니다."

혼자만의 생각에 빠진 그의 눈치를 보다 송이 어중간하게 고개를 숙였다. 박은 퍼뜩 정신이 들어 송에게 말했다.

"야."

"예?"

"그거 두고 가. 내가 처리할 테니까."

송이 발아래 상자를 내려두고 뒷걸음질쳤다. 그는 다시 한번 송을 불렀다.

"야."

"예?"

"이리 와봐."

박은 겁을 먹은 듯 쭈뼛대는 송을 세워두고 지갑에서 만원짜리 지폐 두 장을 꺼냈다.

"이걸로 미정이한테 뭐라도 사다줘. 내가 줬단 말 하지 말고 네가 샀다고 해. 케이크는 먹지 말라고 하고."

"안 주셔도 되는데."

송이 더듬거렸다. 쯧, 박이 반사적으로 혀를 찼다.

"네 돈도 아닌데 짜게 굴어서 뭐하냐?"

그 말에 송의 얼굴이 붉어졌다. 네가 그래서 안 되는 거다. 그런 말이 목 끝까지 올라왔지만 대신 손을 내저었다.

"그만 가라."

송이 고개를 푹 숙이고 도망치듯 방을 떠났다.

문을 두드리고 곧장 들어가자 사장이 어딘지 허둥지둥하며 리모컨의 버튼을 눌렀다. 브라운관에서 십자 모양의 빛이 번뜩이다가 한 점으로 모여 사라졌다. 보나 마나 어린 남자애들이 나오는 포르노나 들여다봤을 것이다. 열성적인 신자인 사장은 죄의식이 이상한 방향으로 뒤틀렸다. 고해와 순교의 마니아. 박은 발목이 쇠사슬로 묶인 성인이 영원히 물레를 돌리는 그림에서 시선을 돌리며 무심하게 상자를 책상에 내려놓았다. 사장이 아무 일 없다는 듯 말했다.

"어, 승태. 무슨 일이냐."

"또 왔습니다."

"또?"

사장이 책상에 몸을 바싹 붙인 상태로 목만 내밀어 상자를 들여다보았다. 사장의 몸에서 풍기는 비린내에 기분이 나빠졌지만 박은 태연하게 말했다.

"주소고 뭐고 아무것도 없습니다. 지문도 없을 거예요. 담 타고 넘어서 요 앞에 두고 간 것 같습니다."

"감시 카메라 확인해봤어?"

"확인했는데 안 찍혔습니다. 사각지대로 들어온 것 같습니다."

"경비는 뭐래."

"딱 순찰 돌 때 맞춰서 갖다둔 것 같습니다."

"얼마나 됐지?"

"예?"

"이런 게 온 거 말이다."

박은 짧게 셈하고 답했다.

"작년 7월에 스캔들 나고부터니…… 팔 개월쯤 된 것 같습니다."

"팔 개월이라……"

스읍, 사장이 이 사이로 공기를 빨아들이더니 물었다.

"승태야, 우리나라가 말이다. 기름 한 방울 안 나오면서도 아시아의 네 마리 용으로 불렸던 게 뭣 때문인지 아냐?"

뜬금없는 질문에 박은 고개를 저었다.

"모릅니다."

"다 사람들이 잘해서 그런 거다. 전쟁터 쑥밭에서 맨손으로 일어선 거, 그거 다 사람들의 힘이다. 그렇게 지독한 민족이다. 우리가. 똑똑하고, 부지런하고, 인내심 강하고. 그 피가 어디로 갔겠냐?"

사장이 깊은 한숨을 쉬고는 찬탄과 혐오를 섞어 말했다.

"걔들은 말이다. 내가 봤을 때 보통 인재가 아니다. 웬만한 인내심으로는 밤새우면서 쫓아다니고, 길에서 살고, 머리 굴려서 이런 거 보내는 짓 못한다. 일제강점기 같은 때 태어났으면 독립운동했을 거다. 십 년만 일찍 태어났어도 운동으로 날렸을 거다. 문제는 인재들이 왜 이딴 짓을 하고 있느냐 이거다. 하여간 정말 대단하다. 대단한데 징그럽다."

"……"

"승태야."

"예?"

"넌 어떻게 하는 게 좋겠냐. 역시 신고해야 하나?"

박은 고개를 저었다.

"그러다 이미지만 망가집니다. 그냥 잠잠해질 때까지 두는 게 낫습니다."

"가만히 있으란 말이냐?"

"예."

"하긴 그래. 말로야 죽인다고 누가 못하겠냐? 그래, 냅두자. 돈만 들고…… 어차피 시간 지나면 다 잊힌다."

그거야말로 가장 걱정할 일 아니냐고 박은 생각했다. 잊히는 것. 아무도 그애의 연애 사정에 신경쓰지 않는 것. 그건 요셉의 가수로서의 생활이 내리막길을 타고 있다는 증거였다. 실제로 스캔들 이후 도착하는 선물의 개수는 눈에 띄게 줄었다. 요셉의 집 근처를 얼쩡대는 소녀도 몇 없었다. 이상한 택배를 보내는 사람도 어쩌면 한 명인지 몰랐다. 그 사람이 생리대 여자와 동일 인물인 걸까? 박은 생각에 잠겼다. 마음 깊은 곳엔 그가 그럴 리 없다는 근거 없는 믿음이 있었다. 글씨체 하나만 보고 하는 추측이었지만 거기엔 어떤 우아함이 있었다. 글이 단순히 내용을 전할 뿐 아니라 조형적인 아름다움 또한 가진다는 걸 아는 예스러운 우아함이었다……

사장실의 전화가 울렸다. 아무 말도 하지 않았지만 사장은 한 손을 들어 박의 입을 막는 제스처를 취했다.

"어, 김사장. 티브이? 티브이는 왜?"

잠깐의 침묵 뒤에 그가 수화기를 책상에 내려두고 리모컨을 잡았다. 팟, 하고 생겨난 바늘구멍만한 빛이 브라운관에 범람했다. 밀려온 이미지에 박은 정신이 혼미해졌다. 눈을 몇 번 깜빡이고 나서야 자신이 무엇을 보고 있는지 파악됐다. 사람들이 구급차에 실려 나오고 있었다. 목에 핏대를 세우고 우렁차게 말을 내뱉는 리포터 뒤로 여자가 이마에 피를 흘리며 기절하는 모습이 여과 없이 송출되었다.

"폭탄이란다." 사장이 어처구니없다는 투로 말했다. "기획사에 폭탄을 던졌댄다."

테러당한 기획사는 요셉의 전 연인이 소속된 곳이었다. 사장과 박은 둘 다 입을 다물었다. 침묵 속에서 뉴스 속보를 이어가는 캐스터의 날카로운 목소리만 울렸다.

"그쪽도 난리였지. 죽인다는 택배가 수도 없이 도착했댄다. 네가 감히 요셉을 만나냐고. 반드시 피를 보게 하겠다는 편지가 수도 없이 도착했댄다."

그렇지만 폭탄이라니…… 사장이 어울리지 않게 감탄하는 목소리로 중얼거렸다.

"승태야."

"예?"

"좆 됐다."

"……"

"하여간 좆 됐다. 어쩌냐 이걸."

박은 대꾸하지 않았다. 단지 작은 픽셀로 조각난 인간들을 멍하니 볼 뿐이었다. 눈알이 빠질 것 같았다. 깜빡이지 않던 그의 눈에서 눈물이 죽 흘러내렸다. 그걸 닦다가 박은 하나의 아이디어를 떠올렸다. 입을 벌리고 티브이만 보고 있던 사장에게 말했다.

"사장님, 저한테 맡겨주실 수 있습니까?"

"뭘?"

"이 일 말입니다. 뒤처리를 맡겨주세요."

"그거야 상관없는데, 뭘 하려고?"

"그냥…… 곡 작업한다고 생각해주시면 됩니다."

"나한테도 뭔지 말 못하냐?"

"……"

"그래. 곡 작업. 그럴 때도 되었지. 슬슬 새 단추 끼워야지."

사장은 손을 맞대고 손톱을 부딪었다. 무언가를 고심하는 듯 말이 없더니 느리게 입을 뗐다.

"네가 서울에 올라온 지 몇 년이 됐지?"

"올해로 십삼 년쨉니다."

"그러냐? 너를 첨 본 지가 벌써 십 년도 넘었냐? 야, 시간 참 빠르다. 막 고등학교 졸업해서 꼬질꼬질하던 놈이 언제 이렇게 신수가 훤해졌냐, 응? 아주 땟국물이 싹 벗겨졌다."

"……"

"내가 너를 참 아끼는데 어쩌다보니 고생을 많이 시키게 됐구나. 미안하게 됐다."

"아닙니다."

"너도 이 일 해서 알겠지만 여긴 사방이 물어뜯으려는 늑대들 천지다. 너는 늑대인 척해도 개다. 충실하고…… 주인을 필요로 한다. 약하다는 게 아냐. 네 본성이 그렇다는 거다."

"……"

"요셉이는 어디에 있냐?"

"지하에 있을 겁니다."

"그래, 가봐. 가서 얘기 잘해봐라."

박은 고개를 꾸벅 숙여 보이고 돌아섰다. 그런 그의 등뒤로 사장이 부르는 소리가 들렸다.

"승태야."

"예?"

"네 주인이 누군지 잊지 마라."

박은 다시 한번 고개를 숙이고 돌아 나왔다.

테러 소식을 들은 요셉은 어리둥절한 표정을 지었다. 예상대로 그는 그게 무얼 의미하는지 몰랐다. 아무것도 실감하지 못했다. 박은 요셉이 제정신이 들기 전에 재빨리 말했다.

"사상자는 없대. 폭탄이라고 해봤자 사제 장난감이라서 별로 피해도 없었어. 걱정할 필욘 없지만 문제는 그게 여기 왔을 때 어떤 규모가 될지 모른다는 거지. 저쪽에 보낸 건 그냥 협박이고 여기 보낼 게 본편일지 몰라."

쏟아지는 말을 요셉은 가만히 듣고만 있었다. 그가 눈을 깜빡이자 고인 땀이 눈물처럼 떨어졌다. 뒤엉킨 긴 속눈썹이 운 것처럼 촉촉하게 젖어 있고, 소금기가 모여든 왼쪽 눈 밑엔 언제 생겼는지 작고 빛나는 노란 결정이 묻어 있었다. 한 알의 모래. 황금 부스러기. 돈을 주고서라도 핥겠다는 사람이 많을 테지만 요셉은 그걸 무심하게 손등으로 닦아냈다. 박은 안타까운 표정을 짓는 거울 속 자신과 눈을 마주치고 시선을 바닥으로 돌렸다.

땀냄새 가득한 지하 연습실이었다. 말보다 주먹이 빠르고, 더러운 시멘트 바닥에 너 나 할 것 없이 침을 뱉던 치기어린 짐승의 시기가 떠오르는 공간이었다. 그러나 그 한가운데 있는 요셉에게선 희미한 비누 냄새와 뜨거운 열기만 뿜어져나왔다. 그는 갑자기 요셉이 두려워 몸을 움츠렸다. 더이상 다가가면 그 열기에 데어 화상을 입을지도 모른다는 생각이 들었다. 요셉의 벌어진 입술과 이 사이에서 증기처럼 쌕쌕대는 소리가 새어나왔다. 요셉이 입을 연 건 한참이 지난 뒤였다.

"저 때문이죠?"

"엉?"

"그거 저 때문인 거잖아요."

박은 대꾸하지 않았다.

"형."

애원하는 목소리였다.

"저 너무 무서워요."

"……"

"못하겠어요, 이제는."

요셉의 눈은 유리처럼 텅 비어 보였다. 달아오른 뺨은 분홍빛.

박은 새삼스레 요셉의 얼굴을 봤다. 자주 보지만 이상하게 가슴을 찌를 때가 있었다. 그럴 때면 비유가 아니라 정말로 아팠다. 동정심에 붙잡히면 아무것도 안 된다. 박은 어린애처럼 무구한 표정의 요셉에게서 시선을 거두고 머릿속을 뒤졌다. 계약상의 문제나 그보다 현실적인 것들, 더러운 협박과 강압. 가능한 것은 많았지만 박은 요셉을 순한 말로 달랬다.

"너 책임감 있고 멋진 놈이란 거 안다. 그렇지만 너한테 딸린 사람들을 생각할 필요도 있어. 사장님도, 나도, 회사 식구들도 다 너만 보고 있는 거 알잖아. 네 자존심 살리는 것도 좋지만 좀 추잡스럽더라도 살아남아야 한다. 끝까지 살아남는 놈이 이기는 거야. 너 그거 모르는 거 아니잖냐. 응?"

"너무 미안해요. 그애한테."

"우리한텐 안 미안하냐?"

"……"

"셉아."

"그럼 제가 어떻게 하면 돼요?"

기다렸던 말이었다. 박은 그가 성기게 짠 계획을 말했다. 죽는 시늉을 해야 한다는 말에 요셉의 눈이 동그랗게 커졌다. 힘이 빠진 입술 사이로 아랫니 두 개가 툭 하고 고개를 내밀었다.

"자살이라뇨?"

낮게 속삭이는 목소리에 박이 흘린 물을 주워담듯 다급한 목소리로 말했다.

"진짜 하는 건 아니야. 시도만 하는 거지. 번개탄 피우면 죽는데 보통 다섯 시간은 걸린단다. 수면제 먹고 한숨 자고 있으면 내가 위험해지기 전에 가서 깨울 거다. 네가 자살 시도를 했다는 기사가 뜨면 그걸로 끝이야."

"그걸 하면 뭐가 좋은데요?"

"동정표 사는 거지. 아무도 네 탓 못하고, 너 공격 못하게."

"……"

"추잡스럽지?"

요셉이 고개를 흔들었다.

"아녜요. 근데…… 어디서 해요? 집에서 할 순 없어요. 괜히 소란 피우긴 싫은데."

"차에서 하면 된다."

"할 수 있을까요? 사람들이 쫓아올 텐데요."

"내 차를 타면 돼. 새 차고, 선팅이 돼 있으니 괜찮을 거야. 너희 빌라 주차장에 둘게. 앞으로 두세 달 정도 정해진 날짜, 정해진 시간마다 타고 외출해라. 드라이브한다고 생각하고 한 바퀴 돌고 오면 돼. 대신 매번 같은 장소로 가야 한다. 습관처럼 해야 하고. 그래야 내가 널 찾았을 때 아무도 의심하지 않아."

요셉이 느리게 되물었다.

"그게 정말…… 가능할까요?"

"가능하지 않다고 생각하나?"

"아뇨, 사람들 말예요. 사람들이 정말 이해해줄까요? 고작 그런 연극 같은 걸로……"

"셉아."

"예?"

"어차피 우리가 하는 일이 다 연극 아니냐?"

한동안 답이 없던 요셉이 중얼거렸다.

"형 말이 맞네요."

"어쨌든 당장 이번주부터 가자."

"예."

"미안하다. 이런 일을 시켜서."

"아네요. 괜찮아요."

요셉이 고개를 저었다.

"다 제 잘못인데요. 저는 형 믿어요. 형 아니면 누굴 믿겠어요."

마주친 눈이 또다시 박을 찔렀다. 박은 보지 않으면 피할 수 있다는 듯이 눈을 감았다.

*

"다 적었어요?"

"대강은요. 잡지 이름이 뭐라고요?"

"아무거나요. 연예잡지로."

"알았어요."

나미는 수첩에 적은 쇼핑 목록을 다시 한번 체크했다. 빠진 것이 없다는 걸 확인한 뒤, 셔츠 앞주머니에 수첩과 볼펜을 집어넣고 등산 가방을 멨다. 그 위에 비옷을 걸쳐 입었다. 저 가요. 나미가 집안을 향해 외쳤다. 그 소리를 듣고는 안나가 급하게 뛰어나왔다.

"저기 저기, 까먹었는데 밀가루도 하나 사와."

장화에 발을 욱여넣는 나미를 현관에 서서 지켜보던 미희가 물었다.

"밀가루는 뭐하러 사요?"

"뭐하긴. 국물 내서 수제비나 국수 해먹고, 부침개도 부치고, 전도 지지고. 날도 계속 이런데 밀가루 음식 한 번을 안 해먹으면 심심하잖아."

미희의 뜨뜻미지근한 반응에 안나가 되물었다.

"왜? 싫어해?"

"그건 아니고요. 어릴 때 많이 먹어서 물렸어요."

"그래? 부모님이 장사라도 했나보지?"

"예?"

안나가 되레 의문이라는 듯 물었다.

"많이 먹었다며. 국숫집 했던 거 아냐?"

"아." 미희가 웃으며 말을 흐렸다. "뭐, 비슷해요."

"갈게요." 나미가 몸을 일으켰다. "저도 밀가루 음식은 별로라, 작은 걸로 하나 사올게요."

"아냐, 됐어. 그럼 사오지 마."

"괜찮아요?"

"응. 같이 먹어야 재밌지. 아, 말린 대추나 있으면 좀 사와. 물 끓일 때 같이 넣게."

"알겠어요."

나미의 대답을 듣고 선뜻 가벼운 걸음으로 돌아선 안나와 달리 미희는 현관까지 맨발로 나와 문을 열어주었다.

"저 언닌 도대체 뭘 먹고 사는지 모르겠네. 저러다 쓰러지는 건 아닌지 모르겠어요."

"밀가루 한 봉지 사와요?"

"됐어요. 어차피 입에 대는 둥 마는 둥 할 텐데. 우리가 신경쓸 일도 아니고요."

조심히 다녀와요. 미희의 말에 나미는 말없이 손만 흔들고 헤드폰 위로 모자를 뒤집어썼다. 문을 나서자 빗방울이 약간 섞인 매서운 바람이 비옷을 펄럭였다. 좋은 날씨는 아니었지만 하늘에 구멍이라도 뚫린 듯 비가 쏟아지는 것보단 나았다. 휘몰아치는 듯한 소음 사이로 요섭의 목소리가 들렸다. 나는 이 목소리의 주인을 먹이러 가는 거다, 그렇게 생각하자 힘이 솟았다. 나미는 물웅덩이도 두려워하지 않고 발을 디디며, 장난처럼 철벅이며 걸었다. 빌려 신은 미희의 장화는 사이즈가 작아 조금만 잘못 부딪혀도 발톱이 깨질 듯 아팠다. 이런 날씨가 계속되면 새걸 하나 사는 게 더 나으리라. 나미는 그런 가벼운 생각을 하며 완만한 언덕을 미끄러지듯 내려갔다.

나미가 차를 몰고 향한 곳은 관광지 근처의 큰 마트였다. 뜨내기 외부인이 다녀도 눈에 덜 띌 거라는 판단에 미리 봐둔 곳이었다. 경기도 어렵고, 계속해서 비가 내리는 탓인지 성수기인데도 마트는 생각보다 한산했다. 아니, 높이 달린 스피커에서 최신 가요가 나오는데도 망한 가게에서 풍기는 음울함이 감돌았다. 나미는 느긋하게 구경하려던 생각을 지우고 부지런히 쇼핑 목록을 지워나가기 시작했다. 말린 대추도 사고, 마트 안에 딸린 낚시용품점에서 장화도 보았다. 거기에도 작은 사이즈밖에 남아 있지 않아 사진 않았다. 남은 건 미희가 부탁한 잡지뿐이었다. 나미는 계산대 근처의 철제 진열대 앞에 서서 노랗고 빨간 제목이 난무하는 잡지들을 훑었다. 대부분 입에 침이 고일 정도로 흥미로운 타이틀로 사람을 홀리고 있었다. 나미는 자기도 모르게 꽤 오랜 시간 잡지를 보았다. 어느 순간 허전한 느낌에 고개를 드니, 계산대 직원들이 자리를 비우고 한군데로 몰려가 있는 게 보였다. 무릎까지 오는 수영복 바지만 입은 젊은 남자가 무어라 떠들고 있었다. 눈에 띄는 복장이었지만 점원들은 남자의 벗은 몸보다 그의 말에 더 흥미가 있는 듯했다. 호기심이 동한 나미는 물건을 고르는 척 다가가 슬쩍 귀동냥을 했다. 들어보니 멀지 않은 해변에서 신원을 알 수 없는 시체가 발견되었다는 얘기였다. 이 계절에 바다에서 시체가 발견되는 게 놀라운 일은 아니었지만 최근에 빈도가 많이 늘어난 모양이었다.

"설마 지난번이랑 같은 건 아니죠?" 고등학교를 졸업한 지 오래지 않은 듯 보이는 앳된 얼굴의 직원이 물었다.

남자가 대꾸했다. "맞아. 젊은 남자."

그가 검지와 중지로 가위를 만들어 싹둑 자르는 시늉을 하자 여자들이 탄식을 내질렀다. "아이고 무서버야. 자살인가벼." "어떤 미친놈이 지 걸 자르고 죽었어?" "깡팬가봐." "위에서 온 거야. 왜, 얼마 전에두 무슨 잠수함이니 뭐니 시끄러웠잖어. 여기두 조만간 사람들 오도 가도 못하게 막을 거여."

남자가 몸에 붙지 않은 서양식 제스처로 어깨를 으쓱했다.

"그럴지도 모르지요. 하여튼 경찰이 와가지고 금방 쫓겨났어요."

다들 한마디씩 덧붙이는 이야기를 넋을 놓고 듣고 있는데, 누군가가 나미의 팔을 툭툭 쳤다. 나미는 흠칫했지만 태연한 척 비켜섰다. 지나가세요. 가볍게 돌아본 순간 나미는 뒤에 선 여자의 복장을 보고 입을 떡 벌렸다. 그러니까, 중년의 여자가 입고 있는 건 살짝 크림빛이 도는 흰 드레스였다. 마트에 입고 오기엔 좀 우스운, 실은 어디에 입고 가도 눈에 띌 그 옷이 어울릴 만한 장소는 결혼식장뿐이었다. 중년의 여자는 나미의 놀란 모습엔 아랑곳 않고 나미의 눈을 똑바로 보더니 말했다.

"우리 오빠가 아니야."

"예?"

"저건 우리 오빠가 아니야. 진짜는 곧 온다. 우리 오빠는……"

여자는 그 말만을 남기고는 도망치듯 사라졌다.

저, 저 진짜. 오지 말라니까. 가까이 있던 계산원 하나가 한 박자 늦게 혀를 찼다. 그러곤 별일 아니지만 혹시나 싶어 묻는다는 투로 나미에게 말을 걸었다. "아가씨 괜찮아요?" 나미는 고개를 끄덕이는 척 머리카락으로 얼굴을 가리고 계산대 위에 물건들을 내려놓았다. 계산원이 무릎 높이의 자재문을 열고 들어가며 중얼거렸다. 세상이 뒤숭숭해서. 누구에게라고 할 것 없이 던진 말이었지만 모두들 같은 생각인지 한숨을 내쉬며 여기저기로 흩어졌다. 시체 얘기는 언 발에 눈 오줌처럼 잠시 분위기를 달궜을 뿐이었다. 계속되는 비가 타인의 죽음이라는 원초적인 놀잇감마저 손에 쥐고 놀 수 없는 미끈대고 끈적한 것으로 바꿔버린 듯했다. 나미는 푸르스름한 조명 아래서 누리끼리하게 뜬 얼굴로 영수증을 내미는 계산원에게 고개를 꾸벅 숙인 뒤 밖으로 나갔다. 운전석에 앉아 시동을 걸고, 해안가를 따라 달리고 싶은 충동을 억누르며 산장 쪽으로 차를 돌렸다.

언덕 중간에 차를 세운 나미는 남은 거리를 걸어올라 산장으로 돌아왔다. 그는 인사를 하는 둥 마는 둥, 장 봐온 물건들을 식탁 위에 두고 몸이 식기 전에 재빨리 화장실로 들어갔다. 옷을 벗고 비눗물에 적신 타월로 몸을 문지르는데, 그것 좀 들고 왔다고 팔이 뻐근했다. 요 앞까지 차를 타고 올라올 수 있으면 편할 텐데. 하지만 요셉은 기억을 잃은 거지 귀가 먼 게 아니었다. 산장이 철저히 고립되었다고 믿는 그가 여자들이 차를 타고 돌아다닌다는 사실을 알게 되면 이상하게 여길지도 모른다. 그러다 만약 기억이 돌아온다면? 지금처럼 겁을 주며 붕대를 둘러두는 수준이 아니라 〈미저리〉처럼 다리를 분질러야 할지도 모른다.

"그럼 큰일나지. 춤추는 앤데."

나미가 큰 소리로 중얼거렸다. 게다가 만약 한다고 해도 그 일을 누가 맡나? 다리를 분지르다니, 그건 넷 다 원하지 않는 일이었다. 아마도. 정 나서는 사람이 없으면 자신이 할 테지만. 말끔하게 부러뜨리면 오히려 더 튼튼하게 붙는다는 말을 들은 것 같기도 했다. 설령 조금 실수해서 크게 다치더라도 가창력이 괜찮으니 가수 생활이 완전히 끝장나지는 않을 것이다. 노래만으로 승부하는 거, 그건 그거 나름대로 괜찮지 않을까? 불의의 사고로 앉은뱅이가 된 미소년 가수라. 좀 낭만적일지도. 나미는 대야에 받은 물을 빤히 바라보며 생각에 잠겼다. 그 안에 의자에 앉아 노래를 부르는, 우수에 젖은 요셉의 모습이 떠 있었다. 하나를 잃으면 하나를 얻는다. 나미는 쪼그려앉은 채 생각했다. 어쩌면 요셉은 정말 명창이 될지도 모른다. 그러니까, 기교가 아니라 진심으로 사람들을 울리는 가수. 〈서편제〉만 봐도 그랬다. 눈이 멀어야 진짜 노래가 나오지 않던가?

그렇게 생각하니 예상을 벗어나긴 했지만 지금까지의 일이 나름 순리대로 굴러온 것처럼 여겨졌다. 요셉이 자살 시도를 한 것, 기억을 잃은 것, 비가 끈질기게 이어지는 것. 그 모든 것이 처음 네 사람의 계획보다 좋은 결과를 낳고 있었다. 어쩌면, 처음부터 이럴 운명이었는지도. 세상엔 계획보다 더 나은 실수가 많다. 이번 일이 그런 경우일지도……

그나저나 미저리는 무서운 아줌마의 이름이 아니라 납치된 남자가 쓴 소설 속 예쁜 여주인공의 이름이라는 게 사실인가?

나미는 머리를 털며 화장실에서 나왔다. 식탁은 깔끔히 정리되어 있었다. 미희는 위층에 있는지 보이지 않았고, 안나는 부엌에서 식사 준비를 하고 있었다. 식칼의 날이 많이 닳았는지, 파를 써는 안나의 손길이 힘겨워 보였다. 이따 숫돌로 칼을 갈아달라는 부탁에 나미는 고개를 끄덕였다. 그리고 마른 빵을 집어 입에 욱여넣은 다음 밥과 수프를 떠 손님방으로 향했다.

문을 여는 소리에 깼는지 부은 얼굴의 요셉이 눈을 깜빡였다. 나미는 그 눈을 바라보며 가볍게 입꼬리를 올렸다. 요셉은 따라 웃었지만, 부끄러운지 몇 초 만에 고개를 돌렸다. 나미는 등뒤로 손을 뻗어 방문을 닫으며 낮은 목소리로 속삭였다.

"자고 있었어요?"

"그냥 잠깐……"

요셉이 고개를 끄덕였다. 그런 뒤 자기 손을 가만히 내려다보았다. 나미는 침대 옆으로 의자를 끌어와 앉아 말없이 요셉의 얼굴을 바라보기 시작했다. 요셉은 계속 자신의 손을 보다가 이따금 눈치를 살피듯 나미를 힐끔댔다. 그럴 때면 나미는 응원하듯 웃거나 눈썹을 까딱이기도 했지만, 대체로는 요셉의 얼굴을 관찰하느라 자기 얼굴이 딱딱해져 있는 것을 알아채지 못했다.

흐린 오후의 연약한 어둠 속에서도 요셉의 얼굴이 달아오르는 것이 눈에 보였다. 손에 잡히지 않는, 안개처럼 모호한 두 사람 간의 관계에서 피어나는 감정의 개화가 나미는 감개무량했다. 지금 요셉은 껍질을 벗는 중이었다. 요셉 스스로는 깨닫지 못하고 있었지만, 나미의 눈에 요셉은 이미 돌연변이 변온동물의 내장처럼 속이 투명하게 들여다보였다. 머지않았다. 그런 생각에 나미의 가슴이 뿌듯하게 부풀었다. 곧 요셉은 진정한 자기 자신을 알아봐주는 사람은 나미뿐이라는 걸 깨달을 것이다. 그리고 한쪽이 다른 한쪽을 숨겨주고, 먹여주고, 보호해주며 공생하는 바다 생물들처럼 두 사람이 한 쌍을 이뤄야 완벽해진다는 걸 깨달을 것이다. 문득 낮에 만난 여자가 떠올랐다. 짝 없이 웨딩드레스를 입고 돌아다니던 여자. 광인은 그 스스로는 누구보다 행복할지 모른다. 보는 사람이 괴로울 뿐이지. 인간은 서로 기대고 살아야 한다. 운좋게 제때 짝을 찾은 자신 같은 존재도 있지만, 아닌 존재들도 있다. 그들을 긍휼히 여겨야 한다.

나미는 행복에 젖어 요셉에게 수프를 떠먹였다. 벌어지는 요셉의 입술을 보자 저절로 감탄이 나왔다. 아, 예쁘다. 예쁘기도 하지. 나미는 숟가락질이 서툰 척하며 위로 뾰족하게 올라간 그 윗입술을 건드렸다. 요셉의 병아리 같은 주둥이에 음식이 들어가는 걸 보고 있자면 부풀어오르는 거위의 간을 보는 농장주보다 더 뿌듯해졌다.

마지막으로 나미는 시험하듯 손바닥 위에 약을 올려놓았다. 핥아. 핥아요, 요셉. 오늘의 유희에 마침표를 찍자고요. 나미는 손바닥을 뒤로 뺄 듯 말 듯 장난을 치고 싶은 마음을 억누르며 요셉의 얼굴을 빤히 바라보았다. 그렇게 요셉이 천천히 고개를 숙여 정수리를 드러내려는 순간, 방문 밖에서 들려온 말소리가 나미의 귀를 잡아챘다. 소리가 뭉개져 무슨 말인지 알아들을 수 없었지만 분명 누군가가 화를 내고 있었다. 무시하고 싶었지만 소란은 상황이 심상찮다며 나미를 재촉했다. 나가야 하나. 나미가 저도 모르게 짜증이 나 미간을 찡그리는데 손바닥에 아기 새가 부리로 쫀 듯한 간지러운 감각이 느껴졌다. 놀란 나미가 손을 움츠리며 요셉을 쳐다봤지만 요셉은 물을 마신 뒤 어린애처럼 입을 벌려 약을 삼켰다는 걸 보여주며 웃었다. 아, 사랑스러워! 사랑스러워! 나미는 저절로 귀 뒤로 당겨지는 입꼬리를 끌어내리며 자리에서 일어났다. 내 반쪽아, 너는 어디서 온 거니? 나미는 손바닥에 스친 간지러운 촉감을 오늘밤 되새김질할 생각에 들떠서, 한편으로는 둘만의 시간을 방해한 문밖의 소란에 대한 분노와 짜증을 숨기려고 애쓰면서, 요셉에게 손을 흔들며 뒷걸음질쳐서 방을 나와 문을 닫았다. 그리고 문손잡이를 돌림과 동시에 뚝 하고 멎은 바깥의 소음을 바보같다고 생각하면서, 춤을 추듯 발끝으로 원을 그리며 거실 쪽으로 돌아섰다.

정면에 보이는 부엌에선 육수가 끓고 있었다. 김이 냄비 위로 무섭게 치솟고 거품이 가스레인지 위로 넘치기 직전인데 아무도 신경쓰지 않았다. 나미는 종종걸음으로 거실을 가로질러가서 가스불을 껐다. 그리고 냄비가 잠잠해진 뒤 뒤를 돌아 마주보고 서 있는 두 사람을 바라보았다. 현관에 서 있는 건 희애였다. 그는 비에 젖은 단발머리를 귀 뒤로 넘긴 채 얼굴이 빨갛게 달아올라 있었다. 맞은편에 있는 안나도 얼굴이 벌겋긴 마찬가지였지만 희애가 시골 쥐처럼 보이는 것과 달리 도깨비처럼 무서웠다.

"오랜만이네요."

먼저 입을 뗀 건 희애였다. 그는 나미에게 비실대는 미소를 지으며 손에 든 비닐봉지를 건넸다.

"약을 가져왔어요. 요한이 먹을 거. 그리고 안나 거랑, 여러분들이 드실 초콜릿도 조금……"

그 말을 들은 안나가 나직하지만 짜증이 밴 목소리로 내뱉었다.

"우체국으로 부치라고 했잖아. 그럼 가서 받는다고."

"그치만,"

"뭐가 그치만이야. 한동안은 조심해야 하니까 오지 말랬잖아. 조금만 지나면 실컷 볼 수 있을 텐데, 그새를 못 참아서 그래?"

"그래도 티브이에서도 아무 말도 없고, 아직까진 연락 온 사람도 없고, 누가 감시하는 것 같지도 않아서……"

"그건 네 생각이지. 그럼 사람들이 다 바보 멍청이라서 미행 같은 걸 당하는 줄 아니?" 안나가 차갑다 싶을 정도로 냉정한 목소리로 쏘아붙였다. "다 네 이기적인 생각인 거야. 보고 싶다고 갑자기 찾아오면 뭐, 다 되는 줄 아니? 너 저애가 연예인인 걸 잊은 건 아니지? 안 좋은 기사라도 나면 어쩔 건데?"

"……"

"얼른 돌아가. 얼른. 뭐 때문에 여기까지 와서 숨어 있는데……"

바보같이. 안나가 이를 악물고 중얼거린 뒤 희애의 등을 떠밀기 시작했다. 도대체 그 깡마른 몸 어디에서 나오는지 모를 힘에 희애는 차츰차츰 현관문 앞으로 떠밀려갔다. 뒤늦게 내려온 미희가 어리둥절한 표정으로 입을 떼려 했지만, 나미가 손을 잡아 말렸다. 미희는 금방 분위기를 파악하고 입을 꾹 다문 채 둘의 실랑이를 바라봤다. 조금 험악하다고도 할 수 있었지만 아무도 말릴 수 없었다. 뜨거운 기가 솟는 게 느껴질 정도로, 안나는 잔뜩 화가 나 있었다. 그 열기를 뚫고 희애가 작게 내뱉었다.

"못 가."

"뭐?"

"오늘 버스 끊겼어."

"무슨 소리야? 아직 여섯시도 안 됐는데."

"진짜야. 여기 시간표."

얼굴이 더욱 새빨개진 희애가 주머니에서 반 접힌 종이를 내밀었다. 안나가 인상을 찡그리고 한참 종이를 노려보더니 한숨을 쉬었다. "이래서 촌구석은."

"그리고……" 희애가 들릴 듯 말 듯 한 목소리로 껍질이 벗겨진 쥐처럼 달달 떨면서 말했다. "걔는 내 아들이야. 네게 내 아들을 못 보게 할 권리는 없어……"

그 말에 안나가 입을 떡 벌리더니 주먹을 꽉 쥐었다. 욱한 안나가 손찌검을 할지도 모른다는 생각에 미희가 끼어들었다.

"괜찮은데요? 주무시고 가라고 하죠. 모자간의 정다운 시간도 좀 보내시게요."

나미 역시 반대할 이유를 찾을 수 없어 고개를 끄덕였다. 삼 대일. 다수의 의견에 안나도 더이상 반대할 수 없었다. 결국 그는 짜증 섞인 표정으로 고개를 끄덕였다.

"알았어. 그럼 대신에 잘 때 들어가서 봐."

"……"

"설마 깨어 있는 걸 만나고 싶다는 건 아니지? 안 그래도 아픈 애가 갑자기 널 만나면 어떤 충격을 받을지 모르는 것도 아닐 텐데."

희애가 다 죽어가는 얼굴로 고개를 끄덕였다.

"알았어. 이따가 잘 때만 볼게."

"그래. 저기, 나미씨."

"예?"

"약은 잘 줬어?"

"그럼요. 걱정 마세요."

"그래. 약 챙기는 거 절대 잊으면 안 돼. 알았지? 아픈 애니까." 안나가 한숨을 내쉬며 말했다. "그럼 우리도 저녁 먹자고. 너, 저 위에 있는 접시 좀 꺼내."

나미는 다시 가스레인지의 불을 켜고 냄비에 파를 쓸어넣는 안나와 가만히 선 채 안절부절못하다가 뒤늦게 산장 안으로 들어와 떨리는 손으로 찬장에서 접시를 꺼내는 희애, 그리고 수저를 놓는 미희를 보며 생각했다. 다들 피곤하게 사네. 어쨌든 요셉을 가지는 건 나인데.

*

　밤이 깊어갈수록 바람이 거세졌다. 창문을 채찍처럼 때리는 소음이 잦아졌다. 안나는 창밖의 휘는 가지를 바라보며 식탁에 앉아 새로 끓인 차를 마시고 있었다. 버섯만 넣었을 땐 영 심심했는데 말린 대추를 같이 넣고 끓이니 은근한 단맛이 좋았다. 나무는 바람을 따라 몸을 이리저리 움직였지만 그 서툰 군무만으론 시간을 견디기 부족했다. 희애가 요셉의 방에 들어가 있어서 더 그랬다. 뭐라도 하자. 그런 마음으로 안나는 낮에 나미가 사온 주간지를 펼쳤다. 자극적인 정치 스캔들과 연예인 가십, 종말론, 성 상담 코너가 주였고, 하단 광고 역시 발기부전 약과 탈모 약, 성기 확대 수술과 전화 섹스 따위가 전부인 허섭스레기였다. 안나는 머리가 벗어진 남자와 민머리에 대한 페티시가 있는 여자가 등장하는 싸구려 야설을 몇 문단 읽다가 집어던지고, 식탁 맞은편에 앉아서 빽빽한 정수리가 보이게 엎드려 라디오를 만지작거리는 미희를 향해 물었다.

　"그게 뭐야?"

　"라디오요."

　그건 아는데…… 대화를 거부한다는 듯 지나치게 단호한 대답에 안나는 망설이다 되물었다.

　"미희씨가 가져온 거야?"

"아뇨. 원래부터 여기 있던 거예요." 미희가 그제야 안나와 눈을 맞추며 말했다. "제 방에 있더라고요. 옛날에 누가 두고 갔나봐요."

"작동돼?"

"글쎄요."

미희는 한껏 늘어난 안테나를 만지작대고는 전원 버튼을 눌렀다. 빗소리에 뒤섞여 지직대는 소리만 들렸다. 미희는 손톱 끝으로 조심스럽게 한 칸, 한 칸 다이얼을 돌렸다. 한참 귀를 기울이던 둘에게 응답한 건 뜬금없는 일본어였다. 미희가 귀를 떼며 중얼거렸다. 일본 방송도 전파가 잡히나봐요. 미희는 잠시 진지한 표정으로 라디오를 듣다가 껐다.

"재미없니?"

"모르죠. 일본어 못해요."

퉁명스러운 말투였다. 쟤는 가끔 이유 없는 심통을 부리더라. 안나는 요즘 애들은 알 수 없다고 생각하며 일어나 부엌 싱크대로 갔다. 고개를 푹 숙인 나미가 손끝을 모아 식칼을 갈고 있었다. 숫돌과 칼날이 몸을 비비는 소름 끼치는 소리가 바깥의 휘몰아치는 바람 소리와 함께 화음을 이루고 있었다. 섬찟했지만 파 한 대 제대로 자르지 못할 정도로 무뎌졌던 것이 몇 번의 물칠과 마찰로 선뜩선뜩한 빛을 내자 개운한 쾌감도 느껴졌다.

"다 했니? 다 했으면 화장실에 가위 있거든? 그것도 좀 갈아줘."

"가위요?"

"응, 물컵에 꽂아뒀어. 다음주쯤에 요셉 머리 잘라주려고."

"알겠어요."

고개를 들지 않은 채 대답한 나미가 깊은 숨을 후, 내쉬고는 뒤돌아 부엌 조명에 식칼을 비추어보았다.

"이거 다 하고 할게요. 아직 더 갈아야 해서요."

"그래. 천천히 해도 되니까 신경써서 날카롭게 해줘. 여기 있는 쇠붙이 중에 멀쩡한 게 없더라고."

"걱정 마세요. 칼 가는 게 제 일인데요."

"선녀님이 굿도 하셨던가?"

"지금도 하세요. 꽤 비싸지만."

"그래? 얼만데?"

"일에 따라 다른데요…… 왜요, 관심 있으세요?"

"그냥. 나중에 혹시나 해서."

"괜찮아요. 저만 있음 그만이죠. 우리 선녀님 손까지 빌릴 필욘 없어요."

나미가 단호하게 말하고 칼 위로 고개를 숙였다. 안나는 다시 식탁에 앉아 다 식은 차만 홀짝이다가 고개를 푹 숙이고 있는 두 사람에게 화장실에 간다고 들릴 듯 말 듯 중얼거리고는 슬쩍 일어섰다.

세수를 하자 그것만으로 개운한 기분이 들었다. 안나는 거울 앞에 서서 자기 얼굴을 들여다봤다. 조도가 낮은 불빛 아래 젖은 얼굴은 촉촉했고, 검은 두 눈동자는 우수 깊어 보였다. 그는 한동안 자기 얼굴을 이리저리 뜯어보았다. 물과 공기가 맑아서인지, 아니면 요셉이 곁에 있어서인지 서울에서 살 때보다 얼굴이 좋아진 것 같았다. 예전에도 그랬다. 금발의 요셉을 만나던 때 안나는 분명 지나가는 사람들이 돌아볼 정도로 아름다웠다. 거리를 걸으면 한두 번쯤은 꼭 휘파람 소리를 듣곤 했다. 사람들의 시선은 무릎이 나갈 것 같은 딱딱한 보도에서 굽 높은 구두를 견디게 해주는 쿠션이었다. 그 시절이 떠올라 안나는 얼굴에 은근한 홍조를 띠었다. 중세의 마녀들은 젊음을 얻기 위해 처녀의 피로 목욕을 했다고 한다. 그러나 안나가 알기로 미남자만큼 효과적인 건 없었다.

안나는 혼자 키득대다 밖으로 나가 손님방 문을 똑똑 두드렸다. 길어지는 모자의 만남을 탓할 생각은 아니었다. 그저 요셉이 잘 자고 있나 확인만 해볼 요량이었다. 그러나 어리둥절한 표정으로 문을 연 희애의 손에 들려 있는 걸레를 본 순간 그의 기분은 바닥을 쳤다. 애는 여기까지 와서 또 하녀 짓 하는 거야? 속이 끓었다. 그 꼴을 더 보고 싶지는 않았다. 안나는 문틈으로 고개만 빼고 있는 희애에게 목소리를 낮춰 말했다.

"잠깐만 나와봐. 할말 있어."

"조금 이따가 하면 안 돼?"

"잠깐이면 돼."

"……"

"물어보고 싶은 게 있어서 그래. 저앤 이제 매일 볼 거잖아."

마지막 말에 억지로라도 납득을 하기로 마음먹었는지 희애가
고개를 끄덕였다. 그러고는 서랍장을 살펴더니 품에 요셉의 옷을
가득 안고 나왔다.

"할말이 뭐야?"

그 모습을 본 안나는 핑계로 만들어둔 말까지 까맣게 잊고 희애
의 손목을 낚아챘다.

"얘, 너 지금 뭐하는 거야?"

"어?"

"요셉 보러 온 거 아니었어? 근데 웬, 웬……"

"아, 이거?"

눈만 껌뻑이고 있던 희애가 수줍게 웃었다.

"아무래도 손으로 하지 않으면 좀……" 희애가 겸연쩍어하며
덧붙였다. "세탁기는 때가 제대로 안 빠지잖니. 먼지만 날리고. 너
희 집 살 때도 웬만한 건 다 뒷산 계곡 가서 손으로 빨았어. 수돗
물은 무슨 약을 탔니, 정화를 했니 해도 다 한강 똥물인데 거기는
일급수였지. 여름에 가재도 보이고……"

안나는 입을 꾹 다문 채 아무런 대꾸도 하지 않았다. 그는 방금
들은 것과 같은 말을 하는 여자 하나를 떠올리고 있었다. 시어머

니였다. 친척 결혼식 때문에 잠시 서울에 올라왔을 때, 그는 안나의 집에 머물면서 아침저녁으로 바닥을 걸레질했다. 상다리가 휘게 아침을 차리고 안나가 널어둔 속옷을 다 걷어 다시 손으로 문질러 빨면서 엉덩이 붙일 새 없이 일을 만들어 움직였다. 멀리서 보면 안나가 편하게 누워 시어머니를 부려먹는 것처럼 보였지만 실상은 반대였다. 시어머니는 안나에게 눈치를 주는 거였다. 자기가 하는 것처럼 자기 아들을 보살피라고 몸소 보여주는 거였다. 안나는 코웃음쳤다. 당신이 그런다고 내가 어디 손가락 하나 까딱할 것 같아? 당신한테야 종년처럼 기어야 되는 귀한 아드님인지 몰라도, 나한텐 한심한 개털이야. 내가 없었으면 당신 아들이 교수나 됐을 거 같아? 나 아니었으면 지금도 고시촌에서 김칫국물 쪽쪽 빨아먹으면서 소주나 마시고 있을 인간이 저러고 사는데 고마운 줄 알아야지, 내가 개처럼 빌빌 기어다니면서 바닥까지 닦아야 해? 빤스나 빨고 아침부터 칼 들고 설쳐야 해?

희애를 보는 안나의 눈에 분노가 서렸다. 희애는 어리둥절한 얼굴로 일단 웃으며 눈을 피했다. 그 겁먹은 표정. 나는 아무것도 몰라, 그냥 깨끗한 게 좋을 뿐이야, 라고 하는 듯한 얼굴을 보자 더열이 뻗쳤다. 쓰레기 같아. 알아? 쓰레기야, 너는……

그때 두 사람의 달아오른 얼굴 위로 미희의 냉정한 목소리가 끼얹어졌다.

"관두시는 게 좋아요."

미희가 식탁에 팔을 괴고 엎드린 자세 그대로 희애에게 대꾸했다.

"비 오잖아요."

그제야 쏟아지는 비를 알아챘다는 듯 희애가 허우적댔다.

"아 참, 그랬지요? 어머, 미안해요. 도로 개켜둬야지. 좀 정신이 없네요…… 요한을…… 저애를 너무 오랜만에 봐서 그래요. 너무 오랜만에 봐서."

희애가 제자리에서 뱅글뱅글 돌더니 이층으로 사라졌다. 안나가 한참 계단을 노려보고 있는데 등뒤에서 미희의 목소리가 들렸다.

"언니."

"……"

"안나 언니."

"왜."

"저렇게 하게 냅둬요. 얘기해봤자 언니만 피곤해질걸요? 세상엔 그런 사람들이 있는 거예요. 서커스의 사자 같은 사람들이요. 걔들은 우리 안에 있을 때 제일 안심한다고요. 한 번씩 몽둥이찜질도 받아야 하고요."

"아니, 나는……"

안나가 뭐라 말하기도 전에 미희는 단호하게 일어나 기지개를 켰다.

"몇신데 이렇게 피곤한지 모르겠네…… 전 그만 들어갈게요.

나미씨, 헤드폰 다 썼어요?"

"아, 소파에 뒀어요. 고마워요."

"새거 샀어요?"

"아니요."

"네? 왜요? 안 팔던가요?"

"아니요, 그냥 깜빡했어요. 그래도 미희씨 게 있으니까 괜찮지 않나 하고."

"……그럼 필요할 때 말해요. 나 안 쓸 때 빌려줄게."

먼저 잘게요. 미희가 고개를 까딱 숙인 뒤 이층으로 올라갔다. 나미는 다시 숫돌에 코를 박고 칼날을 몇 번 더 문지른 다음 형광등에 비춰보더니 충분히 날카로운데도 아쉽다는 듯 고개를 갸웃거렸다. 안나는 거실 소파에 앉아 생각에 잠긴 척 손님방에 귀를 기울였다. 잠든 요섭의 신음소리라도 들릴까 싶었지만 아무 소리도 새어나오지 않았다. 거센 빗소리가 모든 소음을 집어삼킨 탓이었다. 진짜 시끄럽네…… 안나는 천천히 눈을 감았다. 그리고 폭격하듯 쏟아지는 빗방울의 소리를 하나씩 지웠다. 유리창을 때리는 소리, 고인 웅덩이 위로 떨어지는 소리, 나뭇잎 위로 떨어지는 소리를. 곧 아주 고요해졌고……

문을 두드리는 소리가 났다. 안나는 소리를 따라 현관으로 갔다. 문에 귀를 대자 누군가가 그의 이름을 불렀다. 안나. 안나. 안나는 문을 열었다. 그러나 아무도 없었다. 장난인가 싶었는데 누군가가 그의 옷자락을 잡아당겼다. 내려다보니 키가 작은 아이가 서 있었다. 처음 보는 아이였다.

들여보내줘.

아이가 말했다. 안나는 얼결에 고개를 끄덕였다. 아이가 고개를 저었다.

그러지 말고 들어오라고 해줘.

그래, 들어와.

그 말에 아이가 문안으로 뛰듯이 들어왔다. 어디에 숨어 있었는지 다른 아이들도 뒤따라 줄줄이 들어왔다. 장난기 많은 아이들. 그들은 산장 안에서 뛰어놀기 시작했다. 개중 일부는 소파 위에서 신나게 점프를 하고, 일부는 벽난로를 쑤시다 재투성이가 되고, 일부는 안나를 부엌으로 끌고 가 주변에서 얼쩡거렸다. 이거 어떻게 해요? 저거요? 아이의 손에서 식칼을 뺏고, 정신없이 냉장고 문을 여닫는 아이를 들어 식탁의자에 앉히고, 더러워진 아이의 손을 씻기고, 먼지를 일으키지 말라고 쫓아다니며 엉덩이를 때리면서 안나는 기이하게도 행복을 느꼈다. 잠결에 벤 팔이 점점 저려오는 걸 느끼면서도 안나는 계속 그 꿈에 붙들려 있기 위해 애쓰며 생각했다. 아이를, 갖고 싶었던 걸까. 아니야, 늘 그렇게 끔찍하게 여겼는걸……

잠에서 깨자 턱이 뒤틀린 듯이 아팠다. 안나는 눈을 감은 채 뺨에 길게 늘어진 침을 닦았다. 누가 덮어준 건지 어깨에서 담요가 흘러내리는 게 느껴졌다. 그는 손을 뻗어 담요를 끌어올렸다. 오슬오슬 떨리는 몸을 문지르는데 노크 소리가 들렸다. 안나는 아직 몽롱한 정신으로 대꾸했다.

"그래, 들어와."

"……."

"괜찮대도. 들어와."

아무도 들어오지 않았다. 안나는 찬물을 맞은 듯 벌떡 일어났다. 바깥이, 그럴 리가 없는데 환했다. 그는 거실 창가로 튀어나가 커튼 사이로 밖을 내다보았다. 여전히 비가 시끄럽게 내리고 있었다. 나무가 휠 정도의 거친 바람이 부는 것까지는 잠들기 전과 같았지만 헤드라이트를 켠 차가 마당에 서 있는 건 달랐다. 당황한 안나가 판단을 내리기도 전에 빛은 사라졌다. 차문이 닫히는 소리가 들렸다. 정체를 알 수 없는 그림자가 계단을 오르기 시작했다. 안나의 입에서 혀가 목을 틀어막은 듯한 이상한 소리가 났다. 들켰나? 안나는 심장 대신 옷의 앞섶을 쥐어짰다. 어쩌면 그림자는 이미 무언가 이상하다는 걸 감지했는지 몰랐다. 그걸 증명하듯 걷는 태가 좀 이상했다. 그러니까. 이 산장에서 사람의 기척이 난다는 걸 알아챈 느낌. 그건 몇 년 동안 비워둔 장소에서 느껴져선 안 되는 감각이었기에, 그의 발걸음은 본능적으로 경계심을 띠고 있었다. 하지만 이 밤에 여기까지 온 데에는 분명 이유가 있는 거다. 이유는 본능보다 강한 의지를 가지고 그림자를 현관문까지 이

끌었다. 그림자가 주머니에서 열쇠를 꺼냈다. 뒤틀린 구멍으로 쑥하고 열쇠를 집어넣었다.

큰 기대 없이 벽을 더듬어 스위치를 올린 그림자는 산장에 불이 들어온다는 데 놀란 눈치였다. 맞닥뜨린 안나의 부은 얼굴엔 입도 떨어지지 않는지 눈만 치켜떴다. 어, 남자는 말을 더듬었다. 거진 반사적으로 고개를 숙였다.

"죄송한데, 어, 누구시죠?"

그것이 잘못의 시작이었다. 상대의 사과에 칼자루를 빼앗은 안나가 남자를 훑었다. 멋부리지 않은 머리, 멍청한 표정의 남자는 안나가 빤히 쳐다보자 눈을 미친듯이 깜빡였다. 그 모습을 본 안나는 남자의 정체를 깨달았다. 그는 자신을 짝사랑하는 남학생을 구박하는 깍쟁이 같은 투로 말했다.

"너, 성욱이구나."

"……"

"너, 나 몰라? 안나 이모."

아. 그 말에 성욱이 머리를 굴리는 소리가 들렸다. 마침내 성욱도 오래전 바비큐 파티나 교회 모임 따위에서 알게 모르게 스쳐지나갔던 사람을 기억해낸 듯했다.

"아, 이모. 잘 지내셨어요."

성욱이 더듬으며 말했다. 운이 좋았다. 안나는 목 끝까지 올라오는 웃음을 삼켰다. 이 산장을 소유한 최가네 식구들은 하나같이 싸가지 없었지만 성욱만큼은 주워온 게 아닐까 싶을 정도로 심약했다. 오래전 탈락한 열등한 유전자가 하늘의 농간으로 몇 대를 지나 그에게서 꽃핀 것이다. 아무도 닮지 않은 아이. 그래서 엄마인 은영의 속을 태운 아이. 그게 성욱이었다. 안나는 다시 쏘아붙이기 시작했다.

"그래. 너 이모 못 알아봤지?"

"아니, 그게, 오랜만이어가지구……"

"그래. 뭐, 네가 공부한다고 모임이나 그런 델 쫓아다녔어야 말이지. 그래서, 원하던 대학 가서 좋니? 학교생활은, 할 만하니?"

"예. 그냥, 뭐."

"아이고. 야, 어깨 좀 펴라. 왜 이렇게 쭈그리고 다녀, 볼썽사납게. 네가 올해 몇 살이지?"

"저, 스물한 살이요."

"군대는?"

"아직이요."

"그래서 그렇구나. 근데 왜 아직 안 갔어."

"저 재수해서……"

"아, 맞다. 맞아. 그렇지. 그래서 언니가 작년에 왔다갔다하느라 고생 좀 했지……" 안나가 꿈에 잠긴 표정으로 흘긋 먼 곳을 봤다. "그럼 곧 군대에 가겠구나. 나라를 지키는 건 중요한 일이지. 아직 통일도 안 됐고……"

"예에. 이 근처에도 군부대가 있잖아요."

"그래?"

"예. 여기 북한이랑 가까우니까……"

성욱이 눈을 껌뻑이다가 오래 미뤄왔던 질문을 조심스레 던졌다.

"그런데 이모는…… 여기 어쩐 일이세요?"

"여기? 왜, 내가 여기 있으니까 이상해?"

"아뇨, 그게 아니라……"

"내가 지금 네 나이보다 훨씬 어렸을 때부터 여길 들락날락했다, 야."

"죄송해요."

"넌 무슨 애가 말을 못하게 하니? 또, 또 어깨 굽는다. 좀 똑바로 펴."

안나가 매서운 손길로 성욱의 어깨를 내리치더니 옷에 붙은 먼지를 떼어내주며 중얼거렸다.

"별일은 아니고, 너희 엄마가 한번 와보라고 해서 온 거야."

성욱이 어깨를 문지르며 물었다.

"어, 엄마가요?"

"그래. 집도 사람이 살지 않으면 망가지니까. 넌 방학인데 미국엔 안 나가니?"

"아, 그냥, 친구들 좀 만나느라고요."

"그래? 대학 친구들?"

178

"예, 뭐……"

성욱이 말을 줄였다. 갑자기 안나가 갈고리에 고기를 꿰듯 성욱의 팔을 꽉 움켜쥐었다. 아아. 성욱이 작게 신음을 냈지만 안나는 못 들은 척하고 그를 부엌으로 끌어당겼다.

"그러고 보니 차 한잔을 안 내줬네. 여기 앉아. 금방 물 올릴 테니까."

기에 눌린 성욱이 주춤주춤 식탁의자에 앉았다. 그는 머지않은 미래에 자신의 소유가 될지도 모르는 외할아버지의 산장을 낯선 집에 초대받은 사람처럼 슬쩍 훔쳐봤다. 안나가 그의 곁에서 부산스레 움직이며 주의를 돌렸다.

"뭐가 좋니? 커피? 율무차도 있고, 버섯이랑 말린 대추 달인 것도 있는데. 이모가 근처에서 직접 따다 말린 거야. 몸에 좋아."

"어, 율무차요. 감사합니다."

안나가 주전자에 물을 받아 불에 올린 뒤, 발꿈치를 들고 찬장에서 율무 가루를 꺼냈다. 그리고 성욱의 맞은편에 앉아 티 한 점 없이 말끔한 식탁을 괜히 훔쳤다. 성욱이 식탁 위에 어색하게 걸치고 있던 손을 얌전히 한데 모아 다리 위에 내려놓았다. 안나가 그 모습을 보고 물었다.

"요즘 대학생들은 뭘 하니?"

"그냥 이모 다니셨을 때랑 비슷할 거예요."

"나 다닐 때? 나 다닐 때가 어땠는지 네가 어떻게 알아."

농담이었는데 성욱은 겁을 먹은 듯 눈을 내리깔았다. 어쩌다 이렇게 덜떨어진 놈이 나왔나. 안나는 혀를 차려던 걸 초인적인 인내로 멈추고 말을 돌렸다.

"참, 진욱이는 언제 졸업하니?"

"내년에 조기졸업할 것 같아요."

"그래? 언니는 좋겠네. 큰아들은 미국 명문대 다녀, 작은아들은 삼 대에 걸쳐서 대한민국 최고 대학 다니고. 그렇지?"

그 말에 조금 허리가 꼿꼿해진 성욱이 상기된 얼굴로 말했다.

"이모, 물 끓어요."

어머, 그러게. 안나가 일어서서 불을 끄고 머그잔을 꺼냈다. 그런 뒤 봉지를 열고 율무 가루를 두 스푼 떠 넣었다.

"설탕 넣지?"

"어, 그럼 한 스푼만요."

안나가 한 손에 머그잔을 든 채 다시 찬장을 열었다. 그곳엔 설탕이 없었다. 안나는 쪼그려앉아 손에 닿는 서랍을 다 열었다. 그러면서도 끊임없이 성욱에게 말을 걸었다.

"근데 너는 어릴 땐 몰랐는데 크고 보니까 너네 엄마 닮았다. 다른 사람들도 그렇게 말하지? 어?"

"어, 아니요."

"그래? 내가 봤을 땐 그런데. 좋은 거야. 형부 닮았어봐라. 형부는 완전 소도둑처럼 생겼잖아. 너네 엄마가 지금은 나이들어서 그렇지 여고 다닐 땐 날렸어. 베티 데이비스 닮은 애가 있다고."

아이고 여기 있었네. 안나가 놀란 척 중얼거리며 하부장 한편에 쥐약과 나란히 놓여 있는 설탕 봉지에 손을 뻗었다. 이걸 왜 여기 뒀대. 그런 뒤 티 나지 않게 몸으로 성욱의 시야를 가리며 설탕 한 스푼과 함께 수면제도 한 알 넣었다. 이렇게 하면 성욱이 잠든 사이 다른 사람들을 내보낼 수 있을 것이다. 안나는 재빨리 주전자를 집어와 뜨거운 물을 부었다. 그리고 약이 잘 녹아들도록 휘저으면서 아까부터 계속 입에 맴돌았던 질문을 던졌다.

"근데 넌 이 밤에 여긴 어쩐 일이니?"

"……"

"응?"

성욱에게선 대꾸가 없었다. 대신 의자가 바닥에 끌리는 소리와 바람 새는 소리 같은 게 들렸다. 안나는 뒤돌아 성욱을 봤다. 자리에서 일어서 조명을 등지고 있는 성욱의 얼굴은 그림자가 져 있었다. 하지만 부풀어오른 가슴, 곧추선 허리, 관자놀이와 목과 팔과 손등에 팽팽하게 돋은 푸른 핏줄은 클로즈업한 것처럼 또렷하게 보였다. 성욱은 터지기 일보 직전의 폭탄이었다. 그의 가슴을 뚫고 나온 칼은 작은 심지였다.

안나의 손에서 머그잔이 떨어졌다. 눈앞에서 점점 커지는 붉은 점을 본 안나가 그대로 기절했다. 두 개의 몸이 바닥으로 쓰러졌다. 그중 하나의 심장은 빠르게 펌프질하고 있었고, 다른 쪽 심장은 뭍에 나온 생선처럼 퍼덕이며 마지막 발악을 하더니 움직임을 멈췄다. 그러나 비는 그러한 일에는 관심이 없었다. 사바세계의 일과 상관없이 주룩주룩 내렸다.

*

나미가 빌려갔던 헤드폰은 물을 먹었는지 소리가 이상했다. 미희는 이불을 끌어당겨 연결 잭을 닦았다가, 이어패드를 베개에 내리쳐 물을 빼내려고도 해보다가 포기하고 누웠다. 눈을 감고 막에 싸인 듯한 음질로 같은 음악을 반복해서 들으니 바다 밑에 가라앉은 듯한 기분이 들었다. 그는 그 속에 잠겨 옛날 생각을 했다.

어린 시절 미희는 엄마를 사랑하는 법보다 불쌍해하는 법을 먼저 배웠다. 열네 살에 서울로 올라와 공장 일을 시작했다던 엄마는 어린애가 보기에도 앙증맞은 미인이었다. 다들 남편 덕 보고 살겠다고 했지만 엄마는 이상할 정도로 남자 운이 없었다. 스쳐지나간 몇 명의 아빠들은 직업이 없거나 있다고 해도 금방 그만두었다. 알이 굵은 반지를 사주네, 모피 코트를 사주네, 하던 기세 좋은 허풍은 기세 좋은 폭력으로 바뀌었다. 부서진 세간을 애써 모른 체하고 거실을 지날 때면 미희는 수치심과 분노에 휩싸여 생각했다. 도대체 뭐가 문제냐? 세상엔 왜 이렇게 개새끼가 많은 거냐?

집을 뛰쳐나온 지 한 달이 되지 않아서 미희는 모든 게 엄마의 선택이었다는 걸 알게 되었다. 엄마는 한마디로 '그냥' 사는 걸 지루해하는 인간이었다. 끊임없이 무슨 일이 일어나지 않으면 견디지 못했다. 괜찮은 인생이란, 광고에서처럼 매일 골라 먹는 재미가 있는 행복이 늘어서는 거였다. 그러나 실제 삶에서의 행복은 메마른 수도꼭지에서 떨어지는 물방울과 같아서, 눈알이 아프도록 혀를 내밀고 지켜본 끝에야 간신히 한 방울을 맛볼 수 있었다. 엄마는 그 갑갑한 기다림을 참지 못했다. 그렇다고 순리가 이끄는 대로 천천히 말라죽어가는 것도 견디지 못해서, 차라리 화끈하게 혀에 불을 지르는 길을 택한 것이다.

그런 인간형은 미희와 길거리를 전전한 여자애들 중에도 있었다. 물론 정말 오갈 데 없는 애들도 있었지만 사정이 괜찮은 애들도 많았다. 멀쩡한 애들이 단 몇 초 지나가는 요셉을 보기 위해 길바닥에 쪼그리고 있었다. 맨바닥에서 자고, 수풀에 들어가 오줌을 누고, 서로 맞고 때리면서 요셉의 주위를 얼쩡거렸다. 그들은 열 길 물속보다 어려운 한 길 사람 속을 알고 싶어했다. 그게 사랑인지 아닌지는 중요하지 않았다. 중요한 건 그들이 지루해 미칠 것 같던 순간에 요셉이 눈앞에 있었다는 것이었다. 누군가에게 자신을 쏟아붓는 것만큼 괜찮은 자극도 없었다.

그런 생활에 찌들어 있던 미희도 내년이면 스물둘이었다. 어느 순간 그에게도 미래라는 것이 의식되기 시작했다. 지금은 괜찮아도 조금 있으면 남의 집이나 거리를 전전하며 살기엔 좀 민망한 나이가 될 거다. 때마침 세기말이다. 머잖아 밀레니엄. 삶의 방식을 바꾸기엔 좋은 타이밍이었다. 미희는 자식을 낳고 싶다는 생각을 했다. 그렇게 다시 시작하고 싶었다. 하지만 자신은 엄마의 자식이었다. 진창으로만 발을 딛는 유전자가 언제 의지를 뚫고 나올지 몰랐다. 미희는 고민에 빠졌다. 어떻게 해야 이 저주에서 벗어날 수 있을까?

그가 동화 속 공주라면 요정 대모가 도와줬을 것이다. 처음에 미희는 안나가 대모 역할을 해줄지도 모른다고 생각했다. 그러나 기대와 달리 안나는 계산적인 인간이었다. 그는 결코 대가 없는 호의는 베풀지 않았다. 입으론 언니네 뭐네 하며 간도 쓸개도 빼줄 것처럼 굴었지만, 이곳에 온 이후론 밥 한술 뜨는 것도 미운지 자기가 먹으라고 해놓고선 눈을 가늘게 뜨고 힐끗댔다. 그렇다고 스스로 저주를 풀 정도로 영특하진 않으니, 남은 건 왕자의 키스뿐이었다. 잡는다. 미희는 이를 갈며 생각했다. 요셉을 잡는다. 왜냐면 요셉은 자신의 손이 닿는 것 중 가장 높은 곳에 달린 열매니까. 게다가 그건 미희가 응원과 사랑과 시간으로 기른 것이었다. 열매를 따는 일은 순탄치 않을 것이다. 사다리도 없고, 어쩌면 어깨가 빠지거나 발목 인대가 늘어날 테지만 상관없었다. 일단 손에 넣기만 한다면 열매는 절로 껍질을 벗으며 물을 뚝뚝 떨굴 것이다. 즙이 흐르는 과실을 한입 베어 무는 순간, 미희는 오래된 저주에서 풀려나 영원한 행복의 성으로 올라갈 것이다.

망상에 잠겨 있는데 인기척이 느껴졌다. 감은 눈을 뜨니 창밖이 희부옇게 밝아져 있었다. 벌써 아침이 되었나 의아해하는데, 순식간에 빛이 사라졌다. 미희는 손가락만 움직여 카세트를 껐다. 잠시 미동 없이 누워 동태를 살폈지만 빗소리를 빼곤 아무것도 들리지 않았다. 등줄기가 대나무 막대를 꽂은 것처럼 뻣뻣하게 굳어갔다. 결국 그는 참지 못하고 매를 맞는 심정 반, 호기심 반으로 침대에서 내려왔다.

문을 열자 거실에서부터 하얀 빛이 올라왔다. 멀리서, 빗소리를 뚫고 희미하게 안나의 목소리가 들려왔다. 아직 안 자러 갔나? 미희는 발바닥을 미끄러뜨리듯 움직이며 천천히 계단을 내려갔다. 소리 높여 안나의 이름을 부르려는 순간, 목소리가 하나 더 들렸다. 어딘지 위협적인, 처음 듣는 남자의 목소리였다. 어쩌지? 와락 겁을 집어먹은 미희는 발뒤꿈치를 세운 채 뒷걸음질쳤다. 방으로 되돌아와 문을 잠그고 침대 끄트머리에 앉았다. 귀가 먹먹할 정도로 크게 울리는 심장 소리를 들으며 숨을 고르다가 방금 전 안나가 남자의 이름을 부드럽게 불렀다는 걸 깨달았다. 그건 분명히 이상했다. 강도라면 그렇게 부를 수 없었다. 미희는 이번엔 호기심만을 가지고 다시 일층으로 내려갔다. 소리를 죽였는데도 마지막 계단을 밟기도 전에 이쪽을 노려보고 있는 안나와 눈이 마주쳤다. 안나는 긴장한 동시에 잔뜩 화가 나 보였다. 원래도 다혈질이지만 평소와는 달랐다. 그 분노는 진짜였다. 매우 강렬해서 눈빛만으로 미희를 돌처럼 굳게 했다. 미희가 옴짝달싹 못하고 있는 사이, 안나는 독수리가 닭을 잡아채듯 남자의 팔을 움켜쥐고 부엌으로 향했다. 안나는 남자를 거실을 등지도록 앉혔다. 그런 다음 미희를 보며 검지를 들어 입술에 갖다댔다.

아는 사람?

미희가 입만 움직여 묻자 안나가 눈을 감았다가 떴다.

조용히 하라고?

이번엔 머리칼을 넘기는 척 고개를 끄덕였다. 사인을 전달받은 미희는 덫에서 벗어난 것처럼 몸을 움직였다. 그는 잠시 계단의 어둠 뒤로 숨어 두 사람을 지켜보았다. 안나가 차를 타려는지 분주하게 찬장을 여닫았다. 빗소리 때문에 대화 내용이 또렷하게 들리진 않았지만 대충 봐도 분위기가 나쁘지 않았다. 미희는 안심하고 뒷일은 안나에게 맡기기로 했다. 그 순간 옆에서 바람이 일더니 누군가의 잔상이 빠르게 지나갔다.

어라?

채 말리기도 전 남자의 등에 칼이 꽂혔다.

안나는 지친 표정으로 싱크대 아래쪽에 기대앉아 있었다. 시체에서 오물이 새어나온데다가 안나가 실금한 탓에 지독한 냄새가 풍겼지만 아무도 그에 대해 말하진 않았다. 그럴 정신도 없었다. 그 자리에 있는 네 사람 중 굳어 있지 않은 건 나미뿐이었다. 그는 묵묵히 물을 끓여 커피를 내린 뒤, 찬장을 뒤져 미희는 있는 줄도 몰랐던 브랜디를 꺼내 머그잔에 꼴꼴 부었다. 나미가 몸을 떠는 안나의 앞에 쪼그려앉아 불쑥 그 잔을 내밀었다.

"드세요."

안나가 천천히 고개를 들어 조금 쉰 목소리로 속삭였다.

"미쳤니?"

"일단 드세요."

"미친 거야. 분명히 미친 거야. 미쳤어 미쳤어."

"한 모금이라도 드세요."

나미가 안나의 손을 억지로 벌려 잔을 쥐여줬다. 안나가 손에 힘을 주지 않아 잔은 바닥에 떨어졌다. 다행히 깨지진 않았지만 흰 잔이 피로 더러워졌다. 뜨거운 커피가 바닥에 번지며 암모니아 냄새, 피비린내와 커피 냄새, 정신이 아득할 정도로 먼 곳에서 풍기는 듯한 술냄새가 섞여들었다. 그 위로 안나의 낮은 목소리가 덧씌워졌다.

"미쳤어. 미친 게 분명해."

"……"

"제정신이면 그럴 수 없지. 어떻게, 어떻게 그렇게."

흑, 갑자기 안나가 숨을 들이마시더니 입을 틀어막았다. 미희는 안나가 울음을 터뜨릴 거라고 생각했다. 그러나 다음 순간 말을 마치지 못한 안나의 손가락 사이에서 분수처럼 치솟은 건 노란 위액이었다. 미희도, 희애도, 구토를 한 안나도 놀라 몸을 움츠렸지만, 정작 그걸 정면으로 뒤집어쓴 나미는 눈 하나 깜짝 않았다. 그는 아무 일도 없었다는 듯 자리에서 일어나 남은 커피를 새 잔에 따랐다. 그리고 막 운동장을 달리다 온 중학생 소년처럼 싱크대에 머리를 처박고 토사물을 씻어낸 뒤 브랜디를 섞은 뜨거운 커피를 건네며 말했다.

"드세요. 드시고 나면 정신 들 거예요."

그렇게 말하는 나미의 표정에선 아무것도 읽을 수 없었다. 젖은 머리에서 떨어진 물방울이 핏물 위에 동심원을 그렸다. 안나는 나미의 주문에 홀린 듯 커피잔에 입을 댔다. 한 모금. 또 한 모금. 잔이 비워지는 만큼 눈물이 안나의 뺨을 타고 흘러내렸다. 나미가 쪼그려앉아 안나와 눈을 맞추고 물었다.

"이제 정신이 좀 드시죠?"

"……"

"일어난 일은 어쩔 수 없잖아요."

차. 안나가 크게 혀를 찼다. 그의 이글거리는 눈동자는 그 일을 네가 만든 게 아니냐고 쏘아붙이고 싶은 듯 보였다. 그러나 안나는 차마 대꾸하지 못하고 입을 다물었다. 나미는 그런 안나가 괜찮아졌다고 판단했는지 접고 있던 무릎을 펴 일어났다. 순간 쿵, 하는 소리가 들리더니 나미가 미희의 시야에서 사라졌다. 미희가 놀라 바닥을 내려다보자 핏물에 미끄러진 나미가 대자로 드러누

운 채 중얼거렸다.

"쥐 났다."

나미는 사람들이 뜨악해하는 걸 아는지 모르는지, 피에 젖은 손가락에 침을 발라 세 번 코에 바르더니 절룩거리며 일어났다.

"걸레 좀 꺼내올게요."

그 말에 잔만 비우던 안나가 손을 들어 막았다.

"됐어. 너는 건드리지 마."

"……"

"건드리지 말라고."

나미는 양 손바닥을 벌린 채 어쩔 수 없다는 듯 뒤로 물러섰다. 대신 안나가 부른 건 미희였다.

"미희씨, 미안해. 부탁할게."

"……"

"부탁이야. 쟤 손에 맡길 순 없어. 쟤가 죽인 거잖아." 안나가 울먹이는 목소리로 말했다. 그는 미희의 태도에서 망설임을 읽었는지 미희가 무어라 답하기 전에 잽싸게 덧붙였다. "맨입으로 부탁하는 건 아냐. 저거, 저거 가져와봐."

안나가 가리킨 건 식탁 위에 둔 지갑이었다. 미희가 지갑을 건네자 안나는 제대로 보지도 않고 빠른 손놀림으로 종이 한 장을 꺼내 내밀었다. 미희는 얼결에 그것을 받아 불빛에 비춰보다가, 뒤집어도 봤다가 손가락으로 0의 개수를 세어보고는 눈을 찡그리며 되물었다.

"이거…… 진짜 맞아요?"

안나가 백만원짜리 수표가 파리라도 되는 것처럼 짜증스레 손을 내저었다.

"그래, 그러니까 제발 좀…… 제발 좀 어떻게 해줘."

"나도 도울게." 그때까지 말없이 식탁의자에 앉아 있던 희애가 몸을 일으켰다. "이 아가씨 혼자선 못해. 꽤 무거울 테니까."

"아냐, 희애야." 안나의 눈에 눈물이 그렁그렁해졌다. "어떻게 그런 말을 해? 내 눈앞에서 사람이 죽었는데 너는 내 옆에 있어야지."

"……"

"이희애."

안나가 애원하듯 희애를 부르더니 훌쩍훌쩍 울기 시작했다. 희애가 그런 안나의 어깨를 감싸 일으켰다.

"알았어. 그럼 일단 목욕부터 하자. 이대로는 잘 수 없으니까."

안나는 다친 것도 아닌데 다리를 조금씩 절룩이며 화장실로 향했다. 그 뒤로 피에 젖은 발자국이 찍혔다. 희애가 깊은 한숨을 쉰 뒤 고개를 꺾어 뒤에 남은 미희를 향해 입 모양으로만 말했다. 좀만 기다려요.

미희는 말없이 고개를 끄덕였다.

비는 도무지 그칠 생각이 없어 보였다. 작은 희망을 갖고 지켜보았지만, 시체 역시 움직일 생각이 없어 보였다. 진짜 죽었구나. 바닥 가득 고인 피를 아직도 얼떨떨하게 내려다보며 미희는 생각했다. 사람이 죽었다. 이렇게 간단히. 고작 칼에 찔렸다고 제대로 소리도 내지 못하고 죽었다. 아니, 차라리 한 방에 죽어서 다행이라고 할까? 어중간하게 살아 있어봤자 제대로 된 치료도 못 받고 방치되었을 게 뻔하니. 그러다 요셉을 발견하기라도 하면 더 큰일이고.

발소리가 들렸다. 돌아보니 지친 표정의 희애가 이쪽으로 다가오고 있었다.

"언니는 자요?"

"예, 약을 좀 먹었어요. 나미씨는?"

"자러 갔어요. 좀 놀란 것 같긴 한데 괜찮아 보였어요. 손을 다쳐서 붕대를 감아줬어요."

희애가 마른 손으로 얼굴을 비비며 물었다.

"왜 그랬대요?"

"오해한 거 같아요. 기자나 뭐 그런 걸로요. 그래도 그렇지…… 먼저 물어봤으면 좋았을 텐데."

"어쩔 수 없죠. 지나간 일이니까."

"그렇긴 하죠."

희애가 깊은 숨을 들이마신 뒤 팔을 걷으며 말했다.

"아무래도…… 땅에 묻어야겠죠?"

"비가 꽤 오는데…… 괜찮을까요?"

"여기에 둘 순 없잖아요. 냄새도 날 테고……"

희애가 망설이다 남자의 등에 꽂힌 칼에 손을 댔다. 힘을 주어 조금 당겨보다가 안 될 것 같다는 생각이 들었는지 일어나 고무장갑을 꼈다. 희애가 얼굴이 빨개지도록 힘을 주자, 순간 팍하고 피가 튀며 칼이 멀리 내동댕이쳐졌다. 미희가 놀라 희애를 바라봤지만 희애는 태연하게 일어나 얼굴에 묻은 피를 팔등으로 닦아내더니 물었다.

"혹시 비옷 있어요?"

"예."

"그럼 일단 하나씩 입자고요. 그리고…… 김장 봉투 같은 건 있을까요? 아니면 버리는 담요나. 삽도 필요하고, 노끈도 있으면 좋겠는데."

"한번 찾아볼게요."

"부탁해요. 전 여길 좀 치우고 있을게요."

미희는 고개를 끄덕였다. 비명도 지르지 않고 얼굴에 튄 피를 문질러 닦는 희애 역시 제정신이 아니라고 생각하면서, 정작 그 자신도 한낮에도 으스스하다고 생각해 꺼렸던 이층의 빈방에 성큼성큼 들어갔다. 미희는 담대하달까, 무감정한 기분으로 다섯 개의 방 중 비어 있던 두 곳에서 침대 시트를 벗겨 품에 안았다. 날리는 먼지에 기침을 하며 부엌으로 가자 대걸레를 빨고 있던 희애가 귀밑머리를 넘기며 물었다.

"뭐 좀 찾았어요?"

희애의 뺨과 앞치마에 피가 묻어 있었다. 양동이에 가득한 붉은 물은 얼핏 미술 시간을 연상케 했지만 짙어진 쇠 비린내가 미희를 현실로 끌어내렸다. 미희는 코를 찡그리지 않으려 애쓰며 답했다.

"침대 시트를 벗겨왔어요."

"그거 말고 쓸 만한 건요?"

"없었어요."

"그래요? 삽 같은 게 어디 있긴 있을 텐데. 이런 산골짜기면 쓸 일이 많을 거라."

희애가 앞치마에 손을 문질러 닦았다.

"일단은 여기 먼저 정리하고 찾아봐야겠어요. 미희씨, 식탁 좀 같이 옮겨줄래요?"

"그쪽으로요?"

"아니요. 저기, 반대쪽으로다가. 여긴 시트를 펴야 하니까."

희애가 상황에 어울리지 않는 기운찬 목소리로 미희에게 지시를 내렸다.

"제가 숫자를 세면 같이 드는 거예요. 자, 셀게요."

하나, 둘.

끼익, 하고 식탁이 들려 옮겨졌다. 바닥 긁히는 소리가 생각보다 크게 났다. 두 사람은 반사적으로 요셉의 방 문을 바라보았다. 별다른 반응은 없었지만 혹시나 하는 마음에 등골이 오싹했다. 둘은 서둘러 담요를 펼쳤다. 그 위에 시체를 올려 김밥처럼 둘둘 말았다. 시체는 무겁고 뻣뻣했다. 이제 막 치우기 시작했을 뿐인데도 이따금 팔에 힘이 들어가지 않아 벌벌 떨렸다. 다행히 두 사람이 이를 악물고 젖 먹던 힘까지 쥐어짠 덕에 시체는 금방 봉해졌다. 양끝에 붉은 노끈을 묶은 모습이 멀끔했다. 여기서 끝이라면 좋았겠지만 진짜 문제는 이제부터였다. 도대체 이걸 어디에 묻는단 말인가? 사유지였으므로 뒷마당 아무데나 가능하긴 했다. 그러나 이렇게 비가 오는 날에 묻었다가 토사와 함께 쓸려내려가기라도 하면 큰일이었다. 게다가 삽을 못 찾으면? 탈옥수처럼 숟가락으로 땅을 파야 하나? 가능하기야 하겠지만 그러는 동안 시체는 썩어 문드러져 악취를 풍길 것이다. 지금도 열심히 무시하고 있지만 점점 날파리 수가 늘어나고 있지 않은가? 반복되는 자문에 마음이 무너지려는 찰나, 미희의 귀에 박수 소리 같은 것이 들렸다. 고개를 들어보니 땀을 많이 흘려 상기된 얼굴의 희애가 자기 뺨에서 손을 떼며 말했다.

"미안해요. 머리가 좀 멍해서."

미희는 말없이 고개를 저었다. 희애가 힘있는 목소리로 미희를 다독였다.

"일단은 같이 나가봐요. 팔 자리부터 봐두자고요. 그러다 쓸 만

194

한 걸 찾을지도 모르고요."

두 사람은 손전등을 들고 산장 밖으로 나갔다. 시간을 단축하기 위해 미희는 왼쪽으로, 희애는 오른쪽으로 돌며 연장을 찾아보기로 했다. 뒷마당에서 미희는 오래된 나무둥치에 박혀 있는 도끼를 발견했다. 그 외에 눈에 띄는 쇠붙이로 호미가 있었지만, 그중 어느 것으로도 땅을 팔 순 없었다. 예상은 했지만 손쓸 수 없는 상황에 피로가 몰려왔다. 미희는 산장 외벽에 등을 기대고 주저앉아 검은 숲속을 바라보았다. 차라리 호랑이가 내려왔으면 좋겠다는 생각이 들었다. 그럼 그 가시 박힌 혀로 부엌의 시체를 사탕처럼 살살 핥아 먹어치울 텐데. 망상하던 미희는 깜빡 잠이 들었다. 일 분도 안 되는 시간에 네댓 개의 꿈이 스쳐가는 지독하고 얕은 잠이었다. 꿈이라기보단 현기증에 가까운 어지러움 속에서도 미희는 등뒤의 무언가가 거슬리는 듯한 감각을 느꼈다. 묘하게 신경 쓰여 그는 신경질적으로 일어나 벽을 매만졌다. 그러자 안으로 파인 문손잡이가 잡혔고, 손가락을 끼워 당기자 문은 쉽게 열렸다. 퍼뜩 잠이 달아난 미희는 손전등으로 안쪽을 비춰보았다. 지하의 긴 어둠 속으로 드리워진 건 빛이 끝까지 닿지 않는 긴 계단이었다. 뭐지? 들어가봐도 되나? 그가 고민하며 제자리에 멈춰 서 있는데, 반대쪽으로 돌았던 희애가 이쪽으로 다가왔다. 그의 입에서 무언가 깨달은 듯한 작은 속삭임이 새어나왔다.

"아, 지하실이다."

"……"

"지하실이잖아요. 여기 있겠다."

"지하실이요?"

"예. 있어요." 희애가 확신과 흥분에 차 내뱉었다. "어르신이 말하는 걸 들은 적이 있어요. 사냥에서 잡은 동물들을 지하실에서 손질한다고 했거든요. 아마 쓸 만한 게 있을 거예요."

"좀 이상하지 않아요? 너무 쉽게 열렸는데."

"여기 누가 온다고 잠그겠어요?"

뭐라 말릴 새도 없이 희애는 곰팡내 나는 어두운 지하로 성큼성큼 내려갔다. 미희는 선택의 여지 없이 그의 뒤를 좇았다. 잘 만든 시멘트 계단은 단차가 일정해서 리듬을 타듯 지하실로 미끄러져 내려갔다. 그럴수록 바깥의 싸늘함과는 질적으로 다른, 뼈로 스며드는 한기가 느껴졌다.

도저히 끝이 날까 싶던 계단이 끝났다. 통조림 내부처럼 꽉 찬 어둠에 미희가 약한 패닉에 빠져 허우적대는 사이, 벽을 더듬는 소리가 들리더니 불이 들어왔다. 갑작스러운 빛에 눈을 찡그린 미희는 무언가를 보고 바닥에 주저앉았다. 희애가 팔을 움켜쥐고 미희를 일으켜세웠다. 괜찮아요? 그러나 미희는 감은 눈을 뜨지 않았다. 그는 아무 말도 못한 채 숨만 헐떡이다가 간신히 입을 뗐다. 저기, 저거.

"어머, 놀랐구나. 괜찮아요. 아무것도 아니에요."

팔을 잡은 손에 힘이 들어갔다. 미희는 그 감각에 의지하며 천천히 눈을 떴다. 벌렁대는 심장을 부여잡고 다시 보니 알전구 아래에 앉아 있는 건 소년 크기의 마네킹이었다. 그제야 긴장이 풀리며 풍경이 제대로 눈에 들어왔다. 일층 손님방 아래에 위치한 듯한 지하실은 푸줏간과 장인의 가죽 공방 사이 어디쯤인 듯한 분위기를 풍겼다. 빈 새장 몇 개가 걸려 있고 곤충에서부터 작은 새까지 다양한 표본과 박제가 전시되어 있었다. 만든 이의 솜씨가 형편없었던지, 시간의 한 단면을 오려낸 듯 날카롭고 생생한 위층의 박제와 달리 빛을 쬐는 순간 녹아내릴 것처럼 조잡해 보였다. 말하자면 손님방의 덜떨어진 쌍둥이 동생 같달까.

희애가 유리병 속에 든 유리 눈알을 하나 꺼내 불빛에 비추어보며 말했다.

"여기 있는 건 직접 만든 건가봐요. 그래서 숨겨뒀나보다."

그가 유리 눈알을 조심스레 돌려놓은 다음 한발 물러서 지하실을 살폈다. 집주인은 꽤 오래 이곳에 머물렀는지, 한쪽 벽에는 캠핑용으로 쓸 법한 접이침대가 놓여 있고, 간단한 취사도구와 세면용품도 구비되어 있었다. 바닥을 타일로 마감한 한 평 정도의 공간에는 수도도 설치되어 있었다. 쪼그려앉아 수도꼭지를 비틀어보니 물이 나왔다. 젖어가는 누런 타일을 보며 희애가 말했다.

"누구 살아도 되겠는데."

"원래는 방공호였나봐요."

한동안 산장의 독특한 구조에 넋을 놓고 있던 두 사람 중 먼저 정신을 차린 건 희애였다.

"이럴 때가 아니죠. 뭐라도 찾아야지."

희애가 가까이 있는 서랍부터 여닫기 시작했다. 미희도 근처에서 얼쩡댔지만 아까부터 그의 신경이 쏠리는 건 따로 있었다. 한 구석에 놓인, 문이 위로 열리는 업소용 냉동고였다. 미희는 그 옆으로 다가갔다. 슬쩍 힘을 주어 들어올리자 가볍게 문이 열렸다. 묵은 김치 냄새 같은 게 났지만 안은 깨끗하고 널찍했다. 미희는 허리 숙여 갈색의 뻣뻣한 직모를 집어들었다. 어느샌가 곁에 다가온 희애가 중얼댔다.

"사냥한 걸 담아두는 데 썼나봐요."

미희는 대꾸 없이 두 팔을 벌려 냉동고의 크기를 가늠했다. 폭은 두 팔을 붙이고 누우면 충분할 듯했지만 길이가 애매해 보였다. 미희는 인상을 찌푸리며 고개를 저었다. 무엇에 비해서? 그때 희애가 냉동고 안으로 성큼 들어가 눕더니 자신의 돌발행동에 당황한 미희를 향해 손을 흔들었다.

"미희씨, 잠깐 들어와봐요."

"저는⋯⋯"

"잠깐이면 돼요. 미희씨가 저보다 키가 크잖아요."

희애가 얼른 교대하자는 듯 일어나 나왔다. 미희는 미적대며 냉동고 안으로 들어갔다. 전원이 꺼져 있는 걸 알고 있음에도 반바지 아래로 드러난 맨다리가 바닥에 닿자 섬뜩하게 시렸다. 그는 발을 냉장고 내벽에 대고 머리 위로 손을 뻗었다. 보통 키인 자신의 위로 머리통 하나 정도의 여유가 있는 걸 보니 웬만한 성인 남자도 들어갈 만했다. 계산을 마치자마자 미희는 벌떡 일어났다. 희애가 평온한 얼굴로 중얼거렸다.

"둘은 충분히 들어가네. 그렇죠?"

미희는 별다른 대꾸를 하지 않았다. 답을 기대하고 한 말은 아니라는 듯 희애가 쪼그려앉아 바닥을 더듬었다. 잠시 뒤 웅 하는 기계음과 함께 냉동고에 불이 들어왔다. 소리만 요란한가 싶었는데 금방 낮은 곳부터 냉기가 돌았다. 희애가 손을 뻗어 냉동고 바닥을 몇 번 휘저은 뒤 말했다.

"잘되네요."

"……"

"크기도 꽤 크고."

두 사람의 눈이 마주쳤다. 미희가 입을 떼기도 전에 희애가 말했다.

"어쩔 수 없잖아요? 밖에 비도 오고, 혹시 빗물에 쓸려가면 무슨 일이 생길지 모르니까. 따지고 보면 화장도 죽은 사람한테 불지르는 거고, 부자들은 부러 돈 주고 냉동 인간이 되려는데……"

"아니에요."

미희가 희애의 말을 잘랐다.

"제 말은, 괜찮다고요."

두 사람은 아무 말도 하지 않았다. 잠시 뒤, 둘은 등에 불이라도 붙은 듯, 누가 먼저랄 것도 없이 빠르게 계단을 올라갔다.

백설공주 같네. 벗겨진 시트 틈으로 드러난 남자의 얼굴을 보며 미희는 생각했다. 눈을 감은 남자는 무척 평온해 보였다. 같은 생각이었는지 희애도 중얼거렸다.

"꼭 요람 같지 않아요?"

"그러게요. 편안해 보여요."

"아직 어린데 참 안됐다. 어쩌다가 여길 와서."

"누군지 알아요?"

희애가 자신감 없는 태도로 고개를 끄덕였다.

"어르신 손주일 거예요. 어렸을 때 사진은 어르신 집에 있어서 봤는데, 이렇게 큰 줄은 몰랐네요. 어르신이 막 살갑게 가족 얘기를 하는 분이 아니라서."

"어려 보여요."

"그렇죠? 우리 요한이보다 한두 살 많으려나…… 이것 봐. 아직 수염도 덜 자랐네."

희애가 남자의 뺨을 쓰다듬다가 제 옷소매를 끌어내리고는 그 끝에 침을 발라 남자의 얼굴에 묻은 핏자국을 닦아냈다.

"아가, 잘 자. 미안하다."

희애가 두 손을 모으고 입을 달싹거리더니 고개를 들었다.

"여기에 둔 거, 당분간은 비밀로 해요."

"아무래도 그러는 편이 낫겠죠?"

"네. 누가 물으면 땅에 묻었다고 해요."

옳은 말이라는 생각이 들어 미희는 고개를 끄덕였다. 두 사람은 냉동고 문을 닫고 전등을 껐다. 계단에 첫발을 딛자 일을 끝마쳤다는 생각이 들었고 순식간에 강한 피로가 몰려왔다. 미희는 걸음을 옮길 때마다 두세 배로 무거워지는 몸을 이끌며 간신히 부엌에 도착했다. 그가 식탁에 엎드려 이층 침실로 올라갈 기력을 모으는 동안 희애는 현관까지 난 핏자국을 닦고, 칼을 씻어 제자리에 둔 다음 밖으로 나갔다가 한참 뒤에 돌아왔다.

"자요." 그새 뚝딱 차를 끓여낸 희애가 머그잔을 내밀었다. "따뜻할 때 마셔요."

"어디…… 다녀오셨어요?"

"남자애 차를 다른 데 대고 왔어요. 혹시 몰라서 키를 챙겼거든요. 식기 전에 어서 마셔요. 감기 걸리면 큰일나."

미희는 손 하나 까딱할 수 없었다. 잔에서 솟는 김을 쐬는 것조차 버겁게 느껴졌고, 피비린내가 코끝에 남아 있어 뭘 삼킬 수도 없었다. 그러나 호의를 거절할 수 없어, 그 어느 때보다 초인적인 힘을 발휘해 간신히 잔에 입을 댔다. 그동안에도 희애는 걸레를 빨아와 몇 번이나 바닥을 문지르더니, 내일은 락스를 찾아서 닦아봐

야겠다며 혼잣말을 했다. 대단하네. 미희는 내심 감탄하며 중력보
다 세게 자신을 짓누르는 잠에 패배하기 위해 자리에서 일어났다.

"잘 마셨어요. 전 이만 잘게요."

그러자 희애가 미희를 붙잡았다.

"저기……"

"예?"

"돈은 어떻게 하는 게 좋을까요?"

뜬금없는 말에 미희는 제대로 대꾸도 못한 채 눈만 비볐다. 희
애가 쑥스럽다는 듯 말끝을 흐렸다.

"아까 안나가 그랬잖아요. 치우면……"

희애가 양손 검지로 공중에 직사각형을 그렸다. 안개 낀 듯 부
연 머릿속에 잊고 있던 수표 한 장이 떠올랐다. 미희는 모래를 쏟
아부은 듯 깔깔한 눈을 끔뻑이며 최대한 어색하지 않게 웃었다.

"아, 당연히 나눠야지요. 오십 대 오십으로. 나중에 현금으로
바꿔오는 편이 낫겠죠?"

"그래요. 그럼 그때까지 누가 갖고 있을래요?"

"제가요. 대신에 증서 써드릴게요. 잠깐만요."

미희는 식탁에 엎드려 쪽지를 썼다. 방금 전까지 힘을 잔뜩 쓴
탓에 손이 떨려 몇 번이나 고쳐쓰고 나서야 문장 하나를 완성할
수 있었다. 그는 뻣뻣한 미소를 지으며 희애에게 쪽지를 건넸다.

나 최미희는 서안나에게 받은 금액 일백만원 중 오십만원을
이희애에게 지급한다.

"괜찮죠?"
　　빤히 종이를 노려보고 있는 희애에게 미희가 조심스레 물었다.
희애가 어색하게 입술을 뒤틀며 쪽지를 내밀었다.
　　"사인도."
　　"……"
　　"사인도 해줘요."
　　미희는 등을 굽혀 사인을 하려다 충동적으로 말했다.
　　"있죠, 그냥 가지세요."
　　"예?"
　　미희가 주머니에서 수표를 꺼내 희애에게 쥐여주었다.
　　"가지세요."
　　"예? 정말요?" 희애가 당황하는 건지 좋아하는 건지 알기 어려
운 홍조 띤 얼굴로 물었다. "그래도 돼요?"
　　"네, 저는 괜찮아요. 어차피 혼자 거의 다 하셨잖아요."
　　"어머, 그렇진 않죠. 둘이서 한 건데…… 괜히 미안하다……"
　　말과 반대로 주머니에 수표를 밀어넣는 희애를 미희는 눈 맞춰
웃으며 독려했다. 이젠 진짜 끝이다. 미희는 생각했다. 방금 죽은
사람을 묻고 왔음에도 거짓말처럼 아무 감정도 들지 않았다. 침을

삼켰지만 넘어가지 않았다. 미라가 된 기분이었다. 자신의 생각도, 젊음도 말린 내장처럼 쪼그라들어서 이대로 불구덩이 속에 들어가 앉는다면 바삭바삭 타오를 것 같았다.

감은 눈 바깥에서 희애가 묻는 소리가 들렸다.

"이제 자러 갈 거예요?"

"예."

"그렇구나."

미희는 생각나는 바가 있어 희애에게 말했다.

"아까 빈방 시트를 다 걷었어요. 오늘 여기서 주무시는 거 깜빡하고. 덮을 만한 게 없을 텐데."

"어쩔 수 없지요."

"대신 좀 큰 타월은 있는데."

"어디요?"

"의자에 걸려 있어요."

미희가 턱짓으로 손님방을 가리켰다. 희애가 숨소리까지 죽이고 걸어가 손님방 문을 슬쩍 열었다. 거실의 빛이 들어가자 철로 만든 뼈대와 부드러운 솜, 영원을 향한 발버둥으로 채워진 새들의 눈동자가 빛났다. 고고한 박물학의 수호자들 아래 요셉은 미동도 없이 깊은 잠에 빠져 있었다. 반쯤 흘러내려간 여름 이불 위로 드러난 몸은 양초처럼 희었다. 그도 다른 이들과 마찬가지로 시간이라는 불 아래 녹아가고 있다는 게 믿기지 않을 정도였지만, 배를 가르면 밀랍이 아닌 비계가 칼날에 묻어나올 것이었다. 천사도 불에 태우면 고기 익는 냄새가 나기 마련이다.

미희는 이유 없이 구토감이 치솟아 신 침을 삼켰다. 그가 말없이 목만 꼴딱이는 동안 타월을 들고 나오던 희애가 몸을 돌리더니 떨어진 베개를 주워 침대에 올려주고, 비어져나온 요셉의 발을 이불 안으로 넣어주었다. 문을 잠그고도 한참 말없이 서 있던 그가 뒤돌아 객쩍은 미소를 지으며 속삭였다.

"무슨 애가 저렇게 잠버릇이 험하대요."

구박하는 투였지만, 막상 희애의 표정은 요셉을 먹이고 기른 것에 대한 자부심으로 가득차 있었다. 미희는 희애를 따라 웃어주면서 요셉은 영원히 소년으로 남을 거라는 생각을 했다. 적어도 희애에겐 그럴 거라고. 희애는 뜨거운 불을 제 눈 속에 억누르고 있었다. 그 불이 요셉을 녹이고 태우지 않도록. 미희가 그 눈을 보며 물었다.

"자요?"

"그럼요. 원래 애들은 깊이 자잖아요."

희애가 확신에 찬 목소리로 말했다. 해 뜰 때까진 깨지 않을 거예요. 절대로.

토요일

미희는 희애를 다른 눈으로 보게 되었다. 애를 낳아야 어른이 되는다는 옛말을 우습게 여겼는데 아주 틀린 말은 아닌 듯했다. 애 낳은 여자들은 세상의 비밀을 알고 있었다. 조그만 핏덩이가 인간 노릇을 할 때까지 똥오줌 닦아가며 기르는데 모를 리가 없었다. 말하자면 그들은 푸주한과 같았다. 짐승의 배를 갈라 날카로운 칼로 썩썩 해체한 다음 콩팥, 간, 심장, 창자를 찬물로 벅벅 씻어 은 쟁반에 올려 식탁으로 들고 가는 종류의 인간들이었다. 그들은 알고 있었다. 생물의 이면을. 살은 썩고, 과일은 무르고, 꽃은 떨어진다는 걸. 세상은 얇고 연한 껍질을 뒤집어쓰고 있고 거기 담긴 더러운 것은 조금만 베여도 곱처럼 비어져나온다는 걸. 그리고 미희는 그것을 영원히 모르고 싶었다. 날붙이를 손에 쥐고 싶어하는 사람들이 있지만 미희는 아니었다. 그가 원하는 건 청결함이었다. 팩에 든 고기. 그것이 뼈와 살이라는 걸 잊게 만드는 정육점의 차갑고 붉은 단백질 덩어리처럼.

방문을 열고 들어가자 요셉의 메마른 얼굴이 보였다. 거짓 간병을 받느라 누워만 있는데도 살이 붙지 않았다. 아니, 오히려 점점 더 말라갔다. 요셉은 이곳에 온 뒤로 몇 킬로가 빠졌을까? 오 킬로? 오래 빛을 보지 못한 탓인지 피부엔 푸른 잿빛이 돌았다. 미희는 반짝 동정심이 들어 눈을 찌푸렸다. 적은 양의 음식을 주기로 결정한 건 남자인 요셉을 다루기 쉽게 하려는 뜻도 있었지만, 실은 마른 몸을 선호하는 안나의 취향이 반영된 선택이었다. 미희는 알면서 아무 말도 안 했다. 어쩔 수 없었다. 먹고사는 모든 건 안나의 주머니에서 나왔다.

미희는 소리 내지 않고 침대 옆 의자에 앉았다. 그는 이제껏 요셉을 현명하게 대했다고 자평했다. 적당한 거리 두기. 무심한 태도. 자립심을 도와 남성성을 회복시켜주기. 자신에 대해선 많이 말할 필요가 없었다. 비밀을 심으면 사랑은 절로 움트는 법이니까. 그러나 오늘만은 그 무심함이 연기가 아니었다. 미희는 모든 것이 지겨웠다. 그는 요셉을 깨울 생각도 않고 협탁에 쟁반을 올려둔 채로 생각에 잠겼다. 안개 긴 머릿속에 뚜렷하게 떠오르는 건 냉동고에 누워 있는 남자뿐이었다. 그 평온함. 모든 걸 다 쏟아낸 껍질만 가질 수 있는 매끈함이 미희의 눈에서 떠나지 않았다.

그에 반해 요셉은 얼마나 지저분한가? 보드라운 흰 피부는 요셉의 자랑이었는데, 그 탓에 기미가 점처럼 선명해 보였다. 이렇게 비가 쏟아지는데도 피부는 버석버석했고, 딸기 씨처럼 점점이 박힌 피지를 보면 가벼운 소름이 끼쳤다. 심지어 제대로 씻은 적이 없는 탓에 썩어가는 듯한 냄새도 났다! 미희는 자기도 모르게 의자를 조금 뒤로 뺐다.

때마침 바깥이 약간 소란스러워졌다. 일어나면 먹겠거니, 싶어 미희는 쟁반을 그대로 둔 채 도망치듯 손님방을 빠져나왔다. 드디어 잠에서 깼는지 안나가 내려와 있었다. 얼굴이 퉁퉁 부었고, 좀 누리끼리했다. 속이 안 좋은 건가, 물으려는데 안나가 몸을 돌리더니 싱크대에 구토를 했다. 스테인리스 통 위로 토사물이 떨어지는 소리가 적나라하게 울렸다. 횡격막이 크게 움직이는 기분이 들었지만 미희는 침착하게 안나에게 다가갔다.

"괜찮으세요?"

안나는 싱크대에 머리를 처박은 채 대답이 없었다. 밀려오는 열기와 냄새에 미희는 입을 꾹 다문 채 식탁 옆에 멍청히 섰다. 그의 손을 잡아챈 건 희애였다. 희애는 미희가 무슨 말을 하기 전에 식탁을 가리켰다. 막 차렸는지 아직 따끈하게 김이 올라오는 쌀밥과 여름 배추를 크게 썰어넣고 말린 멸치로 국물을 낸 된장국이 있었다. 무슨 일일까. 고민하는 그의 귀에 희애가 속삭였다.

"밥을 못 먹겠대요. 어제 일이 생각나서요."

"아."

"이걸로 썰고 자른 건 입에 못 대겠다네요."

희애가 뒷짐 지고 있던 손을 내밀어 비닐봉투로 친친 감은 식칼을 흔들었다.

"갖다 버리려고요. 그러면 새걸 사와야 할 텐데……"

"지금 가시게요?"

"아니요. 저는 못 가죠."

"왜요?"

"안나 옆에 있어야지요. 어제 봤잖아요. 쟤가 저래 보여도 마음이 약해서……"

희애가 한숨을 푹 쉬는 걸 보고 미희가 나섰다.

"그럼 제가 가서 사올게요."

"고마워요. 근데 혼자 가게요?"

"그럼요?"

"나미씨도 같이 가면 좋을 거 같아서요." 희애가 목소리를 낮춰 속삭였다. "아직은 같이 두기엔 좀……"

"알았어요. 그럼 커피라도 마시면서 천천히 있다가 올게요. 참, 근데 시간은 괜찮으세요?"

"예?"

"오늘 가셔야 하는 거 아녜요? 그, 여기 주인…… 할아버지한테요."

아. 희애가 예상외의 질문에 당황한 듯 더듬더듬 말했다.

"괜찮아요. 실은 휴가를 받았거든요."

대충 얼버무리는 듯한 느낌이었지만 미희는 더 묻지 않았다.

"그렇구나. 그럼 안나 언니 좀 부탁할게요. 나미씨는요?"

"이층에서 아직 안 내려왔어요."

"알겠어요."

미희는 고개를 끄덕이고 부엌에서 나와 이층으로 올라갔다. 방에 있을 줄 알았는데, 나미는 이층 거실로 나와 헤드폰을 쓴 채 천을 덧씌워둔 소파에 앉아 있었다. 채 말을 걸기도 전에 나미가 홱 뒤를 돌아보는 바람에 미희는 놀랐지만, 헤드폰을 벗으며 무슨 일이냐고 눈으로 묻는 나미에게 차분하게 물었다.

"나미씨. 나 마트 갈 건데, 같이 갈래요?"

나미가 의아하다는 듯이 말했다.

"저는 지난번에 다녀왔는데. 그런 일은 번갈아가며 하기로 했잖아요."

"그냥요. 내가 운전이 좀 서툴잖아요. 옆에서 봐주시면 좋을 거 같아서요. 나미씨가 길을 잘 아니까…… 헤드폰 사는 것도 깜빡했다고 했고요."

나미가 미희의 헤드폰을 어색하게 벗어 건네며 말했다.

"그렇긴 하네요. 그럼 기다려요. 옷만 좀 갈아입고요."

나미가 방으로 들어가는 것을 보고 미희는 일층으로 내려갔다. 안나가 정신을 차렸는지 소파에 앉아 담요로 몸을 감싼 채 차를 홀짝이다가 흘끗 그를 봤다. 안나의 맞은편에 앉아 있던 희애가 찻잔을 테이블에 내려놓고 다가왔다. 미희는 장화를 꿰어신으려다가 나미의 칼발이 앞코에 구멍을 낸 것을 발견했다. 이상하게 아깝다는 생각은 들지 않았다. 미희는 핑크색 뮬로 갈아 신으며 희애와 짧게 대화를 나눴다.

"지하실의 그건…… 어떻게 하는 게 좋을까요."

"그냥 둬야겠지요."

"부모나 친구가 찾으면 어떡하죠?"

"그럴 수도 있지만…… 여기 왔는지 어떻게 알겠어요?"

그렇게 말하며 희애는 생각했다. 한 번 보고 만 사이니 알 수는 없지만, 노인의 딸은 자기 아버지에게 별다른 관심이 없어 보였다. 면접을 볼 때 하도 깐깐하게 굴길래 골치 아프게 간섭하겠거니 싶었는데 이제껏 잘 지내냐는 연락 한 번이 없었다. 아마 자기 자식에게도 마찬가지일 듯했다.

"그래도 어떻게 할지 생각은 해둘 필요가 있는 거 같아요."

"예, 그렇겠죠."

"일단은 비가 그치면 얼른 갖다 묻든지 해요. 저대로는 둘 수 없으니까."

대화가 끝나는 타이밍에 맞춰 계단에서 발소리가 들렸다. 미희는 희애에게 눈인사를 하고, 내려온 나미와 함께 산장을 나섰다.

두 사람은 해안가에 있는 마트로 향했다. 다녀온 지 얼마 안 돼서인지 나미는 필요한 게 어디 있는지 잘 알고 있는 듯했다. 구입할 물건의 목록도 정해져 있었다. 마음만 먹으면 쇼핑은 오 분 안에도 끝날 일이었지만, 미희는 나미에게 모든 걸 맡기고 일부러 헤매듯 가게 안을 돌아다녔다. 참 이상하지. 이런 상황에서도 말끔하게 정리된 상품의 숲에 서자 눈이 번쩍 뜨였다. 미희는 진열장 사이를 천천히 거닐며 형형색색의 유혹적인 제품들을 사랑스럽다는 듯 매만졌다. 이곳이 20세기가 끝나가는 여름, 동쪽의 한 바닷가 마을이란 걸 잊고 평평하고 매끈한 타일 위를 걸었다. 흰조명 아래선 모든 것이 공평했다. 눈을 사로잡는 화려한 포장의 과자나 주홍색 당근, 새파란 야채나 붉은 고기가 모두 상품이라는 카테고리로 묶여 팔리고 있었다. 만약 그가 요셉을 갖는다면 이 모든 걸 다 갖게 될 것이었다. 하지만, 하지만

그게 다 무슨 소용이지?

미희는 잡지 코너 앞에 서서 나미가 계산을 마치기를 기다렸다. 관광객이나 살 법한 가십 잡지의 타이틀을 빠르게 훑었지만, 어디서도 요셉이 사라진 일에 대해 이야기하고 있지 않았다. 아이돌 스타 한 명이 공기처럼 증발했는데도 한 달 넘게 아무런 반향이 없었다. 매체들은 미녀 배우의 불륜 사건에 대해서만 시끄럽게 떠드는 중이었다. 다행이라면 다행이었지만 미희는 속이 텅 빈 것처럼 쓰렸다.

"그거 재밌어요?"

어느새 계산을 마치고 옆에 다가온 나미가 말을 걸었다.

"그냥 본 거예요." 미희가 습관처럼 계산하지 않은 잡지를 챙기려다가 제자리에 돌려뒀다. "다 샀어요?"

"예. 영수증 거기 있어요."

미희는 찬찬히 지폐를 셌다. 그런 뒤 돈과 영수증을 함께 접어 바지 주머니에 넣은 다음, 나미에게 나온 김에 근처에서 차나 한잔하자고 권했다. 나미가 미간을 찌푸렸다.

"여기 그런 데가 있을까요?"

"왜 없어요. 요즘은 전국에 어딜 가나 넘치는 게 커피숍인데. 가요. 가서 커피 한잔하고 기분전환도 좀 하고 그러자고요."

"이 돈 써도 돼요?"

"신경 쓰여요? 그럼 제가 낼게요. 저도 좀 있으니까."

미희는 호기롭게 말했다. 희애에게 한 말이 있어 권유한 것도 있지만, 끈적한 수초처럼 감겨오는 우울감을 떨치고 싶은 마음이 더 컸다. 그는 사람을 좀 만나고 싶었다. 향기로운 커피를 마시고, 치킨을 먹으면서 시원한 생맥주도 마시고, 벽을 따라 흐르는 음악도 듣고 싶었다. 고개를 위로 쳐들고 깔깔 웃다가 문득 주위 사람들의 눈치를 보며 은근한 스릴을 즐기고 나면 한결 마음이 풀릴 것 같았다. 미희는 나미도 자신과 비슷할 거라고 생각했다. 점쟁이니 뭐니 해도, 그애 역시 평범한 여자애였으니까.

예상외로 나미는 고개를 저었다. 대가도 없이 얻어먹을 수는 없다는 것이었다. 대가라니. 엄밀히 말하면 오늘 나온 것도, 돈이 생긴 이유도 나미가 무턱대고 그 남자를 찔렀기 때문인데. 미희가 말했다.

"그럼 이렇게 해요. 내가 나미씨, 그러니까 보살님한테 상담을 할 테니 복채를 커피값으로 대신해주는 걸로. 그러면 괜찮을 거 아녜요. 그렇죠?"

"뭐, 문제될 건 없긴 한데……"

그 말에 미희가 살갑게 나미에게 팔짱을 끼었다.

"그럼 가요. 오랜만에 마음 편하게 커피라도 한잔하고 싶어서 그래."

내심 본인도 놀고 싶은 마음이 없잖아 있었는지 나미는 다행히 미희의 재촉에 넘어갔다.

두 사람은 마트 주차장에 차를 세워둔 채로 군데군데 흰 조개가 널린 모래사장을 걸었다. 해변에서 솔밭으로 난 가파른 계단을 오르자 커피숍이 나타났다. 날씨 탓인지 가게는 사장으로 보이는 나이든 남자와 꺼벙한 표정의 노란 탈색 머리 직원을 빼곤 텅 비어 있었다. 두 사람은 카운터에서 좀 떨어진 창가 자리에 앉았다. 직원은 여름을 맞아 막 고용되었는지 경직된 자세로 테이블 옆에 서서 두 사람의 눈치를 필요 이상으로 살폈다. 미희가 감탄하듯 아직도 쌍화차에 달걀을 띄워주는 데가 있다고 외치자 여드름 자국이 남은 뺨이 터질 것처럼 붉어지기도 했다. 그게 우스웠다. 미희는 금세 기분이 좋아져 몇 번 놀리듯 주문을 바꾸다가 아이스커피를 시켰다. 나미는 키위주스를 시켰다. 미희가 비옷을 벗어 소파 등받이에 거는 척하면서 통일성이라곤 없는 가게 인테리어를 둘러보곤 속삭였다.

"그래도 뭐, 이만하면 나쁘진 않네. 바다 가까이 있으니까 경치로 반은 먹고 들어가잖아요."

미희의 시선을 따라 나미도 고개를 돌렸다. 창 너머로 곧장 깎아지른 듯한 절벽이 보였고, 그 위에 누군가를 기다리는 듯 바람에 휘청이면서도 꺾이지 않는 나무들이 보였다. 검은 솔숲. 계속해서 절벽을 핥는 파도. 포말은 부서지며 거칠게 흰 이를 드러냈지만 바위에 생채기 하나 낼 수 없었다. 군청색 바다가 실패의 음울한 여운에 잠겨 흐느끼듯 몸을 뒤트는 풍경 위로 회색 하늘이 드리워져 있었다. 그래도 좋았다. 똑같은 솔숲이라도 산장의 창을 통해 바라보는 것과는 천지차이였다. 미희는 끊임없는 물의 움직임을 보며 중얼거렸다.

"좋네요. 산장에서 바다로 가는 길도 분명 있을 텐데."

"그래요?"

"몰랐어요? 밤에 잘 들어봐요. 빗줄기가 좀 가늘어지는 때에 파도 소리가 들려요. 꽤 크게 들리는 걸 보면 그렇게 멀지 않아요. 나는 다들 아는 줄 알았는데."

성소년 215

"저는 머리만 대면 자거든요."

"그래요? 하긴 나도 요즘엔 그래요. 알게 모르게 피곤한가봐. 멍도 잘 들고."

"나도 그러는데."

"이게 다 못 먹어서 그래. 우리끼리 하는 말이지만 안나 언니 요리 솜씨가 좋은 편은 아니잖아요……"

두 사람이 한담을 나누는 동안 주방 안쪽에서 약간의 소음과 함께 커피 냄새가 풍기기 시작했다. 믹서에 얼음과 과일을 넣고 가는 소리가 났고, 어중이 직원이 헤매는지 사장이 아니, 이쪽, 이쪽이라고 외치는 소리도 들렸다. 잠시 뒤, 부들부들 떨리는 쟁반을 들고 직원이 테이블로 다가왔다. 소리를 듣고 상당히 걱정했는데, 커피는 관광객을 상대로 먹고사는 가게답지 않게 꽤 괜찮았다. 미희는 긴장을 풀고 단단한 소파 등받이에 몸을 기댔다. 피로가 몰려와 눈을 깜빡이는데 나미가 미간을 살짝 찌푸리더니 돌연 컵 위로 고개를 숙여 주스를 빨아들이기 시작했다. 민망한 소리에 순식간에 잠이 깬 미희가 눈만 깜빡이는데 나미가 혀를 내밀었다. 자세히 보니 그 위엔 초파리 한 마리가 누워 있었다. 나미가 검지로 자기 혀를 훑어내고는 재미있다는 듯 들여다보았다. 미희가 티슈를 뽑아 내밀었다.

"주방에 말할게요."

"됐어요. 빼냈으면 됐죠."

216

"봤어요? 있는 거?"

"네. 근데 빨대로 안 집힐 거 같아서 혀로 뺀 거예요."

나미가 그렇게 말하며 빨대를 꽂고는 주스를 주욱 빨아들였다. 나미의 입안에서 키위의 자잘한 검은 씨들이 오독오독 씹히는 소리가 들렸다. 문득 요셉의 광대뼈 위에 낀 기미와 코에 박힌 피지가 생각나 미희는 속이 울렁거렸다. 커피를 벌컥벌컥 마셨지만 기름기 때문인지 속은 한층 안 좋아졌다. 미희는 얇은 티셔츠 위로 가슴께를 긁었다. 가려움은 배로, 팔로, 등으로 들불이 옮듯 빠르게 퍼져갔다. 나미는 미희의 상태를 아는지 모르는지 두 볼이 움푹 파이게 주스를 쪽 빨아먹고는 입을 쩝쩝댔다.

"여기 괜찮네요. 과일이 많이 들어서 맛있다. 미희씨도 한 모금 마실래요?"

목뒤를 미친듯이 긁으며 미희는 거짓말을 했다.

"아녜요. 저는…… 신 거 별로라."

그래요? 별로 안 신데. 그렇게 말한 나미가 이 사이에 낀 씨를 빼려는 듯 입술을 내밀고 한참을 쭙쭙댔다. 쭙쭙쨉쨉. 그 소리가 가게 안에 흐르는 잔잔한 포크송 위로 겹치며 엘피판이 튀듯 신경을 거슬렀다. 이를 악물고 뜨거워진 한쪽 팔을 다른 쪽 손으로 내리치던 미희의 입에서 나미씨는 좀 대범한 거 같애, 라는 말이 툭 튀어나갔다.

"뭐가요?"

갑작스러운 말에 나미가 되물었다.

"아니, 그냥요. 이런 일도 다 넘어가고."

말을 뱉자 누군가가 찬물을 끼얹은 듯 가려움이 진정됐다. 미희는 붉은 손톱자국이 남은 팔을 쓰다듬으며 망설이다가 덧붙였다.

"나는 첨에 나미씨가 좀, 깔끔떤다고 생각했거든요. 근데 그게 아니라고 해야 하나. 지금 같은 때도 그렇고요……" 미희가 목소리를 낮췄다. "요셉을 돌보는 것도 거의 나미씨가 하시잖아요. 언니가 팔다리 닦는 거야, 애들 장난 같은 거고…… 뒤처리는 나미씨가 다 하잖아요."

"그게 뭐요?"

"그냥요. 그냥…… 사람이 되게 쉽게 지저분해지잖아요."

나미는 별다른 반응을 보이지 않았다. 대신 빨대를 쥔 채 묘하게 따분하다는 태도로 음료를 휘젓다가 입을 열었다.

"얘기 하나 해도 돼요? 주스값으로."

"예, 하세요."

"옛날얘기예요. 재미없을지도 몰라요."

"괜찮아요."

미희가 고개를 끄덕이자 나미가 말했다.

"부처의 제자 아난다는 지나가던 처녀들이 모두 뒤를 돌아볼 정도의 미소년이었대요. 보통 법의는 어깨 한쪽을 드러내고 입는데, 여인을 유혹에 빠뜨린다는 이유로 아난다만 양쪽 어깨를 다

감싸 입었을 정도로요. 그만큼 번뇌에 빠질 일도 많았지만 성심을 다해 수행하던 아난다 앞에 어느 날 한 여자가 나타났대요. 그 여자는 다른 여자들과 좀 달라서 아주 집요하다 싶을 정도로 아난다를 쫓아다녔대요. 이대로라면 법의를 벗어야 할 정도로요. 고민하던 아난다가 부처님에게 가서 여인의 이야기를 하자, 부처님이 여인을 불러 물었대요. 너는 어느 정도로 아난다를 사랑하느냐? 그랬더니 여인이 이렇게 말했대요.

세상 그 누구보다 사랑합니다.

그 말에 부처님이 다시 물었대요. 어디를 사랑하느냐?

저는 아난존자의 눈도 좋고 코도 좋고 입도 좋고 모든 것이 다 좋습니다.

부처님이 또다시 물었대요. 눈에는 눈곱이, 콧속에는 콧물이, 입에는 침이 있고, 귀에는 귀지가 끼고 몸에는 피고름이 흐른다. 그런데도 사랑하느냐.

여인은 부처님의 그 말에 깨달음을 얻어 비구니가 됐대요. 이 이야기의 교훈이 뭐인 거 같아요?"

미희는 대답하지 않았다. 나미는 답을 기대하고 한 질문이 아니라는 듯 남은 주스를 바닥까지 빨아 마시고 키위 씨를 오독오독 씹더니 무표정한 얼굴로 말했다.

"뭐, 사람마다 다르겠지만 내겐 좋아하는 사람의 피고름도 사랑할 배짱이 없으면 시작하지도 말라는 이야기로 들려요. 만약 여자가 부처님 앞에서 예, 그렇습니다. 그의 눈곱도, 콧물도, 침도, 귀지도, 피고름도 모두 다 사랑합니다, 라고 말했다면 어땠을까요? 그럼 부처는 아난다를 여인의 손에 넘겨주었을까요? 게다가……"

나미의 얼굴에 희미한 미소가 번졌다.

"그 오물까지 요셉의 아름다움이란 생각 안 들어요?"

미희는 나미의 표정에서 미묘한 우월감을 읽었다. 욱하는 성질이 동해 미처 정리되지 못한 말이 낮은 신음이 되어 튀어나오려는 순간, 얼빵한 얼굴의 직원이 다가왔다. 그는 쟁반 위에 가지런히 썬 수박을 들고 있었다. 어른도 품에 한아름 안아야 할 만큼 커다란 것을 부채꼴로 잘라 줄 세워놓은 수박은 얼핏 보아도 곯은 데 없이 단단하고 물기가 많았다. 그가 테이블에 쟁반을 내려놓자 나미가 단호한 목소리로 말했다.

"안 시켰는데요."

직원이 말을 더듬었다.

"아, 아뇨. 이거는 저희가 먹으려고 산 건데, 맛이 좋아서요. 그, 사장님이 같이 드시자고……"

나미는 무언가 의심스럽다는 듯이 직원을 노려보는 시선을 거두지 않았지만, 미희는 자른 수박의 탐스러운 자태에 감탄사를 내뱉었다. 어머, 귀한 걸. 올해는 비가 많이 와서 비쌀 텐데…… 그러고는 목을 길게 빼 주방 안쪽을 향해 외쳤다.

"사장님! 잘 먹을게요."

그 말에 주방 안에서 그들을 보고 있던 사장이 오른손을 가볍게 치켜들었다. 미희는 방긋 웃고 손을 흔들기까지 했지만 직원이 돌아서자마자 웃음을 지웠다.

"안 먹어요?"

"안 먹어요. 파리 꼬였잖아요."

미희는 산뜻하게 말하고 담배에 불을 붙였다. 가슴 깊은 곳까지 숨을 들이마시자 속에서 무언가 내려가는 느낌이 들었다. 병신들. 미희는 뺨에 닿는 두 멍청이의 시선을 느끼며 부러 더 길게 담배 연기를 내뿜었다. 요셉 앞에선 피우지 않다보니 금연의 효과가 있었는지 머리가 어지러웠다. 그는 한 손으로 머리카락을 넘기며 연기와 함께 복잡한 머릿속을 비워냈다. 맞은편에 앉아 그 모습을 보던 나미가 입을 열었다.

"이런 말이 있잖아요. 사람은 자기와 닮은 사람을 사랑하게 된다는. 미희씨는 그 말 믿어요?"

"글쎄요."

"난 믿어요. 요셉이랑 저도 닮았잖아요."

"닮았어요?"

"네."

"……"

"……"

망설임 없이 고개를 끄덕인 나미가 두 눈을 둥그렇게 뜨고 미희를 쳐다보았다. 미희는 실눈을 뜨고 아직 젖살이 덜 빠진 얼굴을 살피다가 물었다.

"나미씨, 학교 다닐 때 어땠어요?"

"그건 왜 물어요?"

"그냥요. 궁금해서. 다니긴 했죠?"

"고등학교 1학년까지만요. 한 달 못 채웠어요."

"왜요? 왜인지 물어봐도 돼요?"

"왕따 당해서요."

예상했던 대답이었지만 지나치게 태연한 태도에 미희는 아무 말도 하지 못했다. 나미가 덧붙였다.

"그래서 운명을 느낀 거죠. 그애나 저나 같은 상처를 갖고 있으니까."

"요셉도 미국 살 때 왕따를 당해서요?"

"아뇨, 그런 차원이 아니라요. 좀더 근본적인 부분에서요. 나는 요셉을 행복하게 해줄 수 없어요. 요셉도 나를 행복하게 해줄 수 없고요. 왜냐면 우리에게 행복이란 수식은 불가능하거든요. 대신 우리는 같이 고통받을 수 있어요. 지옥의 문에 새겨진, 뱀처럼 몸이 엉킨 연인의 부조처럼요. 서로의 앞에서 벌거벗은 연인. 고통과 기쁨으로 엉겨붙은 샴쌍둥이. 그런 게 요셉과 나의 모습인 거죠."

말문이 턱 막혀 가만히 듣고만 있던 미희가 가래 끓는 소리를 냈다.

"요셉은 그런 애가 아니에요."

"미희씨는 알지 못하겠지만, 요셉은 그런 애예요."

그 말이 미희의 자존심을 건드렸다. 미희는 목소리가 높아지지 않게 애를 쓰며 속사포처럼 쏟아냈다.

"나미씨, 알죠? 나는 요셉을 따라다녔어요. 말 그대로 종일요. 난 걔한테 어떤 습관이 있는지, 친한 사람은 누군지, 중국집에서 자주 시켜 먹는 건 뭔지도 다 안다고요. 그런 제가 적어도 방구석에서 티브이나 보고 꺅꺅대던 당신보다 요셉을 잘 안다고 할 수 있지 않을까요?"

"쪼갠 사과와 포도를 접붙일 수 있나요?"

"뭐라고요?"

미희가 무슨 소리인가 싶어 나미의 얼굴을 빤히 바라보자 그가 눈을 피하지 않고 말을 이었다.

"아, 가능할지도 모르겠네. 과학의 발전이 워낙 빠르니까요. 하지만 그건 과학이지, 순리가 아니에요. 순리란 건 이런 거죠. 반쪽짜리 사과를 땅에 심었을 때 나무가 자라나는 거. 그 자란 나무에서 온전한 열매 하나를 얻어내는 거. 그런 게 순리이고 운명이죠. 요셉은 반쪽짜리 사과고 나는 땅이에요. 우리는 나무를 길러낼 거예요. 그 나무에선 열매가 열릴 테고, 그 열매는 다시 새로운 나무를 길러내겠지요. 미희씨는 포도고요."

미희는 기분이 상해 쏘아붙이듯 말했다.

"당신은 그애가 불쌍해서 사랑스럽다고 생각하는 거예요."

"맞아요. 왜냐면 나도 불쌍한 인간이니까요. 그게 나쁘다고 생각한 적은 없어요."

한마디를 안 지네. 미희는 나미의 면전에 대고 혀를 찼다. 그는 더 싸워봤자 남는 게 없을 거라는 판단에 담배만 빽빽 피우다가 물었다.

"수박, 안 먹을 거예요?"

나미가 당연한 소릴 한다는 듯 대꾸했다.

"난 대가 없는 호의는 안 받아요."

"마음대로 해요." 미희가 담배를 재떨이에 비벼 끄고 기지개를 쭉 켰다. "가요. 여기 테이블은 제대로 닦는지 모르겠네."

두 사람은 다시 해변으로 내려갔다. 기분이 상한 미희는 굳은 모래사장 위로 발걸음을 재촉했다. 이따금 모래에 빠진 뮬의 뒷굽을 건지는 척 힐끗 돌아보았지만, 나미는 애를 써서 그를 좇아올 마음이 없는지 날아가는 갈매기를 보며 걷는 둥 마는 둥 하고 있었다. 몇 번 그러기를 반복하다가 미희는 멀리 보이는 검은 바위를 향해 돌진하듯 걸었다. 머릿속 한편이 부글거렸는데 왜인지 정확히 알 수 없었다. 아니, 실은 알았다. 나미의 말이 옳다고 생각했고 그 말을 반박할 수 없다는 걸 알았기에 화가 난 거였다. 미희는 우뚝 걸음을 멈추고 깊은 숨을 내쉬었다. 빨리 걸은 탓에 심장이 쾅쾅 울렸고 호흡이 거칠어졌다. 그는 그 자리에 쪼그려앉아 두 손을 세숫물 모으듯이 오므려 얼굴을 집어넣고 숨을 골랐다. 짧은 현기증을 깨운 건 멀리서 울리는 사이렌 소리였다. 이명인 줄 알았는데 소리는 점점 또렷하게 커졌다. 미희는 고개를 들었다. 그리고 자신이 검은 바위라고 생각했던 것 근처에 사람들이 모여 있다는 걸 눈치챘다. 열댓 마리는 됨직한 까마귀들이 머리위에서 큰 원을 그리고 있었고, 육로에서 해변으로 난 계단을 몇몇 사람이 다급하게 내려오는 게 보였다. 등뒤로 인기척이 느껴진다 했더니 나미가 어느새 다가와 손을 내밀고 있었다.

"무슨 일 있나봐요." 미희는 커피숍에서의 불쾌했던 일도 잊은 채 나미의 팔을 잡고 일어나며 속삭였다. "사람들이 모여 있는데요? 왜 모여 있지?"

"누가 죽은 거 같은데요."

"무슨 그런 말을 해요."

"아니, 지난번에 마트에서 들었거든요. 해변으로 시체가 밀려오는 일이 드물지 않나봐요. 뭐랬더라, 얼마 전엔 좀 특이한 시체가 발견되었다고 그랬던 거 같은데."

"정말요?" 미희가 평소보다 한 톤 높아진 목소리로 물었다. "어디가 어떻게 특이하대요?"

"저도 몰라요. 제대로 못 들어서."

"그런 얘길 왜 이제 해요? 진작 좀 하지."

"말해서 뭐해요. 좋은 일도 아닌데."

"그냥요." 미희가 나미의 퉁명스러운 반응에 말을 흐렸다. "그냥…… 사람 사는 얘기 들으면 좋잖아요."

어느새 두 사람은 검은 형체 주위에 모여 있는 사람들의 얼굴이 구분될 만큼 가까이 가 있었다. 보이지 않으리란 걸 알면서도 미희는 고개를 이리저리 움직였다. 그 시야를 맞은편에서 걸어온 아저씨 하나가 막았다. 물에서 나온 것 같진 않은데 웃통을 벗고 있었다. 색채를 잃은 건포도 같은 젖꼭지와 눈이 마주치자 비위가 확 상했다. 미희가 고개를 팩 돌리고 옆으로 피하려 하자 이번엔 남자가 말을 걸어 막았다.

"아가씨들 일로 가면 안 돼."

"어머, 왜요?"

"왜는 일본 놈이 왠데."

"썰렁한 농담은 그만하시고요. 무슨 일이에요?"

남자가 민망한지 입을 쩝 다시고 말했다.

"시체가 떠내려왔어."

나미의 예상대로였다. 미희는 호기심을 억누르고 크게 신경쓰지 않는다는 투로 물었다.

"어머, 그래요? 어쩌다가?"

"어쩌다가 그랬는지는 모르지."

"이런 일이 자주 있어요?"

"가끔은 그렇지……"

남자가 다시 쩝 소리를 내자 입가에 고인 침방울이 터졌다. 그가 눈을 가늘게 뜨고 두 사람을 바라보았다.

"아가씨들 관광객이네."

"어떻게 아셨어요?"

반투명한 비옷 속을 꿰뚫어보려는 듯 느리게 움직이던 눈동자가 미희의 가슴팍에서 멈췄다.

"보면 알지. 바다에 못 들어가게 돼서 어째."

개새끼. 미희는 순간 구겨진 인상을 펴고 가볍게 미소 지었다.

"어차피 날이 이래서 들어가지도 못할 텐데요. 또 이런 데 아니면 어디서 시체 구경을 다 하겠어요?"

그 말에 남자가 코웃음을 쳤다.

"요즘 아가씨들은 대범하네. 꿈자리 뒤숭숭할까봐 말려줬더니 무서운 소리를 하네."

"아저씨, 그런 거 가지고 겁먹으면 이 험한 세상을 어떻게 살겠어요? 우리 그 정도로 시시한 애들 아니니 걱정 마세요." 미희가 새침하게 쏘아붙이고 부러 연극적으로 나미의 팔을 당겼다. "나미씨, 일로 와봐요. 우린 저쪽으로 돌아가서 한번 봐봐요."

미희가 비옷을 펄럭이며 시멘트 계단을 올랐다. 헐떡이는 뮬을 딱딱거리며 도로 가장자리로 올라서자 함부로 세워둔 차 사이사이로 해변에 내려가지 못한 사람들과 쫓겨난 사람들이 발꿈치를 치켜들고 시체를 내려다보고 있었다. 미희도 사람들 틈을 비집고 섰다. 해변에 누워 있는 건 예상외로 붇지 않은 몸뚱이였다. 물에 빠져 죽은 사람은 씨름 선수처럼 거대해진다던데. 익사체가 아닌가? 저 주변을 얼쩡대는 사람들은 다 형사겠지? 꼭 드라마 촬영장 같네. 미희가 발을 못 떼고 있는데, 누군가가 계단을 올라오더니 미희의 뒤에 선 사람에게 말을 걸었다.

"아가씨, 이번에도 또 그게 잘린 젊은 남자래요."

"이번에도? 무슨 일이래요, 진짜."

"모르겠어요. 근데 이 동네 사람은 아닌 거 같아요."

"간첩 아녜요?"

"에이, 요즘도 그런 게 있어요?"

"그럼요. 언닌 뉴스도 안 봐요? 얼마 전에도 잠수함인지 뭔지 내려와서 한참 난리였잖아요. 글구 언니가 밑에서 와서 잘 몰라 그렇지, 여긴 진짜로 간첩들 많이 내려와요. 어릴 땐 우리 아버지가 함부로 산에 가서 놀지 말라고 그랬어요. 길 잘못 들었다간 오도 가도 못하고 북한까지 간다구. 오빠한테도 물어봐요……"

두 여자의 말이 끊겼다. 몇몇 사람이 빠르게 계단 쪽으로 이동하길래 보니 갈라진 군중 사이로 시체가 들것에 실려 올라오고 있었다. 미희는 사람들이 움직이는 틈을 노려 맨 앞으로 나갔다. 그런 그의 코앞으로 보디 백에 담긴 시체가 지나갔다. 아주 찰나였고,

미희는 붙지 않은 흰 발목을 보지 못한 것에 안타까움을 느꼈다.

구급차가 떠나자 사람들이 흩어졌다. 미희는 노란 띠가 둘러진, 그러나 젖은 모래가 단단하게 굳어 발자국 하나 남지 않은 듯한 해변을 바라봤다. 멀찍이 일렁이는 쪽빛 바다 앞을 웨딩드레스를 입은 여자가 지나갔다. 잘못 본 걸까? 기이한 풍경에 혼란스러워하는데 나미가 그를 툭툭 쳤다.

"뭐해요? 가요."

미희는 웃음으로 대꾸하며 발을 뗐다. 잠시 그쳤던 비가 다시 내리려는지 하늘이 으르렁댔다. 모자를 뒤집어쓰려는데, 그새를 못 버티고 빗방울 하나가 미희의 눈 위로 떨어졌다. 눈을 깜빡이는 짧은 순간, 검어진 시야 너머로 냉동고 안에 누워 있는 남자의 모습이 스쳐갔다. 파도가 쓸어낸 모래사장처럼 단정한 모습이었다. 미희는 고개를 저었다. 뿔뿔이 흩어지는 사람들에게서 더 더 멀어지며, 사람 없는 찻길을 달음박질하듯 건넜다.

*

어린애 둘이 나간 후 긴 하품만 하던 희애가 슬몃 잠이 들었다. 안나는 몇 번 그의 얼굴 위에서 손을 휘저어본 뒤 현관으로 향했다. 문에 이마를 대자 선뜩했다. 숨을 깊이 들이마신 후 조용히, 조용히 문을 잠그고 걸쇠를 걸었다. 커다란 거실의 창과 베란다

문까지 잠글 수 있는 것은 전부 잠그고 커튼을 쳤다. 안 그래도 어두웠던 집안이 한층 캄캄해졌다. 적막함 속에서 안나는 주말 오후 혼자 남겨진 어린아이처럼 고독을 느꼈다.

안나는 찻잔을 들고 싱크대로 걸어가 남은 차를 쏟아부었다. 토한 지 꽤 지났지만 아직 약간의 두통이 있었다. 그는 찬물을 몇 번 손에 받아 입을 헹군 다음, 젖은 손으로 관자놀이를 지그시 눌렀다. 처음엔 연기였다. 토할 생각은 없었는데, 흥분해서 정말로 토해버렸다. 콧속에서 작은 징이 울리듯 짧은 진동이 느껴졌다. 고개 숙인 그의 뜨거운 눈에서 무감정한 눈물이 방울방울 흘러내렸다. 타월에 얼굴을 묻고 숨을 고른 뒤, 안나는 발소리를 죽여 손님방으로 향했다. 잠긴 문을 열고 들어가니, 예상대로 요셉은 잠의 그물을 온몸에 칭칭 감고 있었다. 이곳에 남아 있는 것은 오로지 육체뿐으로, 그 몸과 꿈의 세계를 실낱같은 숨결이 간신히 잇고 있었다. 안나는 그 숨결을 손가락으로 틀어막고 싶은 충동을 가볍게 느꼈다. 대신 그는 짧게 고개를 휘젓고 아까부터 깃털 하나가 들어간 듯 가려운 뱃속 대신 카디건 안의 납작한 뱃가죽을 손톱을 세워 긁는 것으로 만족했다.

안나는 새삼스레 방을 둘러봤다. 장총과 번뜩이는 칼날 아래 걸린 동물 박제들이 절름발이 노인의 정력을 과시하는 장식으로 사용되고 있었다. 누군가는 노인이 잘리지 않는 사슴 힘줄을 이로 끊었다느니, 칼날에 말라붙은 거무죽죽한 피를 보았다느니 했지만 모두 거짓말이었다. 박제는 돈을 주고 사온 것이었다. 노인이 만든 건 새 박제뿐이고, 그건 지하실의 어둠 속에 묻혀 있었다. 그 새들이 살아 있었음을 기억하는 건 노인과 안나뿐이었다.

어린 시절부터 안나는 노인과 각별한 친구였던 부모님을 따라 이 산장에 자주 놀러왔다. 당시엔 아직 중년의 남자였던 노인은 손님 대접을 즐기는 유쾌한 주인 역할을 했지만 어린애 눈에도 가짜로 보일 정도로 연기가 서툴렀다. 그는 자기가 초대한 사람들 앞에서 과장되게 웃고 떠들다가 어느 순간 사람들을 불편하게 했다. 그러다 사람들이 결국 저들끼리 은근히 뭉쳐 다니면 자진해 종 노릇을 하면서 피학적인 기쁨을 누렸다. 대부분은 그걸 못 견 디고 두번째 초대에 응하지 않았지만, 안나의 부모는 매년 여름과 겨울이면 어린 안나와 함께 이곳을 찾았다. 그들은 노인을 또라이 라고 칭하고, 노인이 아닌 그의 비서를 닮은 딸 은영에 대해 쑥덕 이며 자신들의 행복을 확인했다. 안나는 그런 부모도, 이 산장도 낯설어 대개 이층에 틀어박혀 혼자 지냈다.

그런 안나가 노인과 처음 제대로 대화한 건 노인이 무척 아름 다운 잉꼬 한 마리를 기르게 된 여름이었다. 노인은 모두가 원하 던 장난감을 손에 넣은 어린아이 같았다. 넘치는 기쁨과 두려움, 폐쇄적이고 강렬한 소유욕과 과시욕 사이에서 갈등하느라 어딘지 초조해 보였다. 노인은 금빛 새장을 덮은 천을 만지작대며 꽤 오 래 망설이다가, 결국 멍청한 어린이에게만 보물을 보여주기로 결심했다. 노인은 짐승 부르듯 안나를 향해 손짓했다. 그리고 안나가 가까이 다가가자 잉꼬의 아름다운 생김새에 대해, 진한 초록색 털로 덮인 머리 한가운데 도장처럼 찍힌 주황색 털과 지저귀는 소리에 대해 한참을 얘기했다. 그러다가 무언가 생각난 듯 킬킬대더니 어린 동생에게 탄생의 비밀을 알려주는 사춘기 소녀처럼 끈적이고 달뜬 목소리로 속삭였다.

"그거 아느냐? 잉꼬는 아이보가 없으면 죽는다."

그런 말을 하면서도 노인은 잉꼬에게 짝을 사주지 않았다. 매년 산장에 갈 때마다 상황은 같았다. 새장 안의 새의 마릿수는 변하지 않고 새만 변했다. 노인이 다시 안나를 부르는 일도 없었다.

안나는 또 이런 일도 기억했다.

그해도 노인은 짝 없는 암컷 잉꼬 한 마리를 기르고 있었다. 겨울이었고, 어른들은 일층 소파에 둘러앉아 있었다. 방에 누워 뒹굴대던 안나는 오줌이 마려워 자리에서 일어났다. 아무도 없는 줄 알았던 이층 거실에 노인이 있었다. 그는 새장에 불을 쬐어주며 자신의 손도 덥히고 있었다. 오줌을 누고 와도 그대로 있었다. 아래층에서 가벼운 소음이 벽을 타고 올라왔다. 낮부터 술을 마시기 시작했는지 와인잔 부딪히는 소리가 청량하게 울렸다. 안나의 마음은 어쩐지 쓸쓸해졌다. 그는 젖은 손을 스웨터에 문지르며 노인을 향해 발을 뗐다. 안나가 움직임을 멈춘 건 노인이 새장의 문을 열었기 때문이었다. 그는 입에 얼음을 문 저격수가 숨죽여 사냥감을 고르듯 조심스레 손가락을 새장 안으로 집어넣었다. 새는 홰 위에서 종종걸음치며 잠시 머뭇거리더니 가볍게 날아 그의 손가락 위로 얌전히 올라왔다. 그 서커스 같은 광경에 안나가 감탄하고 있는 사이 노인은 기쁨에 젖은 얼굴로 츳츳대며 새에게 입을 맞췄다. 가벼운 키스가 노랫말처럼 이어졌다. 보는 사람의 얼굴을 달아오르게 하는 다정한 모습에 안나는 소리 없이 뒷걸음질쳤다. 그 순간 갑자기 노인이 고양이처럼 아가리를 크게 벌리더니 작은 새의 머리통을 입에 넣었다. 포획된 것이 자신인 양 안나의 몸이 뻣뻣해졌다. 잠시 뒤 노인은 비디오가 되감아지듯 자연스레 입을 벌려 새의 머리통을 끄집어냈다. 털이 약간 일어났을 뿐, 새는 조금의 놀란 기색도 없이 형광빛이 도는 연두색 깃털을 주홍색 부리로 쪼아 정리했다. 머루처럼 검은 눈동자는 마른 콩에 꿀을 바른 듯 영롱하고 단단해 보였다. 노인이 굵은 검지를 들어 새의 등을 부드럽게 쓸어주었다. 직전에 벌어졌던 일이 환상처럼 여겨질 정도로 평화롭고 아름다운 모습이었다. 쓸쓸한 겨울 오후. 유리창 밖으로 마른 가지들을 내다보며 노인과 잉꼬가 불을 쬐고 있었다. 태연하게 털을 고르는 잉꼬.

안나는 두려웠다.

가장 아름다운 순간의 잉꼬를 영원의 박물관에 가두고 싶어하던 노인이. 그 감정을 이해하는 자신이.

그리고 나는 그때의 노인과 점점 더 닮아가고 있구나.

정신을 차려보니 어느덧 방안이 어두워져 있었다. 구름이 머리 위로 다가온 것이 분명했다. 안나는 창가로 걸어가 넓고 두텁게 깔린 잿빛 구름을 바라보다가 커튼을 쳤다. 어둠이 그를 자유롭게 했다. 그는 두 팔다리가 완전히 사라지기를, 얼굴이 사라지기를, 모든 것이 녹아내려 마침내 두 눈만 남기를 시간을 들여 기다렸다. 갑작스레 찾아온 어둠에 겁을 집어먹었던 사물이 움츠렸던 몸을 펴고 날카로운 모서리를 빛낼 때까지. 이윽고 안나는 다시 걸음을 옮겨 요셉의 곁으로 다가갔다. 의자에 앉았다.

요셉은 지친 새처럼 잠들어 있었다. 부러진 날개엔 흰 붕대가 친친 감겨 있었다. 팔과 다리. 그를 움직이게 하고 춤추게 했던 것들. 안나의 두개골 안에는 말랑한 뇌 대신 오르골 하나가 들어 있었다. 눈을 감으면 언제 어디서든 안나는 오르골의 뚜껑을 열고 그 안에서 춤추는 요셉을 볼 수 있었다. 그럴 땐 안나의 입가에 저절로 희미한 미소가 지어졌다. 어떤 아름다움은 삶을 초월한다. 그런 아름다움의 소유자는 이따금 괴로워지겠지만, 한편으로 그는 그런 아름다움을 가졌기에 고통을 감내해야 한다. 잔인한 말이지만(정말 그럴까?) 운명이 그런 걸 어쩌겠는가?

안나는 애틋한 감상에 젖어 그림자에 잠겨 있는 요셉의 얼굴을 바라보다 협탁의 초에 불을 붙였다. 뜨거운 빛은 안나가 숨을 내쉴 때마다 일렁이며 요셉의 얼굴에 손을 뻗었다. 날름거리는 붉은 혀가 요셉의 뺨에 입을 맞추기 위해 애를 썼지만 매번 실패했다.

안나는 그 실패에서 눈을 떼지 않았다. 요섭의 얼굴은 그렇게 만들어진 것이었다. 번듯하게 자란 눈썹 뼈, 융기한 콧날과 입술은 모두 여자들의 오랜 실패가 퇴적되어 만들어진 흔적이었다. 매끄러운 뺨은 여자들의 눈길이 수도 없이 매만져 닳은 것이었다.

안나는 젖살이 빠지기 전 요섭의 얼굴을 기억했다. 변온동물의 투명한 알 속이 들여다보이듯. 어린 얼굴은 통통했지만 장차 눈이 부실 요섭의 미래를 예견하고 있었다. 그리고 안나의 예견은 한순간도 그를 배반하지 않았다. 놀라운 자태로 개화한 꽃은 사람들을 홀렸다. 안나는 돌 속에서 조각을 끄집어낸 장인처럼 그의 아름다움을 뿌듯하게 여겼다. 때로 질투가 그를 불살랐지만 견딜 수 있었던 건, 그렇게 아름다운 것이라면 마땅히 사람들과 나눠야 한다는 생각 때문이었다.

안나는 요섭의 아름다움을 헌신적으로 사랑했다. 요섭의 얼굴을 바라볼 때면 누구보다 희고 단단한, 어쩐지 시간을 가늠하게 하는 그의 뼈를 피부를 뚫고 들여다볼 수 있었다. 그건 후대를 위해 남겨야 할 두상이었다. 매끄러운 턱과 광대뼈는 행복한 왕자의 두 눈에서 빛나던 사파이어와 사자의 심장에서 뽑아낸 녹색 에메랄드. 지구상에서 가장 강대한 폭군의 왕관을 장식하던 피 묻은 붉은 루비와 주먹만한 다이아몬드와 함께 박물관의 달큰한 먼지에 휩싸여 은은한 간접등 아래 전시되어야 마땅했다. 그리고 언젠가 전쟁의 한복판에서 비처럼 쏟아져내리는 총탄에 맞아, 푸르게 반짝이는 딱정벌레와 진화하는 인간의 모형과 함께 부서져야 했다. 그 서글픔이야말로 요셉이 가질 수 있는 아름다움의 극치였다.

그러나 모든 건 안나가 죽고 난 다음 일어날 일이었다. 그전까지 안나는 절대 요셉을 빼앗길 수 없었다. 빼앗기고 싶지 않았다.

아! 안나는 목 밖으로 비어져나오려던 탄식을 삼켰다. 그는 한동안 자신의 뺨이 빠르게 뜨거워졌다가 차갑고 축축하게 젖어가는 것을 느끼며 흰 시트의 귀퉁이를 손으로 꼭 쥐었다. 목안으로 꼴딱꼴딱 넘어가는 짭짤한 슬픔의 맛을 느끼며 요셉의 손을 잡아 그 끝을 핥았다.

이 육체를 안나는 잃고 싶지 않았다. 이곳엔 이웃집 창문을 들여다보는 지독한 감시자들도, 매춘을 한 거냐며 몸을 파르르 떠는 남편도, 당신은 아이를 낳을 수 없다고 경멸과 엄숙함이 담긴 목소리로 선언하는 의사도 없었다. 있는 것은 오직 둘뿐이었다. 쏟아지는 빗속에서 둘은 영원할 수 있었다. 나미가 바보처럼 성욱을 찌르지만 않았더라면.

하지만 역설적이게도 그 죽음이 안나에게 용기를 주었다. 인간은 죽는다. 그 사실을 이토록 가깝게 느낀 건 처음이었다. 피클이 오이로 돌아갈 수 없는 것처럼, 삶은 당근을 밭에 심을 수 없는 것처럼 죽음도 돌이킬 수 없다. 안나는 그동안 눈으로 보기만 했던, 상상을 통해서만 만지고 핥았던 요셉의 배에 입을 맞췄다. 그리고 요셉의 바지를 내렸다. 그가 아는 한 두 사람이 영원으로 가는 방법은 하나뿐이었다. 그 남자는 내게 아이를 낳을 수 없다고 했지. 하지만 곰팡이가 피고 썩어 문드러져가는 육체라도 너와 함께라면 할 수 있어. 요셉, 난 아이를 낳을 거야. 내 아이이고 남편이고 아버지이고 형제인 아이를 낳을 거야. 너를 낳아서, 수백수천 명을 낳아서 이 도시를 가득 채울 거야. 이건 인류를 위해서 좋은 일이야. 아름다움을 증식하자.

안나는 의자에서 일어나 섰다. 젖은 속옷을 벗어 발끝으로 끌어내린 뒤 여전히 깊은 잠에 빠져 있는 요셉의 몸 위로 기어올라갔다. 안나의 무릎 아래서 낡은 침대의 스프링이 삐걱거렸다. 안나의 감은 눈에서 뜨거운 눈물이 주르륵 흘러나왔다. 그는 천천히 요셉의 상의 단추를 풀어 메마른 가슴에 손을 갖다댔다. 심장은 여전히 뛰고 있었다. 그 쿵쾅거리는 진동은 죽음을 향해 무섭게 달려가는 말발굽의 울림과 같았다. 안나의 손이 생선의 배를 가르는 칼처럼 요셉의 가슴부터 배꼽 아래까지 훑고 내려갔다. 안나가 엉덩이를 들어올렸다. 낡은 마룻바닥과 매트리스의 불협화음이 귀를 울렸다. 안나는 소리를 내지 않기 위해 이를 악물었다.

번쩍하고 번개가 쳤다. 화들짝 놀라 창문 쪽을 바라보자 커튼 위로 웬 그림자가 얼핏 드러났다 사라지는 것이 보였다. 안나는 숨을 멈췄다. 잘못 본 걸까?

"누구야?"

안나가 작게 말했다. 미희와 나미가 돌아온 걸까? 그들이었다면 현관문으로 곧장 들어왔지 손님방 창 앞을 얼쩡댈 리가 없었다. 안나는 몸을 일으켜 창가로 다가갔다. 살짝 커튼을 걷자 산장 근처를 배회하는 젊은 남자애 하나가 보였다. 이곳 사람 같지 않은데다 모르는 얼굴이어서 안나는 침을 삼켰다. 남자애가 손을 흔들자 사각지대에서 또다른 남자애 둘이 걸어나왔다. 그들은 무어라 떠들고 있었는데, 제대로 들리지 않는 와중에도 성욱의 이름만은 또렷하게 알아들을 수 있었다.

맨살에 스웨터를 입은 것처럼 소름이 끼쳤다. 솜털 하나하나에 전류가 흐르는 것 같았고, 누군가가 땀구멍에 바늘을 찌르는 것 같았다. 안나는 목뒤로 손을 뻗어 보이지 않는 바늘을 훑어내며 마른침을 삼켰다. 그는 인기척을 줄이려 애쓰며, 너무 부풀어올라 눈알을 밀어내며 터질 것만 같은 심장을 잠재우기 위해 심호흡을 하면서 거실로 나갔다. 다행히 희애는 아직 잠든 채였다. 커튼을 친 덕분에 산장 안에 사람이 있는 걸 외부에 들킨 것 같지는 않다. 안나는 슬며시 현관문 앞으로 다가가 핍홀에 눈을 대고 바깥을 살폈다.

어느새 산장 앞에 모인 남자들은 끈기 있게 정면에 난 모든 창문을 열려고 시도하다가 실패하자 현관문을 두드리기 시작했다. 손가락 뼈마디가 단단한 철문을 두드리는 소리가 났다. 안나는 딱따구리가 뇌를 쪼는 듯한 착각에 빠졌다. 문득 남자들 중 한 명이 무언가를 눈치챈 건지 허리를 약간 구부려 핍홀에 눈을 갖다댔다.

숨을 죽이고 있던 안나는 침을 삼켰다. 꿰뚫어보고 있다. 안나는 그렇게 느꼈다. 그 증거로 남자는 입을 틀어막고 덜덜 떨고 있는 안나의 눈을 똑바로 쳐다본 채 활짝 웃으며 말을 걸었다.

"안녕하세요. 저희 성욱이 친구인데 성욱이 있나요?"

안나의 머릿속에 있는 작은 오르골에 금이 가기 시작했다.

*

뱁새는 산장이 바닷가 근처에 있다고 했지만, 막상 지도를 찾아보니 차를 타고 산 쪽으로 사십 분은 들어가야 했다. 차가 있는 사람과 없는 사람은 공간 감각부터가 다르다. 게다가 뱁새처럼 어릴 때부터 자주 미국을 드나든 사람이라면 더욱 얘기가 달랐다. 까치는 그걸 새삼 느꼈지만, 뱁새의 탓을 할 순 없었다. 그애는 그냥 그렇게 자라온 것뿐이다. 증오해봤자 아무 의미가 없다. 차라리 변절자인 것보단 낫다고, 까치는 술에 취할 때면 선심 쓰듯 평했다. 그러나 실은 까치가 뱁새를 누구보다 증오하고 있다는 걸 모두 알고 있었다. 결국 뱁새는 언젠가 그들을 배신할 것이기 때문이었다. 그애의 냉정한 부모는 죽기 전 그애의 손에 황금 알을 낳는 거위를 물려줄 것이고, 그애는 늘 그랬듯 어쩔 수 없다는 눈빛으로, 너무나 당혹스럽고 곤란하다는 태도로 그걸 끌어안을 것이었다.

자본가와 노동자 사이엔 귀족과 평민을 가르는 것보다 깊은 강이 흐르고 있었다. 그 골을 만든 건 박탈이라는 감정이었다. 그건 원래 나고 자라길 그렇다는, 피의 문제를 극복할 순 없다는 체념이 퇴적될 수 없을 만큼 강렬하고 날카롭게 흐르는 감정이었다. 까치에겐 언제나 그런 생각이 있었고, 그건 주머니 속 송곳처럼 숨겨지지 않았다. 까치는 원할 때면 그가 증오하는 인간들처럼 우아하게 굴기도 했지만, 동지들은 까치가 어떤 범죄자들에게 끌리고 있다는 사실을 알았다. 부자들을 칼로 난도질하기로 마음먹은 이들. 도둑질하고, 납치하고, 그 딸들을 강간하는 이들. 자본이 없는 한 그는 언제나 열세인 인간이었기에 그 모든 게 용납될 수 있었다. 까치의 가장 큰 소원은 좀더 원시적인 시절의, 사람들이 스크린과 스포츠로 눈을 돌리기 이전의 그 광장에 자본가의 피투성이 목이 축제처럼 내걸리는 거였다. 그가 머릿속으로 가장 자주 떠올리는 것도 역사의 끝에서 그들이 맞이할 유토피아의 풍경이 아니라 그 과정으로 가는 길목에 흩뿌려져야만 하는 피였다.

장대는 달랐다. 그는 인간의 좋은 점은 잘못된 일을 고칠 수 있는 것이라고 생각했다. 우리는 짐승이 아니다. 주먹 없이도 서로를 설득할 수 있다. 그는 까치와 오뚝이가 그런 자신을 무르다고 생각한다는 걸 알았다. 하지만 어쩔 수 없었다. 어머니 말에 의하면 그는 지나치게 빨리 자라버린 탓에 뼈에 바람구멍이 들었고, 그 탓에 줏대가 없었다. 속알맹이라곤 없고 키만 큰 녀석, 그게 장대였다. 장대는 서수남, 오뚝이는 하청일. 사람들은 머리 두셋쯤은 차이 나는 이 홀쭉이와 난쟁이 듀오가 자신들을 웃겨주기를 기다렸으나 그들은 유머라곤 구사할 줄 몰랐다. 수줍음 많은 장대는 말수가 적었다. 자기 의견을 내세우는 일이 없었다. 그건 오뚝이도 마찬가지였지만, 그가 장대처럼 무골호인인 건 아니었다. 장대는 오뚝이가 누구보다 많은 말을, 검은 타르처럼 끈적이는 분노를 갖고 있다는 걸 알았다. 특히 여자들에 대해서 그랬다. 걸레 같은 것들. 잔디밭을 거니는 영양 같은 여자들을 볼 때마다 오뚝이는 짓씹듯 내뱉었다. 그럴 때면 장대는 그 말이 자신에게 겨눠진 양 종이처럼 파르락댔다. 왜 그렇게 여자들을 미워하는 거냐? 시민군에게 주먹밥을 뭉쳐 건네준 것도 여자들 아니냐? 그렇게 속으로 반발하면서도 그는 가끔은 영리한 오뚝이가 여자들 앞에서 맛볼 좌절감을 상상하며 강렬한 연민과 은밀한 쾌감을 느꼈다. 어쩌면 오뚝이가 꿈꾸는 평등은 별 볼 일 없는 것, 그러니까 마음대로 여자를 만날 평등 같은 하찮은 게 아닐까? 하지만 시작은 모두 하찮은 것들에 있다. 남보다 밥 한술 더 얻는 것, 사랑받는 것. 아무리 꾸며봤자 근원은 그거다. 그 정도가 물렁한 장대의 사상이라면 사상이었다.

철조망 문의 눈높이 부근엔 페인트를 바른 흰 나무 팻말이 하나 고정되어 있었다. 윗줄엔 검은 물감으로 사유지라고, 그 아랫줄엔 붉은 물감으로 出入禁止라고 적힌 팻말이었다. 강렬했으나 막상 문에는 헐겁게 둘러진 쇠사슬이 서로 몸을 감고 있을 뿐, 자물쇠는 잠겨 있지 않았다. 뱁새가 열어둔 걸까? 머뭇대는 장대의 옆으로 까치가 다가오더니 감긴 쇠사슬을 빠르게 풀며 말했다.

"안 하고 뭐해?"

어어. 장대가 말을 흐렸다. 문이 기분 나쁘게 삐걱대며 열리자 까치가 문안으로 들어서며 중얼댔다.

"전화가 안 터지나본데."

"그러게. 이런 데 산장이 있구나."

까치와 장대는 너무 빽빽해서 검게까지 느껴지는 산을 올려다 보았다. 정말 이 위에 산장이 있을까 의심이 들 정도로 깊어 보였다. 한번 들어가면 밖으로 나오는 것만 해도 큰일일 듯했다. 다행히 그들의 의심을 지워주려는 듯 길 위에 희미하게 차바퀴 자국이 남아 있었다. 그들은 빵조각을 따라가는 작은 새들처럼 그걸 따라 종종대며 걸었다. 완만한 오르막은 금방 끝났다. 순식간에 숨이 턱 막히게 가팔라졌다. 바퀴에 짓눌린 풀들이 길을 만들어주고 있었지만, 도무지 사람이 다닐 만하다곤 할 수 없었다. 오 분도 지나지 않아 오뚝이의 입에서 짧은 탄성이 터져나왔다. 씨발. 부끄러움을 숨기려는 듯 오뚝이가 침을 뱉었다. 카악, 퉤. 그마저도 호흡이 뒤섞여 멋없었다. 늘어난 가래가 단번에 떨어지지 않아 오히려 구차해 보였다. 그래도 꽤 버틴 거다. 실은 초입에서부터 오뚝이

242

의 얼굴이 누렇게 떠 있었다는 걸 장대는 알았다. 장대의 잇새에서도 쉭쉭대는 소리가 새어나왔다. 까치만이 콧구멍을 벌름대면서도 숨을 함부로 내쉬지 않았다. 프리크 쇼의 단원 같은 장대와 오뚝이 사이에서 가장 보통에 가까운 그의 육체는 강인해야 했다. 그것이 혁명전사의 육체였으므로 마땅히 그래야만 했다.

걸은 지 십 분이나 되었을까. 체감으로는 삼십 분은 지난 듯했다. 세 사람 다 호흡이 개처럼 거칠어졌다. 젊음은 벼슬이고 육체는 찬란해야 했으나 그들의 몸은 약간의 고통에도 쉽게 무너졌다. 그들은 학창시절 공을 차지 않는 학생이었다. 서로 터놓진 않았지만 한 번쯤 교실 바닥에 누워 멍든 배를 부여잡고 남의 종아리를 올려다본 적 있는 아이들이었다. 특히 별명 그대로 키가 작고 몸통이 공처럼 둥근 오뚝이는 남들이 두 걸음 걷는 동안 세 걸음을 걸어야 했다. 그만큼 일찌감치 지쳐 있었고, 이마에선 소금기 어린 땀이 뚝뚝 떨어졌다. 까치는 냉정한 리더답게 그를 신경쓰지 않고 묵묵히 걸었다. 장대만 발걸음을 늦춰 오뚝이와의 거리를 좁혔다. 몸에선 거친 열기와 리더에 대한 원망이 피어올랐다. 그러게. 역에서 택시 타고 가자니까. 절로 애처럼 입술이 비죽 나오는데 때마침 까치가 카악, 하고 가래침을 뱉었다. 그의 침은 오뚝이의 것과 달리 누군가의 뺨을 내리치듯 시원한 소리를 내며 바위 위로 떨어졌다.

"얼른 와라."

"어? 어."

장대는 허둥대며 까치의 옆에 붙었다. 속마음을 들킨 것 같아 심장이 거칠게 뛰었다. 장대는 쿵쿵대는 심장 소리가 퍼져나갈까 큰 몸을 움츠렸다. 장대가 힐끗 돌아보니 오뚝이의 입가엔 거품이 낀 끈적한 회색 침이 고여 있었다. 누렇던 얼굴은 핏기 하나 없이 창백했다. 조금 쉬었다가 가자고 해야 하나? 고민하는데 까치가 손가락을 뻗어 위를 가리켰다.

"저거냐?"

그 말에 무릎을 짚고 몸을 구부리고 있던 장대가 허리를 폈다.

산장 하나가 산세를 조망하듯 높이 서 있었다. 비탈진 곳에 지어진 이층짜리 건물 정면엔 신전처럼 회백색의 굵은 기둥이 찬란히 빛나고 있었다. 아주 거대한 것, 이를테면 대교나 송전탑, 육식 공룡의 뼈를 눈앞에서 보았을 때와 같은 압도감에 모두 입을 열지 못했다. 그건 인간이 만든 것에 대한 경외라기보단 차라리 자연재해 앞에서 느끼는 두려움과 더 닮아 있었다. 거대한 사상을 밥과 술과 함께 입에 떠 넣어 삼키던 그들은 막상 이층짜리 산장 앞에서 겁을 먹었다.

"한국에…… 이런 데가 있어?"

멍하니 서 있던 장대가 뱉은 말에 아무도 대꾸를 하지 못했다.

가까이 다가갈수록 기가 죽을 정도로 세련된 형태가 자세히 눈에 들어왔다. 특히 건물 전체를 허공에 띄우듯이 받치고 있는 높다란 기둥과 하늘로 뾰족하게 솟구친 지붕이 멋스러웠다. 유명한 건축가가 지었다고 했던가. 그렇다면 산장 주인은 일정 때 내지로 유학 간 부잣집 도령이었을 것이다. 아니면 같은 민족을 쏘아 죽인 군인이거나, 자본을 갖고 노동자들을 착취한 기업가거나. 뭐가 되었든 그는 세 사람의 증오를 한몸에 받을 주적이었지만 셋은 첫눈에 그 건물과 치명적인 사랑에 빠져버리고 말았다. 생각보다 더 부르주아 새끼라고, 찬탄의 기색 하나 없이 온전한 혐오를 담아 내뱉은 까치도 눈만은 빛나고 있었다. 그건 김일성의 생일에 동아리 방에서 엉망진창인 국수를 틀로 내려 먹던 날에 보였던 눈빛과도 같았다. 한마디로 어린애처럼 천진한 눈이었다.

　세 사람은 마지막 힘을 쥐어짜 산장 앞에 도착했다. 어딘지 스산한 분위기에, 창에는 커튼이 쳐져 있어서 안이 보이지 않았다. 초인종을 눌렀지만 고장났는지 소리가 울리지 않았다. 문을 두드려도 아무 반응이 없었다. 분명 여기 있을 텐데. 생긴 지 얼마 안 된 것 같던 바퀴 자국을 떠올리며 까치는 생각했다. 도로변에서부터 이곳까지는 쭉 사유지였으므로 다른 차가 다닐 리도 없었다. 잠이라도 든 걸까? 까치는 장대와 오뚝이를 손짓해 불렀다. 그들에게 산장을 한 바퀴 돌아보게 하고, 혹시나 싶어 테라스에 난 유리창을 슬며시 밀어보았다. 그러나 단단히 잠긴 창은 꿈쩍도 안 했다. 그때 눈앞이 반짝하고 밝아지더니 곧이어 거대한 짐승이 으르렁대는 듯한 소리가 사위를 울렸다. 예상치 못한 굵은 빗방울이 느리게, 한두 방울씩 떨어졌다.

"열린 데는 없는데."

장대가 산장 뒤를 돌아 나오며 말했다.

"오뚝이는?"

"아직 뒤에 있어."

까치는 말없이 장대의 손가락이 가리키는 쪽으로 발을 뗐다. 장대가 까치의 뒤를 따랐다. 짙은 흙냄새가 나는 뒷마당에 들어서자 쭈그려앉아 숨을 고르고 있는 오뚝이가 보였다. 아직도? 까치는 한심하다는 표정을 숨기지 않고 고통스러운 듯 인상을 찡그리고 있는 오뚝이를 지나쳐 장대 옆에 섰다. 목이 부러질 듯 이층을 올려다보고 있던 장대가 마른침을 삼키더니 작게 외쳤다.

"뱁새."

"……"

"뱁새야."

"……"

"신성욱."

그러나 대꾸는 없었다.

"도망간 거야."

까치가 갑자기 깨달았다는 듯 확신에 찬 말투로 내뱉었다.

"이 새끼가 사람을 오라고 해놓고 도망간 거야. 아니, 애초에 여기가 그 자식네 별장인지 뭔지 알 게 뭐야. 그냥 우리 좆뺑이 치게 하고 뛴 거야. 이 새끼, 내가 이럴 줄 알았어. 이 개자식. 이래서 부르주아 자식은 안 된다는 거야……"

까치의 분노에 장대가 덩칫값도 못하고 몸을 움칫 떨었다. 장대는 도망치듯 산장을 끼고 측면으로 돌아갔다. 순간 그의 눈에 방 안의 커튼이 사라락 움직이는 게 보였다. 잘못 본 걸까? 그러나 닫힌 창 안으로 바람이 불 리 없을 텐데도 커튼은 작게 흔들리고 있었고, 그 뒤로 얼핏 보인 그림자는 부조로 새긴 듯 눈에 선명했다. 게다가 오해라면 좋겠지만, 그림자의 주인은 분명 여자였다.

왜 하필 여자람. 장대는 자기 친구들이 벌일 수도 있는 최악의 상황을 상상했다. 성욱이 말도 없이 여자친구를 부른 거라면, 그 여자가 혁명전사라도 골치 아팠다. 아무리 다리지 않은 면바지를 입고 형 형, 하고 불러도 그 안에 있는 여체를 상상하는 능력이 그들에게는 있었기 때문이다. 어쨌든 확인해볼 필요가 있겠다는 생각이 들어 장대는 현관으로 돌아갔다. 까치와 오뚝이가 그를 따랐다. 장대가 문을 두드렸다. 여전히 대꾸는 없었다. 혹시나 싶어 허리를 숙여 핍홀에 눈을 들이댔지만 필름을 씌운 건지 바깥에선 안이 보이지 않았다. 그러나 그는 최대한 친절해 보이게, 혹시 안에 있을지도 모르는 여자에게 위험해 보이지 않기 위해 활짝 웃으며 물었다.

"안녕하세요. 저희 성욱이 친구인데 성욱이 있나요?"

"뭐하냐."

까치가 어이없다는 투로 물었다. 장대는 민망해하며 대꾸했다.

"사람이 있을까 싶어서."

"있긴 누가 있어. 유령이라도 본 거야?"

허허 웃는 장대의 옆에서 오뚝이가 돼지 먹따는 소리를 내며 꽥 외쳤다.

"얘 날짜 착각한 거 아냐?"

"토요일 새벽에는 와 있는댔는데."

"그래. 그걸 내일, 그러니까 토요일에서 일요일로 넘어가는 새벽으로 착각한 거 아니냐고."

그 말에 모두 숨을 들이마셨다. 뱁새의 성격을 생각하면 충분히 가능성 있는 일이었다. 다들 그 가능성을 기정사실로 받아들이고 한숨을 쉬었다.

"그러길래 아예 처음부터 같이 왔으면 좋잖아."

까치가 혀를 끌끌 찼다.

"뭐, 어디 열쇠 같은 거 숨겨뒀단 말은 없었지."

"응."

오뚝이가 고개를 끄덕였으나 까치는 발깔개와 아무것도 심어져 있지 않은 화분을 괜히 들척였다. 내리기 시작한 비를 뚫고 성과 없이 돌아가긴 억울했지만 방법이 없었다.

얼빠진 자식 같으니. 까치의 말을 신호로 세 사람은 시내로 돌아가는 버스를 타기 위해 뒤돌아 걷기 시작했다. 후들후들 떨리는 다리로 장대는 생각했다. 우리가 정말 혁명전사가 될 수 있는 걸까? 진짜 전사라면 빈집을 부수고 들어갔을 텐데. 아직 순진한 거야. 아니면 겁이 많든지.

가장 뒤에서 둘을 좇아오고 있던 오뚝이가 발걸음을 뚝 멈췄다. 까치와 장대는 한참 걸어가다가 뒤늦게 돌아보았다.

"왜 안 와?"

까치가 묻자 오뚝이가 기다렸다는 듯 대꾸했다.

"빨리 갈 필요 없어."

"뭔 소리냐?"

"차 끊겼을 거야, 지금."

"벌써?"

"네시 넘었잖아."

오뚝이가 시계를 찬 손목을 흔들어 보이며 말했다. 그런 중요한 걸 잊다니. 까치가 한숨을 쉬었다.

"걸어가면 얼마나 걸릴까?"

"글쎄. 못해도 서너 시간은 걸리지 않을까."

비는 더이상 속도를 늦추지 않았다. 얼룩덜룩하던 흙바닥은 빈틈없이 검어졌고, 굵어진 빗줄기가 서로의 목소리를 지웠다. 말을 잃은 채 둥글게 모여 서 있던 세 사람 사이의 적막을 깬 것은 까치였다.

"차라리 들어가 있자."

"그래도 돼?" 놀란 장대가 되물었다. "무슨…… 경보장치 같은 거 없을까?"

"안에 들어가서 끄면 되지."

야, 근데 여기는 무슨 여름인데 이렇게 춥냐. 까치가 혼잣말하듯 덧붙이며 반소매 아래로 드러난 살을 문지르다가, 경망스럽게 굴었다는 판단이 들었는지 양팔을 곱게 내렸다.

"올라가자. 가서 기다리자. 어쨌든 오늘밤에는 올 거 아냐."

까치가 앞장서고 그 뒤를 오뚝이가 따랐다. 숨을 쉭쉭 몰아쉬는 그의 등에서 뜨거운 김이 오르는 것 같았다. 얼마 가지 않아 오뚝이의 발걸음이 또다시 눈에 띄게 느려졌다. 장대는 그와 속도를 맞출까 하다 무시라는 배려를 선택하고 앞질렀다. 오뚝이는 정말로 느렸다. 장대와 까치가 다시 산장에 도착해 아까 확인해봤던 현관문, 테라스 창, 심지어는 열려봤자 하등 쓸모없을 조그만 부엌 창까지 다 만지작거리는 동안에도 도착하지 않았다. 얼핏 뒤를 돌아보니 오뚝이는 아직도 오르막길 중턱에 서서 무릎에 손을 얹고 낑낑대고 있었다. 돼지 새끼…… 까치는 누구도 가리키지 않고 말했지만 장대는 그게 오뚝이 얘기라는 걸 알았다. 애써 동지의 말을 못 들은 척하는 장대에게 까치가 물었다.

"야, 장대. 너 뛰면 저 위에 손 닿냐?"

"어디?"

"저기 빗물받이."

"그럴 거 같은데."

"저거 잡고, 어떻게 이층으로 들어갈 수 없겠냐?"

암만해도 부러질 거 같은데. 장대가 어떤 핑계를 댈까 고민하는 찰나 오뚝이의 비명 같은 목소리가 들렸다. 얘들아. 얘들아 이리 좀 와봐. 그 말에 휙 돌아보는 까치의 얼굴엔 정말로 짜증이 어려 있었다. 그는 미간을 잔뜩 찌푸리고 미끄러지듯 언덕을 내려갔다. 장대도 그의 뒤를 좇았다. 무슨 일인데, 라고 묻는 까치의 말투는 좀 퉁명스럽다 싶은 정도였지만, 눈빛은 별일 아니면 죽여버리겠다는 듯 날카로웠다. 그러나 오뚝이는 굴하지 않았다. 그는 자랑스러운 목소리로 말했다.

"저기 좀 봐봐."

"어디?"

"아니, 그쪽 말고 저쪽."

통통한 손가락이 가리킨 곳은 벼락 맞은 듯 부러진 나무 한 그루가 길게 늘어져 있는 검은 수풀이었다. 엉킨 가지와 무성한 잎 사이에서 금방이라도 노란 눈을 번뜩이는 짐승이 튀어나올 것 같았다. 그게 전부였다. 저게 뭐. 그 말에 오뚝이가 답답하다는 듯 다리를 빠르게 놀려 수풀 안으로 들어가더니 가슴팍을 적시며 나뭇가지 몇 개를 걷어냈다. 어설픈 위장인 걸까? 비가 나뭇가지를 꺾은 탓에 감춰졌던 걸까? 그 안에서 주차된 차 한 대가 나타났다. 다 멀쩡한데 운전석 쪽 유리만 깨져 있었다.

"그랜저네. 뱁새가 타고 온 걸까?"

"그럼 이렇게 개작살이 났겠나?"

"흠."

까치가 머뭇거리다가 차문 손잡이에 손을 댔다. 힘을 주자 문은 쉽게 열렸다. 내친김에 그는 운전석에 앉아 핸들을 돌리는 시늉을 했다. 차 키가 멀쩡히 꽂혀 있었고, 시동을 걸어보니 기름도 넉넉했다. 나뭇잎이 막아준 덕에 시트도 눅눅할 뿐 젖어 있진 않았다. 까치는 유혹에 시달렸다. 좌절은 닫힌 문 앞에서 한 번 맛본 걸로 충분했다. 그는 담대하게 말했다.

"야, 타자."

"어?"

"이거 타고 시내로 갔다가 돌아오자고."

"타도 되는 거 맞아?"

겁을 먹은 듯한 장대의 말투를 듣자 까치의 속에서 무언가 울컥 치솟았다. 그는 분노를 꾹꾹 눌러가며 말했다.

"버려진 거잖아. 버려진 거 타는데 무슨 허락이 필요해."

"너 면허는 있어?"

"아버지 트럭을 몇 번 몬 적 있어. 괜찮아, 어차피 사람 하나 안 다니는데."

그래도 장대는 쉬이 그러자 하지 않았다. 오뚝이에게로 시선을 돌리자 그는 땅을 쳐다보며 비만 피해도 괜찮을 거 같은데……

라고 들릴 듯 말 듯 한 목소리로 웅얼댔다. 까치는 답답해서 무언가를 후려치고 싶었다. 자기 가슴팍이나, 아니면 오뚝이의 머리통이라도. 하지만 나그네의 옷을 벗긴 건 비바람이 아닌 햇볕이다. 까치는 동화 속 교훈을 되새기며 아까 그들이 떠나온 시내의 풍경을 떠올렸다. 지방 소도시지만 있을 건 다 있었다. 국밥집, 분식집, 대폿집과 그 맞은편에 늘어선 꿀벌, 르네상스, 장미 따위의 간판을 단 가게들. 까치는 고이는 침을 삼키며 달래는 투로 말했다.

"그것도 괜찮지만, 몸도 끈적이고 날도 추우니까 잠깐 가 있자. 출출한데 라면이나 한 그릇씩 먹고 방 빌려서 한숨 자고."

라면. 쏟아지는 비와 높은 고도, 산골짜기의 추위에 몸을 떨고 있던 그들은 그 두 음절만으로도 침을 꼴깍 삼켰다. 뜨거운 국물의 유혹은 금세 비싼 차를 몰아보고 싶은 까치의 유혹과 맞닿았다. 결국 장대와 오뚝이는 조금 떨어진 곳에서 오라이, 오라이 손짓하며 까치가 차를 빼는 걸 도왔다. 몇 번의 시도 끝에 그가 수풀 밖으로 차를 뺐다. 장대가 조수석, 오뚝이가 뒷좌석에 올라탄 후 차는 출발했다.

그리고 이십 분 뒤, 순찰을 나갔다 돌아오는 길에 서태영 순경은 도로를 거꾸로 달리는 뉴 그랜저 한 대를 발견한다. 사건이라곤 이따금 산짐승이 내려와 밭을 파헤치는 게 전부인 평온한 동네였다. 그날도 뒷좌석에 한 노인이 준 말린 콩을 싣고 있던 서순경은 역주행 차량의 당당한 태도에 잠시 그대로 멈췄다. 영화 같다. 순간 그런 생각이 들었지만, 정신을 차리고 재빨리 사이렌을 울리며 차량을 쫓았다. 짧은 추격전 끝에 서순경이 세 사람을 체포한 건 오후 여섯시 정각이었다. 그는 운전자에게 면허가 없을뿐더러, 그들이 타고 있던 차량이 도난차량임을 확인한 뒤 셋을 파출소로 이송했다. 그 자신이 엽총 개머리판에 맞아 쓰러지기 두 시간 사십 분 전의 일이었다.

*

"소장님, 전화 안 받는데요."

"그래요? 소유자 번호는 이게 맞는데. 제대로 누른 거 맞아요?"

파출소장 이의 질문에 태영이 눈을 가늘게 뜨고 숫자를 헤아리다가 민망한 듯 말했다.

"잘못 누른 것 같습니다. 다시 걸게요."

한참을 기다렸지만 이번에도 응답이 없었다.

"안 받아요?"

태영이 고개를 끄덕이자마자 이가 배에 힘을 주고 외쳤다. 야! 원래도 기차 화통 삶아먹은 것으로 유명한 그의 호령에 순식간에 모두의 시선이 쏠렸다. 고의는 아니었는지 이의 목소리가 누그러

254

졌다.

"거기 너, 키 큰 애."

"……저요?"

"그래, 임마. 그 차 어디서 났다고?"

"저, 친구 거……"

이는 반응하지 않았다. 단지 쌍꺼풀이 짙고 튀어나올 듯이 큰 두 눈으로 키가 큰 더벅머리를 말없이 쳐다볼 뿐이었다. 장대처럼 길쭉한 청년이 친구들의 눈치를 다시 한번 살피더니 더듬더듬 입을 열었다.

"저기, 그 사, 산에."

"산?"

"그, 산장 앞에 버려진 걸……"

"야, 이 정신 나간 것들아. 그게 버려진 거냐? 주차해둔 거지?"

이가 둘둘 만 종이로 불시에 청년들의 머리를 때렸다. 꽤 큰 소리가 났지만 저항은 없었다. 개기는 것도 꼴 보기 싫었지만 체념한 듯 흐물흐물한 태도는 그것대로 화가 났다. 그러나 분노보다도 먼저 이의 가슴을 채운 건 놀라움이었다. 그가 알던 대학생들은 아주 지독한 놈들이었다. 최루탄 앞에서도 스크럼을 짜고, 토끼몰이를 피해 이층 건물에서 훌떡 뛰어내리고도 부러진 다리로 달렸다. 그랬는데, 젊은이라면 그랬었는데, 눈앞의 젊은이들은 고작 태영에게 잡혀왔다. 여경이라고 무시하는 건 아니지만 태영이 워낙 어려 보이는지라 좀 어이없긴 했다. 그깟 제복을 무서워하는 젊은이라니. 사람들 말마따나 신인류가 탄생한 걸까? 아니면 이 셋이 유독 초식동물처럼 연약한 것일까? 별의별 잡념이 솟구치는데 태영의 목소리가 끼어들었다.

"저, 소장님."

"어?"

"본서에 연락할까요?"

"됐어요. 내가 이따가 할게. 대신 서순경은 그, 차주인지 산장 주인한테 말 좀 전하세요."

"알겠습니다. 그런데 거긴 번호가……"

"없지요. 전화가 없을 겁니다. 아마."

이는 슬쩍 시계를 올려다보았다. 퇴근시간인 여덟시를 이십 분 남기고 있었고, 일요일인 내일은 태영의 휴가일이었다. 요 몇 주 비가 많이 온 탓에 꽤 고생이 많았을 터였다. 애새끼들이야 꿀밤이나 몇 대 쥐어박고 본서에 넘기면 되니 더 할일도 없었다. 이는 거뭇거뭇한 태영의 눈가를 보며 말했다.

"그냥 잠깐 들러서 말만 전하고 나와요. 곧장 퇴근하고."

"알겠습니다." 태영이 밝아진 얼굴로 벌떡 자리에서 일어나더니 경례를 했다. "그럼."

짐을 챙겨든 태영이 출입문으로 향했다. 깡마르고 키만 큰 탓에 허우적대는 듯 보이는 뒷모습이 암만 봐도 미덥잖았다. 영화광 태영. 〈양들의 침묵〉 속 조디 포스터를 동경해 경찰이 되었다지만 어딘지 어설픈 태영을 이는 안쓰럽게 쳐다봤다. 그는 잠시 휴가 잘 보내라는 인사를 할까 하다, 안 하던 짓을 하려니 수줍어져 멍청히 앉은 세 놈의 인적사항을 조서에 채우는 데 집중했다. 집게 손가락으로 느리게, 자음과 모음을 하나씩 두드리는 모습을 애새끼들이 경멸을 숨기지 못한 눈으로 바라봤다. 얼핏 도전적이었지만 그 또한 이가 기대하는 패기와는 거리가 멀었다. 이는 한숨을 삼켰다. 그리고 젖은 몸에서 피어나는 열기와 비린내를 제외하곤 젊다고 하지 못할 그들의 머리통을 내려치고 싶은 마음을 억누르며 키보드를 두들겼다. 그러느라 정신이 팔려 이는 태영과의 마지막 순간을 떠나보내고 말았다.

태영은 작은 시골 마을에서 꽤 유명한 그의 애마에 올라탔다. 중고로 산 소나타2는 특이하게도 자주색으로 도색되어 있었다. 이전 주인이 상당한 멋쟁이였던 때문이었다. 촌에서, 더군다나 여자가 이런 야한 색깔의 차를 타려는 것을 알고 전 차주는 걱정했다. 괜찮겠어요? 눈에 띄어서 번거로울 텐데. 그 말대로 이 동네 주민들은 느리게 달리는 자주색 차만 보면 아주 귀찮게 굴었다. 불이라도 난 듯 손을 흔들어 세운 다음 떡이나 주스나, 하다못해 물 한 잔이라도 내왔다. 버들잎이라도 띄워주시잖구. 농담을 하면 노인들은 이 빠진 입으로 희희 웃었다. 그걸 보는 게 태영은 좋았다.

헤드라이트를 켜고 어두운 밤길을 달리면 짐승 뱃속에 앉아 있는 것 같은 느낌이 들었다. 아니, 결코 소화되지 않는다는 점에서 짐승의 껍질을 뒤집어쓴, 혹은 짐승 그 자체가 된 기분이라고 해도 좋을 것이다. 무섭지만 동시에 아주 강해지는 기분. 갑자기 미래의 불안과 피로까지 끌어안는 기분. 실탄이 든 총을 손에 쥘 때와 마찬가지로, 인이 박여 익숙하다가도 가끔씩 이 쇳덩이와 이것을 다루는 자신마저 소름이 오싹 끼치게 낯설었다.

그러나 지금 태영은 압도적인 고양감만을 느끼며 비가 세차게 내리는 도로를 달리고 있었다. 더벅머리 일당이 말한 산장은 여기 사람들에겐 '사슴집'이라는 애칭으로 불리는 나름 유명한 장소였다. 재계에서 이름난 영감님의 소유로, 세계적인 건축가의 작품이라고 했다. 그 산장이 인가도 없는 첩첩산중에 뜬금없이 들어선 건 그곳이 영감의 고향집과 삼팔선을 사이에 두고 대칭을 이루는 곳이기 때문이라는 둥, 높은 분들의 은밀한 취미생활에 이용되기 때문이라는 둥 말이 많았다. 뭐가 진짜인지는 몰라도, 그 산장의 신비감만은 변함없이 마을 사람들의 마음 한구석에 자리하고 있었다. 그런 곳에 들어갈 생각에 태영은 조금 들떴다. 스칼릿 오하라의 빛나는 초록 드레스보다 그가 살던 타라의 인동덩굴이 흐드러진 대저택을 더 사랑했던 어린 태영에게, 그 집은 말하자면 평일에도 볼 수 있는 주말의 명화였다. 태영은 우연히 영화 촬영지에 구경 가게 된 어린애처럼 흥분했다. 거기엔 세상의 비밀이, 진실이 있었다. 불청객이라도, 엿보는 처지라도 좋았다. 운이 좋다면 자신도 스칼렛이 그랬듯 이층 계단을 천천히 내려갈 수 있을지 몰랐다!

순진한 상상을 연료 삼아 그는 산의 입구에 도착했다. 사유지라고 적힌 철조망 문은 청년들이 말한 것처럼 자물쇠를 걸치기만 한 채 활짝 열려 있었다. 태영은 기어를 낮추고 당당히 가파른 언덕길을 올라갔다. 웃자란 풀이 젖어 미끄러운 땅을 십 분쯤 달리자 멀리서 산장의 뾰족한 지붕이 보였다. 태영은 차를 멈추고 잠시 고민하다가 그대로 시동을 끄고 내렸다. 서태영 개인이 아닌 경찰로서, 공무수행을 위해 찾아온 거지만 어쨌든 미리 연락도 하지 못했다. 예의를 갖출 필요가 있다, 고 태영은 생각했지만 그것은 어린 시절 철조망 문의 벌어진 틈으로 몸을 구기고 들어와 이 근처를 하릴없이 얼쩡댔던 것에 대한 사죄의 의미이기도, 저 산장이 자신의 마음속에 키워준 상상의 세계에 대한 일종의 경의의 표현이기도 했다.

그는 한 손에는 투명 비닐 우산을, 다른 한 손에는 손전등을 쥐고 캄캄한 오르막길을 올랐다. 고작 십 분 정도 올랐을 뿐인데 서두른 탓인지, 들뜬 탓인지 거친 숨이 나왔다. 산장에 가까이 다가갈수록 숨은 더 거칠어졌다. 현관으로 이어지는 계단 앞에 서자 산소 부족으로 가벼운 두통이 일었다. 태영은 손전등을 껐다. 그리고 잠시 허리에 손을 얹고 숨을 골랐다. 산장의 창엔 언제나 그랬던 것처럼 커튼이 쳐져 있었다. 어두운 산장은 얼핏 보면 버려진 것도 같았지만, 그 안에 분명 누군가가 있다는 직감이 태영을 사로잡았다. 태영의 심증을 사실로 입증하듯, 누군가가 불을 켰는지 커튼 사이로 빛이 새어나왔다. 사방이 어두운 가운데 칼날 같은 빛이 태영의 눈을 찔렀다. 어찌나 날카롭던지 현기증이 일어 머릿속이 검어질 정도였다.

그는 가슴에 손을 얹고 계단에 발을 디뎠다. 끝까지 올라 어깨를 활짝 펴고 부푼 가슴으로 초인종을 눌렀다. 안에선 아무런 반응이 없었다. 버튼이 지나치게 가볍게 눌린 것을 보니 고장이 난 듯했다. 발아래로 불안이 뱀처럼 스쳐지나갔다. 간신히 도착한 꿈의 성에서 문전박대를 당하는 것만큼 비참한 일은 없었다. 태영은 다시 한번 자신이 제복의 일원임을 유의하며 문을 두드렸다.

"계십니까. 경찰입니다."

대꾸가 없었다. 태영은 다시 한번 목소리를 높였다.

"파출소에서 나왔습니다. 아무도 안 계십니까?"

그러자 안쪽에서 기척이 느껴지더니 마른 얼굴의 여자가 문을 열었다. 울고 있었던 걸까? 살이라곤 하나도 없어 아마 실제보다 훨씬 나이들어 보이는 듯한 여자가 소금기에 수분을 빨린 버석버석한 얼굴을 쓰다듬으며 입을 뗐다.

"무슨 일로……?"

"아, 늦은 시간에 죄송합니다. 다른 게 아니라, 혹시 자동차 도난당하지 않으셨습니까?"

"예? 차라니……"

"그, 차를 도난한 범인이 잡혔는데, 이 앞에서 훔쳐 탔다고 하던데요. 검은색 그랜저요."

순간 태영은 여자의 동공이 밤의 고양이처럼 커진다고 느꼈다. 겁에 질린 걸까? 그러나 태영의 착각이었는지, 여자는 금방 애교 섞인 목소리로 대답했다.

"아, 맞아요. 내 아들 차예요. 그런 일이 있었는 줄은 몰랐네요. 깜빡 잠이 들어서……"

"그러시군요." 태영은 충동에 사로잡혀 내뱉었다. "가서 확인해보시겠습니까?"

"예, 예. 잠시만…… 옷 좀 갈아입고요."

여자가 문을 닫으려고 했다. 제대로 못 봤는데. 여자의 머리 뒤로 은근슬쩍 집안을 훔쳐보고 있던 태영이 반사적으로 현관 안으로 발을 디뎠다. 고개를 든 여자와 태영의 눈이 마주쳤다. 여자는 그제야 바깥에 비가 오고 바람이 부는 걸 깨달았는지 느리게 말했다.

"잠깐…… 들어오시겠어요?"

"그래도 됩니까?"

"예. 가족들이 있지만……"

여자가 말을 얼버무리며 몸을 틀어 길을 터주었다. 태영은 신을 벗고, 드디어 꿈에 그리던 집안으로 들어갔다. 상상했던 것처럼 천장이 높고 멋진 집이었다. 크리스털 샹들리에가 달린 천장은 바닥과 같은 원목이었고, 지금은 쓰지 않는 듯했지만 벽난로도 있었다. 태영은 여자가 안내하는 대로 거실로 들어갔다. 거실과 통하는 부엌과 방들이 서로 조금씩 틀어져 있어 독립성을 보장해주는 멋진 구조였다. 여자는 소파의 상석에 태영을 앉히고 뒤편의 방으로 들어갔다. 옷을 갈아입으려는 듯했다. 소파에 앉아 있던 여자의 가족들 중 한 명이 차를 내오려는지 부엌으로 갔다. 태영은 자신의 신분을 의식해 수사하는 것처럼 보이지 않게 조심하며 집안을 살폈다. 멋지다. 이런 세트장 같은 곳에 정말로 사람이 살 수 있구나. 그러면서 그는 자연스레 자신을 마주보고 있는 두 여자도 관찰하게 되었다. 집주인의 손녀들인 걸까? 사촌쯤 될 것 같은 둘은 다른 듯 비슷했다. 차이가 있다면 하나는 귀염상인데 다른 하나는 어딘가 사람을 관찰하는 듯한 눈초리가 불쾌하다는 것 정도였다. 성격이 밝아 보이는 쪽의 아가씨와 눈이 마주쳐 웃었더니 기분좋은 화답의 미소가 되돌아왔다. 태영은 용기를 얻어 말을 걸었다.

"가족분들이신 거예요?"

"예. 문 열어주신 분이 큰이모, 부엌에 간 분이 작은이모. 우리는 이종사촌지간이에요."

아가씨는 꽤나 붙임성 있는 성격인지 기다렸다는 듯 방긋방긋 웃으며 대답했다. 별것 아닌 말에도 기분이 좋아진 태영이 대화를 이었다.

"집이 너무 멋지네요. 가족들끼리 쉬러 오신 거예요?"

"예. 여름휴가를……"

"여기가 볼 건 없어도 참 깨끗하고 좋은 동넨데. 북이랑 너무 가까워서 덜 유명한 거 같아요. 바다는 가보셨어요?"

"몇 번 차를 타고요."

"물이 깨끗하죠? 서해 흙탕물이랑은 달라요. 저쪽에 해안절벽도 멋있고. 강릉만큼은 못해도 해송림도 꽤 넓고요." 태영은 부끄러워져 말을 줄였다. "뭐, 저만큼 잘 아시겠지만요."

"정말 멋진 곳이에요."

"그렇죠? 돌아가셔서 친구분들한테 많이 홍보해주고 그러세요."

태영의 말에 아가씨가 고개를 꾸벅꾸벅 숙이며 웃다가 물었다.

"그런데 차를 도둑맞은 건 어떻게 아신 거예요?"

"아 그게, 차를 훔쳐 탄 사람이 면허가 없었어요. 그럼 이 차는 누구 거냐고 물어보니 첨엔 그냥 친구 차래요. 말하는 폼이 딱 봐도 거짓말이라, 솔직하게 말하라니까 이 근처에 버려진 걸 타고 왔다고 이실직고하더라고요."

"그랬구나. 어떻게 여기까지 알고 왔을까."

"그러게요."

그때 부엌에 들어갔던 작은이모라는 여자가 쟁반에 김이 피어오르는 잔을 받쳐들고 나왔다.

"커피가 다 떨어져서…… 버섯을 달인 거예요. 저희는 그냥 물처럼 마시는 건데 맛이 괜찮아요. 이런 날씨에 함부로 맹물 마셨다가 탈이 날 수도 있으니까요."

"아이고, 감사합니다."

태영은 잔을 넙죽 받아 뜨거운 차를 조금씩 홀짝였다. 처음엔 다들 도시 사람답게 어딘지 날카로워 보였는데, 은은한 조명 때문인지, 아무리 피해자라지만 경찰의 방문에 겁을 먹었을 그들에게 애매한 환대를 받아서인지, 태영은 어느새 마음을 연 자신을 발견했다. 별 볼 일 없는 여자 순경이어도 노인네들한테 대접받는 거야 드문 일이 아니었다. 그러나 어디까지나 서용구와 이경호의 막내딸로서였지, 이렇게 공권력의 일부로 대우받는 일은 없었다. 그는 자꾸만 으쓱 치켜올라가는 어깨에서 힘을 빼며 물었다.

"참 좋은 곳인데…… 자주 놀러오세요?"

"아녜요. 그렇게 자주는…… 다들 바쁘니까요."

"어릴 때부터 여기는 어떤 분들이 사시는 곳일까 늘 궁금했어요. 저한테는 영화에나 나올 법한 장소로 보였거든요."

"그래요?"

"예. 어떨 때는 귀족이 사는 성도 됐다가, 어떨 때는 귀신 나오는 집이 되기도 하고 그랬지요. 이 안을 구경해보는 게 꿈이었어요. 와보니 생각보다 더 멋지네요."

"감사합니다."

"꽤 오래된 곳이죠? 삼십 년쯤 전에 지어진 걸로 아는데 맞나요?"

"예에."

"그런데 안은 이렇게 멀쩡하네요. 요 몇 년간은 아무도 쓰지 않아서 집이 다 망가진 줄로만 알았는데요."

"자세히 아시네요."

"예. 우리 아버지가 어느 겨울엔가 이 댁에서 일한 적이 있거든요."

오래된 기억이었다. 입 밖으로 꺼내기 전까지는 태영도 잊고 있던 일이었다. 하지만 한번 터진 기억의 둑은 메워지지 않았다. 메울 마음도 없었고. 그는 조금 상기된 채 혀에서 미끄러져나오는 말을 마구 쏟아냈다.

"아버지는 사냥을 도우러 가셨어요. 아마 설 쇠기 직전이었을 거예요. 떡국에 넣을 꿩을 잡을 거라고, 꿩 사냥을 하러 간다고 하셨거든요. 우리 아버지가 이 근방 산이란 산은 다 주름잡고 있다는 소문에 부른 거 같았어요. 그 집에 우리 언니만한 딸들도 있다고 했는데, 아, 우리 자매가 나이 터울이 좀 지거든요. 그 집 따님들이 아주 고왔다고, 야, 서울 처녀들은 다 그렇게 피부가 희고 고우냐고 우리 아버지가 그랬어요."

작은이모라는 여자가 입꼬리만 끌어당겨 미소를 지으며 태영의 빈 잔에 차를 부었다.

"기억력이 좋으시네요."

"아뇨, 그렇진 않은데 말하다보니 생각나네요."

태영은 마른 목을 다시 축이고 눈을 깜빡였다. 감으나 뜨나, 그날 설산의 풍경이 마치 티브이를 통해 생중계로 본 듯 생생하게 떠올랐다. 아버지도 아버지가 아닌 드라마의 배우처럼 기억되었다.

아버지는 농한기라고 집에만 누워 있을 위인이 아니었다. 별모레 제사라지만서도 음식 준비야 여자들이 할 일이고, 깐 밤도 물에 담가뒀으니, 심심하던 차에 잘됐다고 하며 나갔다. 장총을 어깨에 멘 사내들은 무스탕과 귀를 덮는 모자로 완전무장을 하고 있었다. 그러나 눈 위에 수없는 발자국을 흩뜨렸음에도 잡은 건 겨우 깡마른 장끼 한 마리였다. 아버지의 충고에도 기척을 죽이긴커녕 골짜기가 울리도록 시끄럽게 떠들어댔으니 당연한 일이었지만, 아드레날린을 마구 발산할 준비가 되어 있던 남자들은 시시한 성과를 아버지 탓으로 돌리려고 이를 드러냈다. 그때 어디서 끼엑 하고 귀를 찢는 비명이 들렸다. 급하게 달려가보니 고라니 한 마리가 덫에 걸려 헐떡대고 있었다. 먹지도 못하는 걸. 남자 중 하나가 이 사이로 침을 찍 뱉고는 총을 쏘았다. 그 작은 살생엔 아무 의미도 없었지만, 흰 눈 위에 덩케덩케 떨어진 뜨끈한 선지피가 그들의 마음도 녹인 게 분명했다. 만족감에 몸을 부르르 떨던 누군가가 무슨 생각이 들었는지 야, 이거 절름발이나 갖다주자, 라고 했고, 무슨 은어인지는 몰라도 남자들은 그 말에 자지러지듯 웃었다. 그리고 한층 기분이 좋아져 얻다 쓰지도 못할 놈의 걸 두 사람이 어깨에 앞뒤로 들쳐 메고 개선장군처럼 걸어내려갔다. 산장에 돌아와보니 준비성 바른 여자들이 벌써 농가에서 사온 닭 몇 마리를 솥에 넣고 끓이고 있었다. 비린내가 풍기는 것을 남자들은 모른 척했고, 그렇게 사람들은 꿩 한 마리에서 나온 것치곤 많은 양의 고기가 든 떡국을 게걸스레 먹어치웠다. 아버지는? 꿩 손질을 마친 뒤 나무까지 패주고 떡국은 한 그릇도 못 얻어먹고 내려왔다. 떡국이야 일종의 가욋돈 같은 거고, 주기로 한 돈을 치렀으니 끝. 그게 서울 사람들의 계산법인지도 몰랐다. 그는 거기에 불평하기보단, 그저 한 남자가 뒤늦게 이층에서 내려와 떡국은 먹는 둥 마는 둥 하며 허풍을 떠는 사내들 못잖게 시끄럽게 웃는 광경을 보며 절름발이가 진짜 있었군, 그런 생각을 했다고 한다.

아버지가 딸에게 해준 이야기는 그게 끝이었지만 잠들기 전 어머니한테 늘어놓은 말은 훨씬 더 길었다. 평소에 할 말 못할 말 다하는 척 굴어도 역시 나어린 딸 앞에서 하기엔 민망한 얘기가 있었던 것이다. 아닌 게 아니라 그때는 단지 그 불온한 분위기가 좋아서 자는 척 귀를 기울였지만, 지금은 부모님의 말을 떠올리면 얼굴이 붉어졌다. 옛날에야 일용두 이뺵 삼십이라구 애양동무 끼고 살았어두 그런 일은…… 예전에야 그랬지…… 겨울 산판에 오도 가도 못하고 가마이 있으믄 밤이 그렇게 긴 거라. 천지 분간 없이 낮에는 희고 밤에는 검은 델 혼자 있으믄 얼마나 뼈가 시려. 몸 뎁힐 게 닭이랑 개뿐이면 그거라도 껴안아야지, 수가 있나. 그치만 서울 사람이 왜…… 망가진 거야, 사람이…… 태영은 옛 기억을 차와 함께 꿀떡꿀떡 삼켜 흘려넘겼다. 그러나 한번 머릿속에 떠오른 이미지는 쉬이 지워지지 않았다. 무슨 말이라도 해야 한다. 태영이 입을 열려는데 방에 들어갔던 여자가 타이밍 좋게 거실로 나왔다. 얼굴이 창백한 여자는 아까의 복장에 가벼운 스카프만 하나 어깨에 두르고 있었다.

"죄송해요, 좀 늦었지요."

"아녜요."

태영은 노인과 짐승의 망령에서 벗어난 안도감, 그리고 이 집을 떠나야 한다는 아쉬움에 엉거주춤 일어서면서 손을 저었다. 말 그대로 시간이 좀 지체되긴 했으나 산장의 분위기를 느끼기엔 짧은 시간이었다. 태영은 못내 아쉬워 입을 쩝쩝 다시며 사람들에게 인사를 건넸다. 자신이 있는 게 불편했는지, 그제야 눈매가 날카로운 아가씨도 가볍게 미소를 띠었다.

둘은 셋의 배웅을 받으며 산장을 나섰다. 돌아갈 일을 생각하지 않고 차를 멀리 댄 탓에 한참을 걸어야 했다. 태영이 양해를 구했지만 여자는 가늘고 푸른 핏줄이 비치는 다리가 지저분해지는 것도 개의치 않는지 고개를 끄덕이며 발걸음을 재촉할 뿐이었다. 아쉬움에 자꾸 뒤를 도는 사람은 태영이었다.

"뭐 두고 온 거라도 있으세요?"

여자의 조심스러운 물음에 태영은 고개를 저었다.

"아네요. 그냥 참 멋진 곳이구나 싶어서요."

"아, 예. 저도 어릴 땐 참 좋아했어요."

"꿈같은 장소였어요. 저만 그런 게 아니라 이 근방 애들에겐 모두. 그래서 별의별 소문이 다 돌았지요. 유령이 나온다든지, 지하에 방공호가 있다든지. 아마 반공 교육 때문에 그런 상상을 했던 거 같아요. 이 동네 애들은 아직도 삐라를 줍고 다니거든요. 또 죽은 동물을 묻으면 살아 온다든지. 이건 영화에서 본 건데, 애들 생각에도 영 허무맹랑했는지 금방 사라졌고, 참, 침략기지라는 설도 꽤 오래갔어요. 저기 기둥 아래 빈 공간은 유사시에 탱크를 주차하기 위한 거고, 뒤쪽은 비밀기지인데 그 땅 밑엔 태권브이가 있다고, 그런 얘기를 했지요……"

그렇게 말하며 산장을 돌아보던 태영의 눈에 일층 측면의 검은 창에 불이 켜지는 게 보였다. 위치로 보아선 거실 바로 옆에 딸린 방인 듯했는데, 그 안에서 누군가가 손을 흔들어 보이고 있었다. 장대비가 쏟아지는데다 캄캄해서 잘 보이지는 않았지만 아마 태영과 여자를 부르는 듯했다.

"저," 태영이 배에 힘을 주고 외쳤다. "누가 부르시는 거 같은데요?"

"네?"

"누가 부르시는 거 같다고요. 저기 창가에……"

그 말에 여자의 표정이 유령이라도 본 듯 순식간에 얼어붙었다. 아…… 여자가 가는 신음을 내더니 입꼬리를 끌어올려 웃었다.

"잠시만요. 잠시만 다시 다녀와도 될까요?"

"예?"

"두고 온 게 있어서요. 잠시만 같이…… 가주실 수 있어요?"

"아 예, 뭐 급한 일은 아니니까요."

태영은 여자를 따라 언덕을 올라갔다. 이번엔 안으로 들어가지 않고 현관문 앞 계단에 서서 기다리고 있는데 작은 소란이 생겼는지 말소리가 울렸다. 싸우는 걸까? 무슨 일인지 알 수는 없었지만 언성이 높아지는 듯싶었다. 호기심이 일어 귀를 기울이다가 태영은 예의를 지키기로 했다. 어차피 빗소리 때문에 잘 들리지도 않았다. 비, 진짜 많이 온다. 태영은 비닐 우산 위로 하늘을 올려다보았다. 비는 우산이 찢어질 듯이 내리꽂히고 있었다. 마치 총탄처럼, 먼 옛날 서부극의 메마른 땅 위로 물 대신 피를 흩뿌리던 소음처럼 그랬다.

약간은 지루한 기다림 속에서 현관문 틈으로 고개를 내민 건 여자가 아닌 그의 말수 적은 조카였다.

"저, 순경님. 잠시만……"

마지막 말이 쏟아지는 빗소리에 묻혔다.

"예?"

"잠시만요. 들어오세요."

태영은 조금 어리둥절했지만 그 집에 한번 더 들어갈 수 있다는 생각에 기쁜 마음으로 문턱을 넘었다. 들어가니 여자는 없고, 세 사람이 현관 앞에 서 있었다. 에어컨이라도 튼 걸까? 갑자기 집 안이 무척 춥다고 느껴졌다. 이가 부닥쳤고 몸이 자꾸 움츠러들었다. 그때 작은이모라는 여자가 고개를 숙이더니 손등으로 뺨을 문질렀다. 어머, 우시는 건가? 무슨 일이지?

괜찮냐고 물으려는 순간 말수 적은 조카가 먼저 입을 열었다.

"순경님, 보셨어요?"

"예?"

"솔직하게 말해주세요. 보셨죠?"

분위기가 이상했다. 태영은 고개를 저었다. 보긴 뭘 봤다는 거야? 어리둥절한 표정을 지으면서도 태영은 본능적으로 허리춤에 손을 갖다댔다. 그때 뒤에서 새가 날갯짓하는 것처럼 바람이 불었고

정신이 몽롱해지는 와중에도 태영은 눈을 크게 떴다. 일그러진 시야 끝에 걸린 건 자신의 피가 묻은 개머리판이었다. 개머리판이라니, 씨발, 가정집에 이런 게 왜 있어. 가정집? 아 맞아. 그냥 집이 아니었지, 여기는. 사람들이 흰 눈을 밟고 사냥을 나가는 전초기지였지. 죽은 짐승의 피가 떨어지는 사지였지. 뒤통수가 점점

축축해지며 세상이 빙글빙글 돌았다. 그러다 따뜻한 욕조에 천천히 잠기는 기분이 들었다. 점점 의식이 멀어졌다. 태영은 흐릿한 시야 속에서 누군가의 발이 자신의 삐삐를 으스러뜨리는 걸 보며 생각했다. 아. 휴대폰 살걸. 스타택. 갖고 싶었는데.

일요일

걸려온 전화는 일단 받고 봐야 한다. 받지 못하면 언제나 아쉬운 건 이쪽이다. 어딜 가나 그렇겠지만 많은 일이 인맥이라든지 구두약속 같은 애매한 것을 통해 성사되는 이쪽 업계에서는 더 그랬다. 일 잘하는 사람이 곧 연락을 잘하는 사람이다. 더 잘하는 사람은 술 잘 먹는 사람. 박은 기라면 기고 잘하라면 더 잘해야 하는 사람.

그러나 박이 모르는 번호로 걸려온 전화에 회신한 건 그로부터 이틀이 지난 월요일이었다. 이틀 동안 그는 요 한두 달간 그랬듯 낮에는 기원에 숨어들고 밤이 되면 기어나왔다. 당구장이나 나이트에 갈 수도 있었지만 아는 얼굴은 박을 심란하게 했다. 찻집의 음악은 느끼했고 음울한 극장의 어둠 속에서 서로를 더듬는 것은 피곤했다. 그에게 필요한 건 침묵과 몰입이었다. 그러기에 가장 적당한 장소는 기원이었다.

구도심의 낡은 건물과 건물 사이에 긴 빨랫줄이 걸려 있었다. 누군가 걷는 걸 잊은 낡은 운동화 한 짝이 빗방울 섞인 바람을 따라 흔들렸다. 박은 곰팡내 나는 건물 안으로 들어갔다. 사층으로 올라가 기원의 문을 열자 시멘트 깊숙이 밴 담배 냄새가 풍겼다. 그는 눈이 마주친 원장에게 고개를 까딱하고 오천원짜리 지폐를 건넸다. 둘의 짧은 승부는 싱겁게 끝났다. 기반보다 창밖을 더 자주 바라보는 박에게 원장은 아무 말도 하지 않았다. 박은 담배를 물고 원장에게도 한 대 건넸다. 원장은 연기를 뿜다가 옆 테이블에서 승부중인 두 사람 곁으로 가버렸다. 박은 기보를 뒤적이다가, 열린 창 너머로 맞은편 건물 안을 오가는 사람들을 보다가, 신문을 펼쳤다. 일요일 정오 뉴스가 시작되자 원장이 티브이 볼륨을 높였다. 집중해서 보았지만 오늘도 아무 소식이 없었다. 당연했다. 그가 말하지 않는 이상 아무도 요셉의 일을 알지 못한다. 그렇게 생각하면서도

그는 기다리고 있었다.

총탄이 쏟아지고 난 정적 속에서, 수풀 뒤에 죽은 새가 있길 바라는지 단지 지친 새를 발견하길 바라는지 스스로도 알지 못한 채 기다렸다.

필요할 때야 떠벌거릴 줄 알았지만 사실 박은 말하는 일에 상당

히 피로감을 느끼는 성격이었다. 이곳에서는 잘 보일 사람도 없으니 입을 여는 경우가 더욱 드물었다. 그런 그가 대화를 나누는 사람이 단 한 명 있었다. 기원의 모두가 무시하는 중년 남자였다. 매일 오후 한시면 기원에 들어오는 그 남자는 마른 행주처럼 처량했다. 그 시간에 오는 사람들이야 사정이 비슷했지만, 그는 유독 패배자의 기운을 숨기지 않아 바둑돌 뒤에 숨어 자기 삶을 잊고 싶어하는 남자들을 곤욕스럽게 했다. 말하자면 그는 걸어다니는 거울로서 이 기원에 존재했다. 그런 그가 주머니에 손을 넣어 다린 것처럼 빳빳한 새 지폐로 가득찬 지갑을 꺼낼 때 남자들은 스스로와 가위바위보를 해서 진 사람처럼 당황했다. 그 안에서 젊은 아내의 사진이 드러나자 더 그랬다.

존경의 눈빛을 보내기에도 늦은 터라 그들은 남자를 무시하기로 결심했다. 그건 아주 쉬웠다. 남자에겐 아주 추잡스러운 버릇이 있었기 때문이다. 계속해서 음식물을 씹다 뱉는 버릇이었다. 박이 처음으로 입을 연 것도 왜 그러냐고 묻기 위해서였다. 그러자 불안해서 그런다는 답이 돌아왔다. 아버지도 큰아버지도 작은아버지도, 그의 집안 남자들은 모두 쉰 살이 되기 전에 죽었다. 그는 쉰을 두 해 남기고 있었고, 자기의 사인은 위암이 될 것이라고 예견하고 있었다. 의사가 멀쩡하다고 해도 믿지 않았다.

먹는 것을 조절해야 한다는 강박이 그 기이한 습관을 만들었다. 남자는 목구멍으로 무언가 넘어가는 걸 견디지 못했다. 동시에 무언가를 입에 넣지 않으면 불안함을 느꼈다. 지나치게 깨문 탓에 그의 손톱은 나환자처럼 너덜너덜했고 곪은 손끝에선 늘 썩은 냄새가 약하게 났다. 한편 그는 우아한 서울 토박이 말씨를 구사하는 신사이기도 했다. 바둑을 둘 때면 그는 자연스레 문자를 인용했고, 그럴 땐 그의 어딘지 구깃구깃한 인상도 고뇌하는 지식인처럼 느껴졌다. 가난한 어머니 역을 맡은 반질반질한 얼굴의 배우나 자기가 평창동 사모님이라는 환상에 빠진 달동네의 시청자처럼, 상반되는 영혼과 육체가 그라는 존재 안에서 충돌하고 있었다.

한시가 되자 문이 열리고 남자가 들어왔다. 그의 몸에선 언제나 그랬듯 마른침 냄새와 근처 헌책방의 낡은 책 냄새가 났다. 남자는 말없이 박의 맞은편에 앉았다. 그는 느린 속도로 침착하게 수를 두는 편이었는데 그날따라 공격적이었다. 박은 그 모든 걸 다 받아줬다. 그리고 천천히 흐름을 늦췄다. 세 판째에 남자의 마음이 가라앉는 게 눈에 보였고 다섯 판을 두자 저녁이 되었다. 남자의 발밑은 침 범벅이 된 채 으깨진 해바라기 씨와 벗겨진 껍질로 지저분했다. 가시지요. 남자는 그렇게 말했다. 박은 자리에서 일어나 원장에게 눈인사를 하고 그의 뒤를 따랐다.

둘이 향한 곳은 남자의 단골집인 고급 중식당이었다. 홀 없이 전부 방으로 되어 있어 추잡스러운 대화를 나누기에도, 국운을 건 대화를 나누기에도 어울리는 곳이었다. 박이 남자와 처음 이곳에 온 날, 남자는 누가 안내를 하기도 전에 스스로 빈방을 찾아 들어갔다. 별다른 주문을 하지 않았는데도 엉덩이를 붙이기가 무섭게 종업원들이 음식을 날랐고 마지막엔 빈 양동이 하나를 남자 앞에 두었다. 그가 부잣집 아이처럼 목에 냅킨을 끼우며 말했다.

"중국인들이 왜 기름진 음식을 먹고도 건강한지 아십니까? 모두 뜨거운 차를 마시기 때문입니다."

그렇게 남자는 식사를 시작했고, 씹은 음식을 양동이에 뱉었다. 목으로 넘어가는 건 차와 이 사이에 낀 음식물 찌꺼기가 전부였다. 역겹다면 역겨운 장면이었지만 박은 그보다 흥미가 더 컸다. 밥값 역시 남자의 두툼한 지갑에서 나왔으니 식사를 거절할 이유도 없었다.

그렇게 한 달이 다 되어가는 동안 그들은 매일 중국 음식을 함께 먹었다. 소주를 마신 다음엔 맥주를 마셨고 그다음엔 배갈을 마셨고 맥주와 배갈을 섞어 마셨다. 남자는 차만 마시고 술은 입에 머금었다 뱉었다. 술이 꽤 약한지 그것만으로도 금방 얼굴이 시뻘게졌다. 그렇다고 흐트러지거나 말이 많아지진 않았고 딱 한 번 박의 가슴에 얼굴을 비빈 게 전부였다. 그후론 두 번 다시 어린 짐승처럼 교태를 부리는 일은 없었다. 점잖은 침묵 속에서 먹고 마시고 뱉고 헤어지는 게 전부였다.

비 갠 일요일 저녁의 구도심 번화가는 한산했다. 가정이 있는 사람은 집으로 돌아가고, 젊은이들은 강남 같은 신도심으로 몰릴 시간이었다. 어쩌면 그마저 상상일 뿐일지도 모른다. 박은 진짜 평범한 사람들이 어떻게 사는지 잊었다. 종업원들이 라디오를 틀어뒀는지 주방 쪽에서 매염방의 노랫소리가 들렸다. 그날따라 사람이 적어 유독 썰렁했다. 두 사람은 먹고 마시고 뱉었다. 그건 평소와 같았지만 진수성찬을 다 먹어갈 무렵 남자가 새콤한 소스에 버무린 탕수육을 우물대다 갑자기 엎드렸다.

"무슨 일이십니까?"

박이 묻자 남자가 말했다.

"나는 오늘 죽습니다."

"예?"

"나는 오늘 저녁 죽습니다. 그런 예감이…… 아니, 미래가 보입니다."

듣고 보니 식탁에 앉기 전부터 남자의 입술이 이상하게 거무튀튀했던 게 생각났다. 짜장면을 먹다 묻은 자국인 줄 알았는데 어쩌면 그게 아닐 수도 있었다. 남자의 등이 가늘게 떨리더니 흐느끼는 소리가 났다. 박이 말했다.

"아저씨, 힘내세요. 병에 진다는 건 괜찮은 마무리입니다."

울음이 뒤섞인 목소리가 들렸다.

"당신은 알지 못합니다. 당신은 젊고 건강한 육체를 가졌습니다. 원한다면 먹고 싶은 건 전부 먹고 질릴 때까지 사랑을 나눌 수도 있을 겁니다. 하지만 내겐 모든 일이 끝입니다. 오늘이, 오늘밤이 마지막입니다."

278

사랑을 나눈다니…… 자주 몽상에 빠지는 소녀 같은 표현이었다. 닭살이 돋았지만 박은 이렇게 말했다.

"그렇지 않습니다. 나는 최악의 죽음을 맞을 겁니다. 사람을 죽였기 때문입니다."

그 말에 남자가 부스스한 머리를 들었다. 박은 불퉁하다고 해도 좋을 감정 없는 말투로 덧붙였다.

"정말입니다. 나는 사람을 한 명 죽였습니다. 어저께 시체를 찾았다는 전화가 온 모양인데 겁이 나서 받지 않았습니다. 지금도 이 거리엔 나를 찾는 형사들이 돌아다니는지 모르겠습니다. 어쩌면 잠시 뒤, 아니 금방이라도 형사들이 이 방 문을 열고 들어와 내 손목에 차가운 수갑을 채울지 모릅니다. 아니, 실은 아까부터 손목이 차서 견딜 수 없습니다. 술이 피를 타고 흐르다가 멈춰 역류하는 느낌이 듭니다. 보세요. 색이 변하고 있지 않습니까? 보라색입니다, 내 손은."

남자가 말없이 박의 얼굴을 봤다. 박은 덧붙였다.

"나는 약한 것이 싫습니다. 따라서 여자와 노동자와 피부가 검은 사람이 싫습니다. 월요일 아침 병원에 줄을 서서 앓는 소리를 내는 사람들이 싫습니다. 도시 바깥에 사는 사람이 싫고 노인은 나의 미래를, 어린애는 나의 과거를 보여주기에 싫습니다. 그러나 부잣집의 아름다운 어린애는 다릅니다. 나와는 정반대의 미래가 펼쳐질 어린애를 나는 싫어하지 않습니다. 다만 증오할 뿐입니다.

그런 증오가…… 그애를 볼 때면 치솟았습니다. 그래서 구린내가 풀풀 나는 짓을 저질렀습니다. 내 손에 피를 묻히긴 싫어서 가장 비겁한 방식을 선택했습니다."

박은 떠드는 걸 멈출 수 없었다. 그의 입에서 웃음이 실실 나왔다.

"존재만으로 열등감을 불러일으키는 사람을 아십니까? 한 공간에 있다는 것만으로 나 자신을 미워하게 되는 그런 사람을 아십니까? 그 소년이 그랬습니다. 그애는 나를 친형처럼 따랐지만 나는 그애를 속였습니다. 나는 그애에게 자살 소동극을 벌이자고 했습니다. 수면제와 번개탄을 주며 이걸로 죽기까지 다섯 시간은 걸린다고, 저수지에 차를 몰고 가서 약을 먹고 잠들어 있으면 내가 시간 맞춰 깨워주겠다고 했습니다. 차 안에선 더 빨리 죽는다는 걸 알면서요. 그애는 죽을 때까지 자기가 죽는다는 걸 알지 못했을 겁니다. 게다가 일부러 늦게 간 보람도 없이 차는 물에 떠내려갔는지 없더군요. 황토물에 떠내려오는 쓰레기들만 보다가 돌아왔습니다."

남자는 여전히 시뻘겋지만 술이 깬 듯한 얼굴로 허리를 세웠다. 남자의 숨이 거칠어지는가 싶더니 테이블 위에 있던 그의 손이 덥석 박의 앞섶을 쥐었다. 박은 환희로 번들거리는 남자의 얼굴을 내려다보다가 고개를 저었다.

"무리입니다."

"……"

"아니요. 물리적으로 불가능합니다. 그애를 만난 이후 줄곧 불구입니다. 아마 그애의 시체를 보기 전까진 계속해서 그럴 겁니다."

"……"

"드시죠."

박이 두어 점 남은 탕수육을 앞접시에 쌓아줬지만 남자는 입을 대지 않았다. 대신 자리에서 일어나 구겨진 양복을 털털 털며 먼저 일어나겠다고 웅얼거렸다. 방을 나간 남자가 계산하는 소리가 들렸다. 박은 자리를 지킨 채 배갈을 목안으로 흘려넣었다. 숨을 후 불면 그대로 불이 뿜어져나올 것 같았다. 그는 휘발유가 가득 채워진 것 같은 가슴에 더, 더 술을 부어넣었다. 예감은 점점 강렬해졌고 웃음이 났다. 기분이 좋은 것도, 나쁜 것도 아니었다. 그는 작게 속삭였다. 요셉은 죽었다. 아무에게도 들리지 않을 크기였다. 배에 힘을 주고 조금 더 크게 외쳤다. 요셉은 죽었다. 요셉은 죽었다!

기분이 좋은 것도 나쁜 것도 아니었다.

모르는 번호로 전화가 오기 직전 박은 사장과 통화를 했다. 잘 되어가냐는 물음에 그는 목소리를 낮추고 난항을 겪고 있다고 했다. 뭐가 그리 문제냐는 말을 박은 평소처럼 받아넘겼다. 원래 일할 때 예민해지는 거 아시잖습니까. 사장은 혀를 찼지만 더 대꾸하지 않았다. 지난 한 달여간 기획사의 기반을 세운 남자 가수가 마약으로 구속되고, 공들여 키운 여자 배우는 유부남과의 불륜으로 언론의 뭇매를 맞았다. 잠잠해질 만하자 이번엔 그 배우가 밀애 현장에서 찍은 사진이 유출되는 바람에 요즘 사장은 정신이 없었다. 사장에겐 요셉이 마지막 희망이었다. 그렇다면 박에게는? 박에게 요셉은 어떤 존재인 걸까?

밖으로 나오자 술이 깼다. 그는 휴대폰을 들고 가까운 공중전화 부스로 들어갔다. 누군가 콜라라도 쏟았는지 끈적한 단내가 났다. 그는 어제 그 전화의 발신자가 남긴 번호를 찾아 전화번호부를 뒤졌다. 지역은 강원도. 전화가 걸려온 곳은 응랑에 위치한 파출소였다. 응랑이라니. 낯선 지명이라 박은 고개를 갸웃했다. 매니저 생활을 하면서 안 가본 데가 없었지만 그곳은 예외였다. 새로 생긴 행정구역인 걸까? 때마침 근처 노점에서 파는 지도책이 눈에 띄었다. 그는 담배 한 갑을 사고 노점 앞에 선 채로 지도책을 펼쳤다. 응랑. 응랑. 지도에서 위치를 확인하고 박은 곧장 납득했다. 거긴 작전을 벌이기로 약속한 곳에서 새끼손톱만큼 떨어진 거리에 있었다. 북한과 가까운 바닷가 마을. 특산품은 오징어, 염교. 오징어야 동해 어디든 유명했지만, 한국에서 염교를 재배한다는 이야기는 낯설었다. 설명을 읽어보니 과거 일본 돗토리현과 왕래가 잦았고, 그래서 일본 요리도 전파되었다고 했다. 지금도 가끔 난파선이 떠밀려온다는 말에 그는 고개를 끄덕였다. 그러고 보니 뉴스에서 몇 번 지명을 들은 적이 있었다. 근처의 최전방에서 근무했던 친구의 얼굴도 떠올랐다.

박은 기억의 실마리를 손에 쥔 채 눈을 감고 옹랑이라는 거대한 미로로 발을 디뎠다. 가장 안쪽엔 아무도 얼굴을 보지 못한 괴물이 살고 있다는 그 안으로. 한 걸음 디딜 때마다 바다가 가까워졌다. 거친 파도. 모래사장. 원을 그리는 새들. 박은 미로의 중심에 도달했다. 그곳에 젖은 등을 드러내고 엎드린 괴물이 있었다. 박은 손을 뻗어 축축한 그것을 뒤집었다. 그러자 요셉의 얼굴이 나타났다.

박은 지도책을 덮고 마침 다가오던 택시에 올라탔다. 청량리역에 도착한 것이 22시 50분. 마지막 기차가 출발하기 십 분 전이었다. 재빨리 표를 끊고 달려 열차에 올라탄 그를 창백한 형광등 빛이 찔렀다. 박은 가벼운 현기증을 느끼며 눈을 반쯤 감고 통로를 걸었다. 휘청대며 도착한 그의 자리는 조금 뜨악한 얼굴로 그를 올려다보는 일가족 세 명 사이에 있었다. 의자를 마주보게 돌려둔 좌석에서 엄마와 아들은 창가에, 딸은 엄마의 옆에 앉아 있었다. 박은 다른 좌석에 앉을까 망설이다가 아들과 나란히, 그리고 딸과 마주앉았다. 그들 눈에 박은 어떻게 보일까? 그는 자신을 돌아보았다. 정장은 멀쑥했으나 술냄새가 났고 요 이틀간 잠을 설쳐 흰자위엔 익힌 동태 알처럼 실핏줄이 곤두서 있었다. 박은 출발도 전에 벌써 삶은 달걀을 도로록 굴려 껍데기를 벗기고 우물대는 소녀에게 웃음 띤 얼굴로 물었다.

"네가 누나니?"

"동생이에요."

익숙한 듯 시큰둥한 반응이 돌아와 민망했다. 차라리 계속해서 무관심하게 구는 게 나을 뻔했다고 생각하며 그는 눈을 돌렸다. 읽을거리가 없나 싶어 선반을 살폈지만 버려진 신문 쪼가리 한 장 없었다.

열차가 출발했다. 물도 없이 꾸역꾸역 배를 채운 소년 소녀는 오 분도 지나지 않아 잠이 들었다. 여자는 턱을 괸 채 피곤한 얼굴로 검은 창밖을 보고 있었다. 가족 같다. 그는 눈을 감고 천장에 매달린 하나의 시선이 되어 마주앉은 넷을 내려다보며 생각했다. 어느 지구. 20세기가 끝나가는 여름에 박승태는 이렇게 아내와 두 아이와 모여 앉아 새벽 기차를 탈 것이다. 목적지는 바닷가의 고향집. 늙고 가난한 어머니는 밤을 새워 내려온 아이들을 위해 갓 지은 쌀밥과 함께 바위에서 덕덕 긁어낸 해초와 바다 생선을 넣고 끓인 국을 내줄 테다. 배부르게 먹고 한숨 자고 일어난 그는 놀러 나간 아이들을 찾아 어린 시절 그가 놀던 해변으로 내려간다. 그리고 맨발의 아내와 아이들을 조금 떨어진 곳에 서서 지켜본다. 고운 모래는 아름답고 그 위엔 어느 밤 두 청년이 짐승처럼 뒹군 역사가 없을 것이다.

그러나 지금의 박승태는 죽은 사람을 찾으러 내려가는 길이었고, 그건 그가 다른 지구로 가지 않는 한 바꿀 수 없는 사실이었다.

눈을 떠보니 맞은편의 여자는 졸고 있었다. 여자의 버릇없는 아들이 잠결에 박의 무릎 위에 가는 다리 한쪽을 얹어두고 있었다. 파란 반바지 아래로 드러난 허벅지엔 뼈처럼 날카로운 모양의 대퇴직근이 도드라져 있었다. 박은 엉거주춤 일어나 소년의 발목을 두 손가락 끝으로 들어 의자 위로 내팽개쳤다. 아이는 비몽사몽간에도 옳다구나 하는 얼굴로 아직 박의 체온이 남아 있는 빈 의자에 두 다리를 쭉 뻗었다. 박은 어이가 없어 혀를 찼다. 애새끼만의 특권이다. 버릇없고 몸이 작은 것은.

화장실에 갔다가 식당 칸으로 들어갔다. 창가엔 박과 같은 잠의 세계의 추방자 몇이 조금씩 거리를 두고 서서 캔맥주를 마시고 있었다. 박도 그 옆에 가 동참했다. 냉기가 스미는 창가에 바투 붙어 그들이 보고 있는 걸 보려고 했지만 박의 눈에 비친 건 유리에 비친 자신의 얼굴뿐이었다. 박은 어둠의 한 점을 노려보며 맥주를 홀짝였다. 그러면서 매일 조금씩 줄어들게 된 사내의 이야기를 떠올렸다.

사내는 매일 아침 침대에서 내려와 설 때마다 조금씩 천장이 높아지는 걸 기분 탓이라 여겼다. 옷이 흘러내리고 신발이 헐떡이고서야 그는 자신이 줄어들고 있다는 걸 받아들이게 되었다. 사내에겐 연인이 있었다. 그는 연인이 떠날까 두려워했지만 연인은 괜찮다고 했다. 크기가 줄어든다고 마음이 줄어드는 건 아니라고 했다. 그러나 사내는 점점 더 작아졌고, 계속 작아져서 엄지손가락만큼 줄어든 어느 밤, 잠든 여자의 다리 사이로 기어들어가 영영 나오지 않았다. 열 달 뒤 여자는 사내아이를 낳는다.

이야기 속에서 여자가 어떤 기분이었는지는 나오지 않았다. 하지만 박은 여자가 아주 기뻐했을 것이라고 생각했다. 여자는 작아진 남자를 인형처럼 갖고 놀았을 것이다. 손가락만한 옷을 만들어 입히고, 티슈를 덮어주고, 밥풀로 주먹밥을 만들어주고, 끝내 남자가 자신의 가랑이 사이로 기어들어가는 걸 알면서 잠든 체했을 것이다. 그리고 태어난 아이를 기르며 누구보다 행복한 일생을 보냈을 것이다.

그렇게 태어나면 좋았을 거라고, 박은 늘 생각했다. 아버지를 품고 나온 아이를 어머니는 얼마나 사랑했을까? 연인이자 아들인 아이를? 그러나 박의 모친은 정이 없는 사람이었다. 그에게 박은 개만도 못한 존재였고 박은 늘 사랑에 조갈이 났다. 마른 목에 물을 쏟아붓기 위해 평생을 헤맸지만 이젠 사장조차 박이 애초 연예인이 되기 위해 회사에 들어왔다는 걸 잊은 듯했다.

그래서 요셉이 싫은 거라고, 박은 생각했다. 그와 자신의 출발은 같았다. 그러나 요셉은 끊임없는 손길을 받아 작고 아름다운 분재가 되었고 자신은 손쓸 수 없이 마구 뒤틀린 고목이 되었다. 박은 아무도 가지고 놀지 않는 인형이었다. 요셉은 뺨이 무수한 키스로 닳아 망가진 인형. 그래서 아름다워. 그래서 죽이고 싶었다고, 실은 낯선 번호가 찍힌 부재중전화가 남기 전부터 줄곧 요셉이 죽었다는 연락만 기다리고 있었다고, 박은 그제야 인정했다.

기관차를 교체하는 사이 열차가 정차했다. 박은 사람들을 따라 뛰어내리듯 열차에서 내려 뜨끈한 국수를 사 먹었다. 김을 듬뿍 뿌려 혀가 쌉쌀할 정도로 간간하게 느껴지는 국수를 국물까지 다 마시는 데 삼 분도 안 걸렸다. 금방 기분 나쁜 포만감이 밀려왔지만 그보다 담배 한 대를 못 피우는 데 더 곤욕을 느끼며 박은 자리로 돌아와 눈을 감았다. 어린애 다리가 미끄러졌다가 슬그머니 올라오는 걸 밀치고, 다시 밀치기를 반복하다가 깜빡 잠이 든 그는 스피커를 통과한 기관사의 목소리에 놀라 눈을 뜨고서야 자신이 추락하듯 깊고 짧은 잠에 빠져 있었다는 사실을 깨달았다. 하늘은 희뿌옇게 밝아 있었고 생각보다 가까운 곳에 바다가 보였다. 가볍게 들뜬 맘에 주위를 둘러봤지만 함께 앉아 있던 가족은 중간에 내렸는지 사라지고 없었다. 그는 빈자리에 덜렁 떨어져 있는 자기 손바닥을 바지에 머쓱하게 문지른 뒤 열차에서 내렸다.

짠바람이 불었다. 가벼운 현기증이 일어 두 다리에 힘을 주고 서서 박은 생각했다. 바다다. 응랑에 대한 박의 첫인상은 그게 전부였다. 플랫폼 곳곳엔 그곳을 관광특구로 소개하는 홍보물이 붙어 있었지만 주민들의 소원에 불과한 듯했다. 오징어가 촉완을 엄지손가락처럼 세운 패널 뒤로 보이는 하늘은 전시처럼 암울했다.

박은 귀대하는 군인들 틈에 뒤섞여 역사 밖으로 나갔다. 자다 깬 지 얼마 안 된 탓에 광장에 서자 눈이 시었다. 그가 멍청히 서서 눈만 껌뻑이는 동안 그를 지나쳐 간 군인 대부분은 아침 손님을 받기 시작한 해장국집으로 빨려들듯 사라졌다. 박은 뱃속에서 불어터진 국수가 뱀처럼 뒤틀리고 있었기에 뭘 먹고 싶은 마음이 없었다. 박은 토기를 꾹 참고 광장 한가운데에 서 있는 낡은 시계탑을 봤다. 여섯시 반. 이른 시간이었다. 파출소야 이십사 시간 문을 열지만 아직 시체를 볼 자신은 없었다. 그렇다고 갈 곳이 있지도 않았고 방향 없는 산책을 하기도 싫었다. 그는 불이 꺼진 다방 간판을 올려다보다가 올라오는 신물을 삼키며 하는 수 없이 택시를 잡으러 발을 뗐다. 그런 그의 앞에 누군가가 섰다.

박은 한동안 넋이 나가 그대로 서 있었다. 두꺼운 분장에 익숙한 그였지만 낯선 장소에서 연극배우같이 차려입은 인물을 만나니 시공간이 뒤틀린 느낌이었다. 그러나 웨딩드레스를 입고 있는 중년의 여성은 박이 놀라든 말든 길게 붙인 속눈썹을 깜빡이며 말했다.

"오빠 찾으러 왔구나?"

"……"

"근데 안 된다야. 너는 못한다."

순간 울컥했지만 여자를 쫓아낸 건 박이 아니라 이 날씨에도 선캡을 쓰고 있는 초로의 여자였다. 이년! 저리 가, 쉭쉭! 이 사이로

288

바람소리를 내며 손을 내젓는 모양새가 인간이 아닌 날짐승을 쫓아내는 듯했다. 아직은 사람을 무서워할 줄 아는 갈매기가 푸드덕 날아올랐다. 선캡을 쓴 여자가 발을 쿵쿵 구르더니 아양 떠는 표정으로 박을 올려다보면서 팔짱을 꼈다.

"오빠, 아침부터 재수 옴붙을 뻔했다야."

박은 뿌리칠까 하다가 웃었다.

"고마워요, 이모."

"고마우면 우리집으로 와. 싸게 해줄게."

여자가 박의 옆구리를 애교 있게 찔렀다. 그러고 보니 비슷한 차림새의 늙은 여자 몇이 광장을 맴도는 게 보였다. 귀대 직전의 군인이나 뭍으로 돌아온 어부들을 노리는 듯했다. 박은 무시하려다 호기심에 물었다.

"이모 부지런하시네. 아가씨들이 벌써 나왔어요?"

"이 짓에 낮밤이 어딨다. 우리 애들이 젤 괜찮아야. 대학생도 있고. 오빠가 원하면 싸게 해줄게."

"얼만데요?"

여자가 손가락을 폈다. 박은 코웃음을 칠 뻔한 걸 참았다. 몸을 사고파는 것보다 이렇게 헐값인 게 더 불법 아닌가? 그는 질병을 부르는 가격을 말하는 늙은 여자의 손가락을 부드럽게 감싸쥐며 무심코 물었다.

"이모, 아가씨 말고 총각은 없어요?"

성소년 289

엉? 여자가 되물었지만 구겨진 인상으로 봐선 그의 말을 알아들은 눈치였다. 박은 눈웃음을 치며 말했다.

"농담이에요. 저 일 있어서 온 거라, 다음에 갈게요, 이모."

그는 부드럽게 여자의 팔짱을 풀었다. 공중전화 부스로 걸어가서 열 자리 숫자를 눌렀다. 얼마 지나지 않아 졸린 목소리의 남자가 응답했다.

"예, 서면파출소입니다."

"전화가 왔습니다."

"예?"

"며칠 전에 전화가 왔는데 받질 못했어요. 토요일 저녁에요."

아. 박의 휴대폰 번호를 확인한 남자의 목소리가 조금 멀어졌다. 수화기 밖에서 짧은 말소리가 오간 후 종이 부스럭대는 소리가 들렸다. 통화로 되돌아온 남자가 피로 때문인지 가라앉은 목소리로 말했다.

"아 예, 저, 그, 차가 발견되어가지고 연락을 드렸네요. 뉴 그랜저인데, 가만있어보자 번호가……"

"맞습니다."

"예?"

"뉴 그랜저 맞아요. 제 찹니다."

아. 경찰이 길게 말꼬리를 늘이더니 답답할 정도로 느긋한 속도로 말했다.

"그거를, 그, 누가 훔쳐 타가지고 전화를 드렸어요."

"안에 사람은 없었습니까?"

"예? 사람요?" 경찰이 이상하다는 듯 되물었다. "사람이……
없으니까 훔쳐 탔겠지요?"

"……"

"……저, 그, 산장 주인분 아니십니까?"

"예?"

"그 댁 앞에서 끌고 왔다는데요. 그, 훔친 애들이. 대학생들인
데, 걔들이 끌고 왔다는데요."

"아……" 이번엔 박이 말을 끌었다. "차는 제 차 맞는데, 아내
가 빌려갔습니다. 친구들이랑 모임을 한다고요."

"그러면 그쪽으로 연락드리는 게 빠를까요?"

"아니요. 저도 지금 용랑입니다. 일단은 파출소로 가면 됩니까?"

"예, 오세요. 지금은 어디십니까?"

"여기 기차역입니다."

"아, 그러면 버스 기다리지 말고 택시 타고 오시면 금방입니다.
요금도 기본요금밖에 안 나옵니다."

"예. 감사합니다."

박은 전화를 끊고 한동안 그대로 있다가 다시 역 앞 광장으로
갔다. 선캡 쓴 여자는 버려진 식탁의자를 죽 늘어세워둔 광장 바
깥 벽에 비슷한 차림의 여자들과 앉아 자판기 커피를 마시고 있었

다. 눈이 마주쳤지만 여자는 자리에서 일어나지 않았다. 가까이 다가서자 훅 풍기는 설탕 단내에 간신히 잠재운 토기가 올라왔다. 박은 침을 꾹 삼키고 정확히 앞니 여덟 개가 보이게 미소 지었다. 그러나 입을 떼기도 전에 여자가 선수 쳤다.

"안 해."

"예?"

박이 저도 모르게 인상을 썼지만 여자는 태연하게 말했다.

"우리 애들은 뒤로 그 짓 안 한다야."

"이모, 제가 그런 사람으로 보여요?"

여자는 대꾸도 않고 중얼거렸다. 별스럽기도 하다야. 물렁한 보지 냅두고 딱딱한 걸……

이번엔 박이 여자를 일으켜세워 팔짱을 꼈다.

"우리 이모가 서울 농담을 모르는구나. 이래서 관광특구 되겠어요? 가요, 이모. 이쁜 아가씨로 부탁해."

"……"

"싫으면 다른 이모랑 가고."

그 말에 초로의 여자가 주변 여자들의 눈치를 살피더니 종이컵을 구기며 일어났다. 아직도 불만이라는 듯 우물대는 여자의 혼잣말을 들으며, 박은 비둘기 대신 갈매기가 퍼덕이는 광장을 지나 껍질도 안 벗긴 애새끼들이 아다를 뗐을 성병의 온상으로 발을 디뎠다.

박이 미운털이 박힌 손님이긴 했다.

안내를 받아 들어간 곳은 가겟방이 아니라 살림방인 듯했다. 초로의 여자가 문을 세차게 열고 손님 왔다고 소리를 지르자 밥냄새와 살냄새와 담배 냄새가 밴 이불 위에서 여자 하나가 굼지럭대며 윗몸을 일으켰다. 밤을 새우고 잠시 쉬려는 참이었는지 얼굴에 화장기가 남아 있었다. 한 시간 반이야. 초로의 여자가 말하고 방문을 잠갔다. 여자는 당황한 듯했지만 침착하게 고개를 숙였다. 박은 가까이 다가가 흐릿한 빛에 기대 여자의 얼굴을 보았다.

밉지도 곱지도 않은 바닷가 사람. 그러나 여자였다. 바람과 소금기가 그를 기르기도, 망치기도 해서 적당히 신비감이 있었다. 반쯤 지워진 화장 아래로 세월이 드러나 있었다. 하여간 노인네. 그는 뻔뻔하게 대학생 운운한 초로의 여자를 떠올리며 웃었다. 여자는 무언가 잘못된 걸 눈치챘는지 조금 기가 죽은 태도를 보였다. 이런 점은 바다 사람 같지 않네. 박은 수줍은 건지 말수가 적은 건지 알기 어려운 여자의 무릎을 베고 냅다 누우며 물었다.

"누난 몇 살이야?"

우물쭈물하는 여자에게 박이 빠르게 말했다.

"아냐, 솔직하게 말해도 돼. 나, 연상이 취향이니까."

여자가 손가락을 펼쳤다.

"스물다섯……"

내가 소경으로 보이나. 그런 생각에 피식 웃다가 박은 여자의 발음이 독특하다는 걸 깨달았다.

"어디 사람?"

"……"

"응? 누나 어디 사람?"

여자가 말했다.

"베트남……"

"아아, 그렇구나. 누나, 따뜻한 데서 왔네. 거긴 좋지? 겨울도 없고."

"예에……"

"거기 여자들은 어때? 다 누나처럼 이뻐?"

박은 킬킬 웃으며 천천히 여자의 엉덩이를 만졌다. 여자가 어색한 미소를 지으며 몸을 뒤트는 걸 보고 심술궂은 마음이 들어 물었다.

"이모가 그러는데 뒤로는 안 된대. 진짜야, 누나? 응? 진짜 안 돼?"

여자의 얼굴이 뻣뻣하게 굳었다. 박은 웃었다.

"씨발 년."

"……"

"농담이야. 나 그냥 쉬러 온 거야. 피곤해서. 나, 머리만 좀 만져 줄래? 이렇게."

그는 여자의 손을 쥐어 자기 머리에 얹었다. 부드러운 손이 정수리에서 뺨으로 움직였다. 퀴퀴한 곰팡내와 싸구려 방향제 냄새 때문에 머리가 아팠지만 한편으론 평온했다. 그는 눈을 감고 오후의 일을 시뮬레이션했다. 정오의 지끈거리는 태양 아래 그는 광장에 서 있다. 손을 흔들어 주변에 꼬이는 갈매기들을 떨친 뒤 택시를 타고 파출소에 간다. 애들이 훔쳐 탔다던 차에 올라타 그게 버려져 있었다는 산장으로 간다. 아무도 없는 것처럼 조용하지만 박은 문을 두드리고 말한다. 요셉. 나야. 대꾸가 없다. 문에 귀를 대자 몰아쉬는 숨소리가 들린다. 박은 핍홀에 눈을 갖다댄다. 모조리 캄캄하다. 그러나 박은 그 너머에서 겁에 질린 사슴 같은 눈동자가 자신을 보고 있다는 걸 알고 있다.

박은 눈을 번쩍 떴다. 입을 벌린 채 손만 기계적으로 움직이며 소리 죽인 티브이를 보고 있던 여자가 놀라 그를 내려다보았다.

"누나아, 그 새끼가 살아 있어."

"예?"

"그 개새끼가 살아 있다고."

박이 참지 못하고 웃음을 터뜨렸다. 그는 빠르게 부풀어오르는 기쁨으로 일그러진 얼굴을 여자의 가랑이 사이에 묻었다. 여자의 상체가 뒤로 젖혀졌다. 슬립 아래로 머리통을 집어넣은 박의 몸부림이 꼭 기어들어가려는 것처럼 보였다.

*

달빛이 창문 안으로 들어와 눈꺼풀을 어루만졌다. 빛이 지느러미처럼 부드럽게 빰을 스치는 감각에 눈을 뜨자 천장에 지난 기억이 영사됐다. 미희는 낡은 매트리스에 몸을 싣고 오래전 성탄전야로 느리게 떠밀려갔다.

이사를 다닐 때마다 미희는 종교를 바꿨다. 교회도 가고, 절도 가고, 친구를 따라 성당도 가봤다. 절은 산에 있어 가기 힘들었고, 성당에서 훔쳐온 성체에선 제 살보다 옅은 맛이 나 시시했다. 교회가 사람도 많고 재밌었다. 칠팔십년대처럼 충만한 성령의 시기는 지났지만 여전히 교인들 사이에선 목사님의 기도 한 번에 앉은뱅이가 두 발로 서서 걸었다는 증언이 내려오고 있었다. 흥분한 사람들이 두 손을 하늘로 뻗치며 아버지를 찾을 때마다 미희는 몸이 떨렸다. 그때는 그 감정이 두려움이라고 생각했지만 지금은 알았다. 미희는 그들을 질투했다. 애다운 수줍음을 벗고 신심으로 울부짖고 싶었다. 환란의 맨 앞에 서서, 영원한 처녀 애인 채로 순교하고 싶었다.

성탄전야. 축제의 밤에 신자들의 피는 가짜 산타 없이도 붉은 깃발 앞의 황소처럼 들끓고 있었다. 천장이 떠나갈 듯 울리던 찬송이 끝나고 그날의 하이라이트, 예수 탄생에 대한 어린이 연극이 시작되었다. 벨루어 천으로 가려진 어두컴컴한 무대 뒤편에서 미희는 같은 반 소녀가 애 낳는 연기를 하는 걸 질투에 휩싸인 채 보았다. 교실에선 늘상 코나 훌쩍이며 앉아 있던 멍청한 외톨박이가 달덩이처럼 빛나는 건 조명 때문만이 아니었다. 미희는 연극이 끝나고 자기 딸을 끌어안는 아줌마와 짙은 화장 아래로 당당한 오만이 묻어나는 소녀의 얼굴을 보며 다음번엔 내가 해야지, 반드시 처녀로 애 낳는 역을 해야지, 하고 다짐했었다.

그러나 그후로 미희가 가짜 아기를 품에 안은 적은 없었다. 대신 검은 머리에 피가 엉겨붙은 시체가 두 번이나 그의 손을 탔다. 죽음이 사방에 포자를 흩뿌렸다. 바이러스가 곰팡이처럼 번져 천장의 스크린을 뚫었다. 그 틈새로 눈에 보이지 않는 벌레가 툭툭 떨어졌다. 빗방울처럼, 총탄처럼 살을 뚫었다. 가려워. 가려움을 참을 수 없어서 미희는 살을 닥닥 긁었다. 손톱 밑으로 살비듬과 피가 꼈다. 붓으로 그은 듯한 핏자국이 가슴과 배와 등에 남았다. 열이 나고 눈앞이 새카매졌다. 누워 있는데도 쓰러질 것 같은 현기증 속에서 훅 하고 떠오른 건 몇 시간 전의 장면이었다.

"숨을 안 쉬어."

눈물을 글썽대며 순경의 가슴에 손을 올려 마사지하던 희애가 말했다.

"기절만 시킨댔잖아."

"실수였어. 실수였다고."

안나가 애써 억누른 목소리로 웅얼댔다. 이미 한차례 구토와 기절을 마친 그의 얼굴은 밀가루 반죽처럼 희었다. 말다툼을 하는 그들의 목소리가 물에 잠긴 것처럼 먼 곳에서 들렸다. 눈앞의 시체가 나무토막처럼 느껴졌다. 미희는 발등이 타들어가는데 불이 뭔지 생각하는 학자처럼 근본적인 질문을 던졌다. 뭐가 우리를 이렇게 만든 걸까? 먹을 것이 부족하다곤 할 수 없었다. 매일 신선한 음식을 먹진 못했지만 마트에서 부지런히 식재료를 사다 나른 덕에 굶진 않았다. 그렇다면 고립이 문제일까? 해를 보지 못하게 쏟아지는 비가 문제인 걸까? 하지만 이곳은 감옥이 아니라 작게 만든 천국이었다. 뒤집으면 반짝이 모래가 펄펄 쏟아져내리는 워터볼 속의 천국. 그렇다면 답을 찾는 길은 하나밖에 없었다. 처음으로 돌아가자. 처음으로 돌아가서 생각하니, 애초에 요셉을 본 게 문제라는 결론에 다다랐다. 부서진 세간들 틈에 앉아 티브이 속 요셉을 본 순간 미희는 압도당했다. 그리고 확신했다. 현실을 보지 않게 하는 힘은 오로지 화면 속 저 아이에게만 있다고. 저 찰랑거리는 긴 머리, 깊은 두 눈 위에 짙게 칠한 화장, 반짝이는 귀걸이, 매끈한 레자 바지와 흐르는 땀을 조심스레 닦는 부드러운 손에만 있다고 믿었다.

정말 그런가? 장미는 꺾으면 시들고, 빛나던 보석은 손에 쥐면 이슬을 맞아 조약돌로 변하지 않던가? 미희는 도마의 이야기를 떠올렸다. 예수의 옆구리에 난 구멍을 만지고서야 부활을 믿은 도마에게, 예수는 나를 보지 않고도 믿는 사람에게 복이 있다고 말한다. 한마디로 멕인 거지, 안 그래? 진짜로 도마를 생각했으면 만지지 않게 됐어야지. 차라리 불신하도록 됐어야지. 성경 속 도마는 죽은 자가 살아 돌아왔다고 호들갑을 떨었지만 실은 구멍난 옆구리의 차가운 감촉을 느끼는 순간 예수가 인간이라는 걸 어느 때보다 깊이, 깊이 알았을 것이다. 육체의 촉감은 믿음보다도 강렬하니까. 그리고 도마의 마음 깊은 곳에서 예수는 신의 자식이라는 지위를 박탈당했을 것이다. 주둥이로야 뭐라고 떠들었든, 진심은 그랬을 것이다. 왜냐면 자신이 처음 요셉을 만졌을 때 그랬으니까.

미희는 이제야 엄마의 진정한 뜻을 알았다. 그는 불행을 택한 게 아니라 영원히 행복을 만지지 않기를 택한 거였다. 누구의 가슴속에나 별이 필요하니까. 평생 꺾지 못하고 지켜볼 절벽 위의 꽃이 필요하니까. 그래서 엄마는 아빠들의 신경을 긁었던 거다. 꼭 그들의 기분이 좋은 날에. 그들이 일자리를 구하면, 장미꽃이나 케이크를 사오면 자기도 모르게 기분이 들뜨는 걸 느끼고, 고작 이런 상황에, 벽지는 더럽고 장판은 군불에 눌어붙은데다 온종일 해가 들지 않는 방구석에 앉아 행복을 느낀 자신에게 화가 나서 난장을 피웠던 거다. 그게 별이어선 안 됐으니까. 그 차가운 얼음덩이가 정말 별이라면, 그걸 향해 망상과 사랑을 던진 자기 자신마저 혐오스러워지니까.

희애는 더이상 죽은 순경의 입에 숨을 불어넣지 않았다. 대신 그 앞에 무릎을 꿇고 앉아 넋이 나간 듯 혼자 중얼거렸다.

"숨을 안 쉬어."

"……"

"숨을 안 쉰다고." 희애가 머리를 천천히 헝클어뜨렸다. "죽인 거야. 경찰을. 경찰까지 죽였어. 요한이 차를 가져가라고 알리러 온 사람을. 이건 숨길 수도 없어. 알 거 아냐. 이 사람이 여기 온 걸 다른 경찰들이 알잖아. 이제 경찰이 와서 이 사람은 어디 갔냐고 묻겠지? 우리가 없어요, 몰라요라고 잡아떼도 무언가 이상하다는 걸 알고 구둣발로 여기를 마구 짓밟겠지? 요한을 데려가겠지? 나는 아직 아무것도 못했는데. 그애를 만지지도 못했는데. 뺨을 쓰다듬지도, 입을 맞추지도, 내가 네 엄마라고, 사랑한다고 하지도 못했는데 다 끝났어. 이런 식으로 끝낼 게 아닌데 끝났어."

"그만 좀 해."

안나가 낮은 목소리로 경고했지만 희애의 목소리는 점점 커졌다.

"곧 사람이 올 거야. 우리 요한이를 데려갈 거야. 빼앗아갈 거야. 그전에 요한을 빼돌려야 해. 그래, 요한을 어딘가로 옮기자."

"미쳤어? 갈 데가 어딨다고 그래?"

팩하고 쏘아붙인 안나에게 희애가 눈을 맞췄다가, 기력 없이 고개를 밑으로 꺾었다. 다시 고개를 들었을 때 그의 얼굴은 기이한 환희로 빛나고 있었다.

"북한이야."

"……"

"그래, 북한이야. 내가 데리고 갈게. 내가 엄마니까. 이애 하나 쯤은 내가 죽을 때까지 책임질 수 있어. 그게 엄마의 몫인 거야. 안 그래?"

안나가 맥이 풀린 목소리로 물었다.

"너 지금 나랑 장난하니?"

그러나 희애는 머릿속에서 쏟아져나오는 아이디어를 감당할 수 없다는 듯 빠른 속도로 말했다.

"왜 못해? 임수경이, 그 새파란 어린애도 혼자 갔는데. 안 되면 일본도 좋아. 배를, 해안에 버려진 쪽배를 타고 가면 되니까. 현해 탄을 건너면 금방이야. 니가타에 친척 어른이 살아. 자식들은 다 북으로 보내고 혼자 사셔. 거기 가서 땅 물려받고 농사짓고 살 거 야. 그래. 쌀농사를. 애초에 우리는 농민의 자식이니까 원래대로 돌아가는 거야. 요한한테도 그편이 나을 거야. 여기는, 여기는 그 애에게 너무 안 좋아. 사람들이 그애를 망가뜨렸어. 나는 그냥 모 든 걸 되돌리고 싶을 뿐이야. 처음으로, 세상에 나랑 요한 둘만 있 던 때로 돌아가고 싶을 뿐이야."

안나가 이를 악물고 되물었다.

"네가 뭔데 요셉을 보내라 마라야?"

"나 때문에 이 일을 시작한 거잖아. 안 그래?"

"……"

"안나 네가 그랬잖아. 요한이가 나를 만나고 싶어한다고. 제 엄마가 그리워서 죽어가는 애한테 엄마를 되찾아주겠다고. 네가 그렇게 말해서 내가 시작한 거잖아. 모든 일을. 그 미치광이, 정신 나간 노인네 뒤치다꺼리해가면서 요한을 데려온 거잖아."

"야, 이희애."

"아, 아냐. 오해하지 마. 고마워, 고마워서 한 얘기니까는. 그래, 고마워 안나. 단지 이제 때가 되었을 뿐이야. 돌아갈 때가. 고마워, 정말로. 나미씨, 미희씨도 고마워요, 정말. 실컷 즐겼지요? 우리 요한이를 많이 아꼈지? 입은 맞췄나요? 가늘게 늘어나는 은색 실을 마음껏 빨았나요? 삼켰나요? 닦아주는 척 옷 아래 감춰져 있던 살을 충분히 만지고 핥았나요? 아냐, 다 알아. 괜찮아. 젊은 사람들이 그럴 수도 있지. 나 그것 가지고 뭐라고 하려는 건 아니에요. 그런 맘이 없었으면 아무것도 못했을 거잖아요. 그런 맘이 있어서 이렇게 우리 요한이를 데려와준 거잖아. 나한테. 어쨌든 고마워요. 정말, 정말이야. 정말 감사합니다. 요한이 어머니로서 인사드립니다. 이제 데려갈게요. 이제부터 요한이는 내가 책임질게."

"야. 이희애."

"……"

"너 때문에 이 일을 한 거라고?"

"……"

"이 멍청한 년아. 그걸 믿니?"

흥분한 건지, 겁을 먹은 건지, 안나가 온몸을 바들바들 떨며 말을 쏟아냈다.

"엄마? 엄마라고. 그래, 말 잘했다. 너, 엄마라는 여자가 그렇게 살아도 되는 거야?"

"내가 뭘……"

"내가 뭘? 야, 내가 전에 말했지? 세상 참 좋다고. 돈만 주면 뭐든 다 조사해준다고."

안나가 입술을 뒤틀며 웃었다.

"야, 희애야. 영기 오빠 진짜 통 크더라. 그 돈이면 못해도 아파트 두세 채는 샀겠던걸? 그 정도면 애를 뺏긴 게 아니라 돈 주고 팔았다고 봐야 하는 거 아냐? 근데 너 그 돈은 다 뭐에 쓰고 그러고 사니?"

"나는…… 나는 잘못 없어. 다 그 남자가……"

"그 남자가 누군데?"

"……"

"그 남자가 누군데. 어? 말해봐. 아니, 말 못하나? 한둘이 아니라서?"

안나가 콧방귀를 뀌었다.

"야, 영기 오빠가 왜 기를 쓰고 애 이름 바꿔가면서 미국으로 갔는지 알겠더라. 그런 에미 옆에서 애가 멀쩡히 자랄 수 있을 리가 없지. 하루가 멀다 하고 남자 갈아끼우고 사는 엄마 옆에서 애가 뭘 보고 자라겠니?"

"……"

"희애야, 하나만 묻자. 그 사람들이 애를 개 패듯이 패는 걸 보면서 아무 기분 안 들든? 아니면 남자에 눈 돌아가면 지 자식이 처맞든 말든, 애가 겁에 질려서 오줌을 질질 싸든 말든 눈에 뵈는 게 없어지는 거니?"

"……"

"내가 네 성격을 모르니? 너 영기 오빠랑 한 약속 때문에 요셉 못 만난 거 아니잖아. 네가 생각해도 쪽팔려서 만나지 못한 거잖아. 그런 널 옛정을 생각해서 일에 끼워줬더니, 데리고 북한을 가? 일본을 가? 야, 정신 나간 년아. 여기서도 제대로 못 키운 애를 거기선 잘 데리고 살 수 있을 거 같아? 네가 쟬 진짜로 행복하게 해줄 수 있을 거 같아? 그리고 뭐, 요한?"

차, 큰 소리로 혀를 차는 안나의 입에서 거대한 침방울이 튀어나갔다.

"말 똑바로 해. 요한은 이제 없어."

"……"

"네 자식 요한은 죽었다고. 네가 돈 주고 판 그 순간 이미 죽은 거라고. 저기 있는 건 요셉이야. 아니, 요셉도 아니야. 그냥 여기서 새로 태어난 백지야. 땅에서 솟고, 하늘에서 떨어진 애야. 저애한테 엄마는 없었고 앞으로도 없어. 저앤 그날 한 번 죽었고, 그걸 건진 건 나야."

"……"

"내 거야. 저애는. 머리털 한 올도, 눈썹 한 올도 몽땅 다 내 거야. 돼지처럼 머리부터 발끝까지 다 내가 쓸 거야. 뼛조각 하나 남기지 않고 전부 내 거야."

"미친년."

"……"

"너는 사람도 아니야. 이, 이……"

목소리를 바들바들 떨며 달려든 희애의 손에 안나의 긴 머리카락이 몇 가닥 뽑혀나왔다. 요 일 년 새 부지런히 기른 머리카락이었다. 그걸 본 안나가 작게 비명을 질렀다.

"이 씨팔……"

눈빛이 돌변한 안나가 희애의 머리로 손을 뻗었다. 자비 없는 손아귀에 희애의 목이 뒤로 꺾였다. 악! 비명과 함께 몽땅 뽑힌 머리털이 개털 날리듯 날렸다. 희애가 반사적으로 허공에 내지른 주먹이 안나의 오른쪽 눈에 맞았다. 뺙, 하는 소리가 들렸지만 잠시 주춤했을 뿐, 안나는 다시 무소처럼 희애에게 달려들었다. 챔피언십 경기의 마지막 일 분을 남긴 권투선수처럼 맹렬했다.

먼저 떨어져나간 건 희애였다. 그의 입에선 피가 흘러내리고 있었다. 이를 악물고 마지막 카운터를 날렸던 안나가 소리쳤다.

"얼른 저년 잡어. 얼른!"

거실에 쩌렁쩌렁 울리는 불호령에 미희와 나미가 저도 모르게 희애의 팔을 잡았다. 안나가 다가와 요셉을 납치할 때 쓰려 했던 케이블 타이로 희애의 팔을 꽁꽁 묶었다. 미희의 코앞에서 안나의 눈이 이글거리고 있었다. 그걸 보며 미희가 자기도 모르게 넋을 놓고 있자 안나가 소리를 지르며 미희를 밀쳤다.

"됐어, 놔. 놓으라니까?"

미희는 고통에 비명을 질렀다. 안나의 깡마른 몸 어디에 그런 힘이 있는지, 팔을 스치기만 했는데 금방 푸르게 멍이 올라왔다. 그러나 안나는 미희가 나자빠져 있든 말든 반쯤 정신을 잃은 희애의 머리채를 잡아 질질 끌고 가더니 거실과 부엌 사이의 기둥에 묶었다. 그러고는 수건을 다짜고짜 북 찢어 입에 물렸다. 붉은 피가 흰 천에 스며나왔다. 통증에 굴복한 건지 희애는 아무런 저항도 하지 않았다. 얌전히 군 건 다른 두 사람도 마찬가지였다. 눈앞에 벌어진 일 자체는 있을 법한 일이었지만 그걸 저지른 장본인이 안나라는 건 놀라웠다. 모든 게 너무나 자연스럽고 재빨랐다. 문득 미희의 머릿속에 부서진 세간 틈에 쪼그려 홀쩍이던 엄마의 모습이 지나갔다. 안나도 이런 식으로 맞았던 걸까. 그 생각을 하자 경련처럼 떨림이 일었다. 깊은 산, 높은 지대에 세워진 이 산장에서 지내며 추위에 익숙해졌지만 이런 식의 써늘한 냉기를 느낀 건 처음이었다.

그때까지 등을 지고 서 있던 안나가 얼굴을 돌렸다.

"거울 있니?"

갑작스러운 질문에 미희는 대답하지 못했다. 주먹에 맞은 충격
이 꽤 컸는지 안나의 오른쪽 눈은 시퍼렇게 부풀어 있었다. 그는
미희의 침묵을 예상했다는 듯 두 번 묻지 않았다. 대신 비척비척
걸어 화장실로 들어갔다.

침묵이 부풀어올랐다. 거기에 바람구멍을 낸 바늘은 안나의 울
음소리였다. 처음엔 딸꾹질 소리 같던 그 울음은 점점 커져 오열
이 되었다. 물에 젖은 목소리가 타일 바닥과 벽에 부딪혀 거실로
왕왕 밀려왔다. 아아. 아아…… 귀곡성과 닮은 울음에 발맞춰 마
룻바닥과 천장이 삐걱댔다. 산장 전체가 안나의 울음을 따라 흔들
리는 거대한 요람이 된 것 같았다. 그러다 갑자기 울음소리가 뚝
멎었다.

"가봐요."

나미의 손가락이 미희의 옆구리를 찔렀다. 엉겁결에 미희는 버
튼이 눌린 로봇처럼 화장실로 갔다. 열려 있는 문 앞에 서자 거울
이 보였고, 그 앞에 세면대를 짚고 서 있는 안나의 뒷모습이 보였
다. 비명을 멈춘 안나의 어깨가 떨리고 있었다. 벅차서 숨을 몰아
쉬는 듯했다. 얌전한 태도에 용기를 얻은 미희는 화장실 안으로
한 발을 디뎠다. 그 순간 안나가 고개를 번쩍 들었다. 그는 미희가
보이지 않는 듯 거울 속 자신과 눈을 맞추고는 머리카락을 한 손

에 쥐고 이렇게저렇게 묶어봤다. 빠르게 부어오르는 자기 얼굴을 이 각도, 서 각도로 돌리며 관찰하기 시작했다. 그걸 보고 미희는 이런 생각을 하고 말았다.

사랑에 빠진 걸까? 자기 얼굴과?

이 드라마틱한 상황과 사랑에 빠진 걸까?

뒤이어 안나가 자기 뺨에 손을 대더니 살살 어루만지며 작은 목소리로 중얼대기 시작했다. 연인을 쓰다듬듯 부드러운 손길이었다. 미희는 그가 스스로를 향해 애틋한 사랑의 고백을 하는 중이라고 착각했다. 그러나 점점 커지는 목소리는 정반대의 내용을 담고 있었다.

"……글렀어. 아, 글렀어. 꼴이 이게 뭐람. 얼굴이, 얼굴이 이게 뭐람. 요셉한테 이런 모습 보여주면 안 되지. 안 되는데, 이게 뭐람. 아, 멍이. 붓는다. 점점 커져. 아 어떡하지. 왜 하필 오른쪽이람. 난 오른쪽 얼굴이 훨씬 나은데. 이쪽을 보이고 서야 매부리코로 보이지 않는데. 봐, 왼쪽은…… 어라? 이게 뭐지? 언제 이렇게…… 주름이…… 생긴 거지? 뭐야. 왜 이래. 아직 아줌마도 아닌데. 어? 아줌마? 어? 언제 이렇게 된 거지?"

안나의 손이 세면대로 내려갔다. 파우치를 뒤적였다. 멀찍이 떨어져 서 있는 미희에게 움직임보다 먼저 냄새가 다가왔다. 보얀 분 냄새. 그 향기를 팡팡 풍기며 안나가 얼굴을 두드리고 있었다. 처음엔 느리고 조심스러운 움직임이었다. 광대뼈 위에서부터 시작해서 얼굴 바깥쪽으로 조심히. 그러나 눈가와 입가를 지나면서 움직임은 점점 빨라졌다. 주체할 수 없다는 듯 힘의 강도도 점점 세졌다. 아, 안 돼. 주름이 보여. 안 돼. 더 칠해야 해. 무너지면 안 돼. 아. 아. 아. 그런 말을 하면서 안나는 찢어진 입가와 멍든 눈두덩이도 피하지 않고 두들겼다. 쿠션에 피가 묻어나왔다. 연극배우처럼 두텁고 새하얀 얼굴 위로 불그스레한 피가 번졌다. 봐서는 안 된다고, 얼른 돌아서야 한다고 생각했지만 발이…… 발이 떨어지지 않았다. 미희는 분을 두드리는 거울 속 여자의 뒤에 서서 붙박인 듯, 거울 속 또다른 여자로 박제되어 있었다. 그러다 문득 거울 속에서 두 사람의 눈이 마주쳤다고 생각한 순간

"미희씨."

안나의 구슬 같은 목소리가 들렸다.

그가 어느샌가 뒤돌아 미희를 보고 있었다. 표백한 듯 푸르고 흰 이를 드러낸 안나가 속삭였다.

"미희씨, 잠깐만 이리 와봐."

왜요? 라고, 평소대로라면, 평소대로라면 그렇게 말했을 것이다. 그러나 그 순간 미희는 안나의 낚싯바늘에 피부가 꿰인 듯 저항하지 못하고 질질 끌려갔다. 한 걸음. 또 한 걸음. 주춤주춤 안나와 가까워질수록 분냄새가 짙어졌다. 코가 아프게 향긋했다. 매끈해서, 지나치게 매끈해서 두툼해 보이는 피부가 눈알에 닿을 듯 가까워진 순간 안나가 손을 뻗었다. 맞는다! 반사적으로 움츠리며

눈을 감았는데 뺨에 닿은 손길이 가벼웠다. 미희는 눈을 떴다. 코앞에서 평온한 표정의 안나가 통통. 안나의 피부색에 비해선 조금 밝은 파우더를 미희의 얼굴에 두들기며 말했다.

"미희씨, 내가 이런 거 해준 적 없지?"

도대체 뭘 하려는 거지? 알 수 없어 겁을 먹으면서도 미희는 일단 고개를 끄덕였다.

"에구, 곱다. 미희씨, 가까이서 보니까 피부가 참 곱네."

"아네요. 그렇지 않아요."

"아냐, 좋아. 좋기만 한데. 미희씨 관리 받으러 다니지도 않잖아. 그치? 그런데 어떻게 이렇지? 아직 젊어서 그런가?"

"……"

"그래. 아직 젊어서 그렇구나."

미희는 마른침을 삼켰다. 담이 온 듯 뻣뻣해진 목을 돌릴 수가 없었다. 코앞에서 반들거리는 안나의 광대뼈. 뼈에 가죽만 덧씌운 듯 깡마른 그 광대뼈가 맞서서 달아오른 탓에 뜨거운 기운을 내뿜고 있었다. 열은 미희의 얼굴로 전염되어 그의 뺨까지 붉어지게 했다. 그 위로 새처럼 포르르 날아오를 것만 같이 높은 안나의 소녀 같은 목소리가 침방울, 그리고 뜨끈한 입김과 뒤섞여 쏟아졌다.

"있지…… 나 여태까지 미희씨를 예쁘다고 생각한 적 없어…… 아니, 오해하지 말구 들어. 왜, 그냥 그런 거 있잖아. 취향 문제…… 난 황신혜도 별로거든. 암만 컴퓨터 미인이니 뭐니 해도 내 눈에는 영 재미가 없어서 말야. 기억나? 우리 같이 스키장 갔을 때……
그때 황신혜가 스페셜 엠시로 나왔잖아. 내가 자기한테 사인 받
아다 준 그날…… 응. 그때 코앞에서 봤지만서두, 그냥 장님 앞
에 갖다대는 꼴이야. 암만 봐도 본 것도 같지 않게 감흥이 없는
걸……"

팡팡팡팡. 얼굴에 쿠션을 두들기는 소리가 커졌다.

"미희씨두 그랬어."

매우 커졌다. 안나의 목소리도 그와 함께 점점 커졌다.

"미희씨두 그랬는데…… 언제 이렇게……"

안나의 손이 멈췄다. 분가루만 먼지처럼 부옇게 휘날리고 있
었다.

"있지, 부탁이 하나 있어."

미희는 애써 태연한 척 입을 움직였다.

"뭔데요?"

안나가 엄지와 검지로 미희의 머리카락을 부드럽게 매만지며
말했다.

"잘라."

"예?"

"불공평하잖아. 자기만 젊고 예쁜 거. 얼굴을 어떻게 못하겠음
머리라도 잘라. 나는 머리가 다 빠져서 묶어도 염소 똥만한데, 자
기만 이렇게 길게 늘어뜨리고 있는 거 이상하잖아. 안 그래?"

기이한 논리였다. 미희가 대꾸하지 않자 안나가 눈을 깜빡였다.

"왜 대답이 없어. 싫어?"

"……"

"싫구나."

안나가 포르르 한숨을 쉬고 중얼거렸다.

"그럼 죽어."

목덜미가 화끈했다. 미희는 반사적으로 목에 손을 갖다댔다. 머리가 가벼워진다는 느낌이 든 건 착각이 아니었다. 맨발이 간지러운 것도, 그 위로 머리카락이 떨어지고 있는 것도. 물컵에 꽂혀 있던 가위가 어느새 안나의 손에 들려 있었다. 요셉의 머리를 잘라주기 위해 준비해둔 것이었다. 확, 하고 남은 머리카락을 잡아채는 손길에 미희가 꿱 비명을 내질렀다. 안나가 가위를 마구 휘두르며 소리쳤다.

"죽어! 죽어!"

곧 마루가 부서질 듯 쿵쾅거리는 발소리가 들리더니 나미가 들어왔다. 그가 눈이 돌아간 안나의 두 팔을 용케도 뒤로 꺾고 외쳤다.

"미희씨! 얼른 도망가요! 얼른!"

화장실로 향할 때와 마찬가지로 나미의 말을 듣고 나서야 발이 떨어졌다. 미희는 뒤도 돌아보지 않고 빠르게 계단을 올랐다. 다리가 후들거려 네 발로 기듯이 방으로 도망친 다음 문을 걸어 잠갔다. 심장이 공연장 스피커 바로 앞에 선 것처럼 쾅쾅 뛰었다. 그 것만으로 기흉에 걸린 것처럼 아팠다.

그게 저녁에 일어난 일이었다. 그후로 얼마나 시간이 지났는지 알 수 없었다.

노크 소리가 들렸다. 대꾸도 하지 않았는데 문이 열렸다. 문밖에 창백한 얼굴의 나미가 서 있었다.

"안나씨는 괜찮아졌어요. 아깐 많이 흥분했나봐요."

"......"

"나와요. 시체 치워야죠."

"안 해요. 그 아줌마랑 하세요."

"하겠어요?"

나미가 짧게 한숨을 쉬고 달래는 투로 말했다.

"저렇게 둘 순 없잖아요. 곧 썩기 시작할 텐데. 일단 치우고 나서 생각해요. 어떻게든 해야 할 거 아녜요."

뭘 어떻게 할 거냐고 쏘아붙이고 싶었지만 그럴 기력이 없었다. 게다가 나미에겐 딱히 죄가 없었다. 결국 미희는 얌전히 몸을 일으켜 일층으로 내려갔다.

두 사람은 지난밤과 같은 방식으로 순경의 시체를 처리했다. 땀을 뻘뻘 흘리며 거실과 지하실을 왕복하자 갈증이 심하게 났다. 나미도 마찬가지였는지 거실로 돌아오자마자 물을 찾았다. 그러자 인형처럼 앉아만 있던 안나가 냉차를 내왔다. 고마워요. 미희는 주춤주춤 찻잔을 받아 마른 목을 축이며 안나를 훔쳐보았다. 흥분이 가라앉은 듯 차분해 보였지만, 대신 얼굴은 무척 그늘져 있었다. 생각보다 더 피곤해 보였고 무섭게 늙어 보였다. 결코 나이 때문이, 조명 때문이, 번져나간 멍 때문이 아니었다. 그걸 보자 미희의 내면에서 갑작스럽게 연민이 치솟았다. 그는 안나의 기분을 상하게 하지 않도록 조심스레 물었다.

"요셉은요?"

나미가 대신 대답했다.

"자요."

미희는 꽁꽁 닫힌 방문을 멍하니 보다 반대편으로 고개를 돌렸다. 줄곧 신경 쓰이던 그 자리, 부엌으로 향하는 길목에 세워진 흰 기둥엔 여전히 희애가 묶여 있었다. 조는 걸까? 움직임이 없었다. 코에서 뿜어져나오는 숨소리만 아니었다면 죽었다고 생각했을 것이다. 안쓰러웠다. 인간으로서 그랬다. 그런데 무어라 말하기도 전에 안나가 먼저 입을 열었다.

"목이 마를 거야."

"……"

"……입 정도는 풀어줘도 되겠지."

그것만으로 충분했다. 미희는 재빨리 희애 앞으로 다가갔다. 수건을 재갈처럼 문 희애는 기력이 빠졌는지 힘없이 고개를 외로 꼬

314

고 있었다. 가는 목이 부러질 것 같은 자세였다. 미희는 무릎을 꿇고 희애의 입에서 수건을 빼낸 뒤 그의 어깨를 두드렸다. 설핏 눈을 뜬 희애와 시선을 맞췄다.

"괜찮으세요?"

희애는 대답하지 않았다. 그의 텅 빈 동공 안에서는 육체의 지독한 피로밖에 읽을 수 없었다. 두 뺨은 뻣뻣하게 굳어 있었고, 드러난 이 사이로 채 삼키지 못한 침이 줄줄 새어나오고 있었다. 입주위의 살은 침으로 짓물러 불그스레했고, 마른 입에서는 희미한 구취가 올라왔다. 한참 후에야 희애가 갈라지는 목소리로 말했다.

"물. 물 좀……"

미희는 일어나 냉차가 든 잔을 희애의 입에 갖다댔다. 희애는 반 정도를 입가로 흘리면서도 차를 허겁지겁 달게 받아 마셨다. 그 모습을 보고 있자 인간은 한 번은 죽는다는 사실이 어느 때보다 진실되게 다가왔다. 자신에게도 그 일이 머지않았다는 것도. 미희는 그간 복잡했던 머릿속이 단번에 비워지는 느낌을 받았다. 팔다리가 쑤셨지만 그건 모두 육체의 영역이었다. 정신에 대해서만 말하자면, 깨끗하고 맑은 뇌수 속을 차갑게 식은 뇌가 둥둥 떠다니는 기분이었다. 딱 그렇게 상쾌했다.

목을 양껏 축인 희애가 숨을 몰아쉬었다. 힘이 돌아온 눈동자를 보자 죄책감이 덜어졌다. 미희는 다시 몸을 일으켜 부엌에서 가위를 들고 왔다. 하나씩 또각 또각, 케이블 타이를 잘라내는데 그 모습을 지켜보던 안나가 말했다.

"쟤가 한 말을 생각했어."

"……"

"아까는 좀 화를 내긴 했지만 틀린 말만은 아닌 것 같아. 언제 경찰이 찾아와도 이상하지 않은 상황이야. 요셉을 이런 곳에 놔둘 순 없어. 자칫하다간 쟤도 이런 추잡스러운 일에 연루되었다고 오해받을 수 있으니까…… 안 그래? 누군가 한 명은 그애를 데리고 가야 해. 그리고 여기서의 일은 다 비밀로 하는 거야."

"누가 그걸 할 건데요?"

"글쎄, 그건 대화를 해봐야겠지……"

자기이길 희망하는 듯 기대가 담긴 투였다. 길게 늘어나는 말꼬리를 자른 건 헛기침 소리였다. 미희와 나미가 소리가 난 쪽을 향해 고개를 돌리자 희애가 있었다.

"어쨌든 그게…… 사람을 죽인 사람은 아니겠지."

희애가 부어오른 팔목을 문지르며 중얼거렸다. 또 머리채를 잡으면 어쩌지 싶어 걱정이 됐지만, 예상외로 안나는 쓰게 웃으며 고개를 끄덕였다.

"그래. 그게 문제였지. 이렇게 되어서 정말 미안하다는 생각이야. 실수라곤 해도, 내가 사람을 죽였다는 사실엔 변함이 없으니까."

예상을 벗어난 빠른 인정에 어리둥절한 표정을 짓는 그들을 향해 안나가 덧붙였다.

"나는 그냥 요셉을, 요셉을 아끼는 마음에 그랬던 거야. 너희들도 다 같은 마음이겠지만, 저애를 지켜주고 싶었으니까."

말을 끝낸 안나가 양손에 얼굴을 파묻더니 소리 없이 울기 시작했다. 달래줘야 하나? 그런 생각이 들었지만 미희는 발이 떨어지지 않았다. 가장 먼저 움직인 건 나미였다. 그가 다가가 부드럽게 안나의 어깨를 감쌌다. 그러자 안나가 고개를 들고 미소 짓더니 불쑥 몸을 일으켰다.

"무슨 일이에요?"

묘하게 밝은 표정에 나미가 살짝 긴장한 채 물었다.

"그냥. 얘기하기 전에 술이나 한잔하려고."

"갑자기요?"

"응, 그래. 마지막이라는 생각이 드니까, 좀 착잡해서…… 아냐, 도와주지 않아도 돼. 그냥 앉아 있어."

안나가 손을 저어 나미를 만류하고는 혼자 부엌으로 향했다. 찬장이 열리는 소리, 잔이 달그락대는 소리가 들리더니 안나가 쟁반을 들고 왔다. 그 위엔 코냑이 담긴 조그만 쇼트 글라스가 인원수에 맞게 올려져 있었다. 손을 뻗는 나미에게 안나가 고개를 저어 보였다. 아냐, 마지막이니까, 내가 한 잔씩 줄게. 그리고 왼쪽부터 차례대로 한 잔씩, 직접 잔을 건네주었다.

독주가 체온에 맞춰졌을 무렵 안나가 입을 뗐다.

"이제 곧 해산이구나. 다들 고생 많았어."

"……."

"결과적으로 일이 이렇게 되었지만, 우리는 나름의 최선을 다했어. 안 그래?"

"……."

"그래. 마지막이야. 이제 넷이 만나는 일은 아마 없겠지. 그래도 우리는 한때의 동지였어. 아무에게도 말할 수 없던 비밀을 너희에게만은 말했지. 요셉에 대한 사랑을. 아마 너희도 다 그랬을 거라고 믿어. 이런저런 일이 있었지만 어쨌든 여기까지 왔으니 말야. 나는 정말이지, 아무것도 후회하지 않아. 만약 다시 시계를 되돌린다고 해도, 너희들에게 이 산장에 오자고 제안했을 거야."

다른 세 사람은 침묵을 지켰다. 안나는 아랑곳없이 연설을 이어갔다.

"그래, 정말 즐거웠어. 요셉과 함께했던 이 한 달 동안, 정말 정말 즐거웠어. 누군가를 돌보고 사랑한다는 게 이렇게 좋은 일인 줄 몰랐어. 다시는 이런 행복을 느끼지 못할 거야. 여기 있는 우리 모두에게 그런 시간이었길 바라. 일이 꼬이는 바람에 너를 좀 늦게 부르게 되어 미안하지만 말야."

안나가 희애와 눈을 마주치고 작게 고개를 숙였다. 희애는 눈을 돌렸다. 안나는 다시 목을 두어 번 큼큼대고는 목소리를 높였다.

"자, 그럼 시작했을 때처럼 아름답게 끝내자. 어서 잔을 들자고."

건배. 안나가 짧게 중얼거리며 하늘로 잔을 치켜들더니 목구멍 뒤로 술을 홀짝 넘겼다. 나미가 그 뒤를 따랐다. 미희는 마실 생각이 없었지만 얼결에 그들을 따라 술을 넘겼다.

검은자가 눈 뒤로 홱 돌아간 느낌이었다. 컥. 생각보다 높은 도수에 기침이 먼저 나왔다. 목구멍이 홧홧하게 불탔고, 골에서 납으로 만든 종이 쨍하게 울린 뒤 희미한 잔향이 코로 넘어왔다. 그는 앞목을 손바닥으로 때리며 마른침을 넘겼다. 캑캑. 눈물이 났지만 그 느낌이 싫진 않았다. 잠시 뒤면 이 모든 개 같은 상황을 견딜 만하게 해줄 기분좋은 취기가 몰려올 것이다. 미희는 그 순간만을 기다리며 소파에 앉았다. 아니, 앉으려고 했지만 미끄러지듯 넘어졌다. 어머. 내가 왜 이러지? 미희는 민망함에 팔을 허우적댔다. 간신히 소파 끄트머리로 기어올랐지만, 머리는 계속 회전하는 것처럼 빙글빙글 돌았다. 그는 남은 냉차를 마시기 위해 테이블로 손을 뻗었다. 손에 닿지도 않는데 컵이 넘어졌다. 데구루루 바닥으로 떨어지는 게 보였지만 붙잡을 수 없었다. 너무 독했나? 빨리 마셨나? 오랜만에 마셔서 그런가? 흐린 시야 속에서 안나가 계속해서 뭐라고 떠드는 게 보였지만 동굴 속에서 외치는 것처럼 왕왕 울리기만 했다. 얼굴이 축축해 문질러보니 콧물이 흐르고 있었다. 잠이, 정말이지 참을 수 없이 쏟아졌다. 멀어지는 의식 속에서 미희는 끝까지 안나의 목소리를 붙잡았다. 웅얼웅얼하는 소리를 해독하려 애쓴 끝에 미안해, 미안해, 라는 말이 전해졌다. 안나는 마치 변명하듯 이렇게 중얼거리고 있었다. 내가 그애를 구할게. 여기서 구할게. 다 글렀지만 그애만은, 그애만은 영원히 순결할 수 있게……

*

마룻바닥에서 미희는 눈을 떴다. 얼마나 시간이 지난 걸까? 불을 켜지 않은 산장이 어슴푸레했다. 머리가 깨질 것 같은 숙취에는 익숙했지만, 두피가 마치 타박상을 입은 것처럼 울리는 감각은 낯설었다. 그는 반사적으로 머리를 더듬다가 정말로 머리 오른쪽이 동그랗게 부풀어 있다는 걸 알았다. 손을 뗐는데도 후끈한 열기가 느껴졌다. 아마 쓰러지면서 부딪힌 듯했다. 그뿐만이 아니었다. 몸을 일으키고 나서야 미희는 자신이 구토를 하고 그 위에 잠들어 있었다는 걸 깨달았다. 토사물이 마른 상태를 봐선 꽤 오랜 시간이 지난 것 같았다. 그는 뻣뻣한 머리를 굴리면서 상황 파악을 하려 애썼다. 술이 잘못된 걸까? 다들 괜찮은 걸까?

두 다리를 휘청거리며 소파의 등받이를 잡고 일어났다. 발에 무언가 채어 내려다보니 나미가 쓰러져 잠들어 있었다. 미희는 허리를 숙이는 대신 발로 나미의 옆구리를 힘을 주어 찼다.

"나미씨."

"……"

"나미씨, 일어나봐요."

나미가 낮은 신음을 내더니 눈을 깜빡였다. 멍한 눈동자를 보니 그 역시 지금 이 상황이 잘 이해가 되지 않는 듯했다. 나미는 침이 말라붙은 뺨을 문지르며 몸을 일으키더니 왈칵 먹은 걸 토했다. 미희는 그의 등을 성의 없이 두들기고는 얼굴을 닦는 그에게 물었다.

"무슨 일 있었는지 기억나요?"

"아니요. 그냥 술을 마시고…… 잠이 들었던 거 같아요. 다른 사람들은요?"

그 말에 미희도 처음으로 고개를 들어 거실을 살폈다. 조여오는 두통 속에서도 희애와 안나가 없다는 사실을 깨닫고 짧게 비명을 질렀다. 나미는 그의 반응에 놀라지도 않고 멍청히 한곳만 보고 있었다. 미희의 시선도 그를 따랐다. 이곳에 온 이후로 지금까지 한 번도 열려 있지 않았던, 열려선 안 될 방문에 틈이 벌어져 있었다. 미희는 빨려들듯 그 문 앞에 섰다. 손가락에 힘을 주어 짧게 밀었을 뿐인데 어이없을 정도로 쉽게 밀렸다. 어지러운 현기증을 느끼는 와중에 가장 먼저 눈에 들어온 건 붉은 카펫 위에 앉아 있는 희애의 모습이었다. 침대에 한 손을 올리고 그 위에 머리를 뉘어 엎드린 자세가 병간호를 하다 지쳐 잠든 것처럼 보였다. 하지만 그가 잠에서 깰 일은 영원히 없었다. 바닥을 향해 늘어져 있는 다른 쪽 손목에 난 상처와 흰 벽에 장식처럼 흩뿌려진 붉은 점들이 그 증거였다. 마룻바닥을 끈적하게 적시며 방문 앞까지 흘러내린 피가 증거였다.

다음으로 눈에 들어온 것은 방바닥에 난 큼직한 구멍이었다. 안을 들여다보지 않아도 두 사람 다 그게 지하실로 향하는 통로라는 걸 알 수 있었다. 안나는 여길 통해 산장에서 빠져나갔을 것이다. 도대체, 이런 게 있다는 건 어떻게 알았을까? 처음 산장에 도착해 요셉을 어디에 둬야 하느냐고 묻자 안나는 이 방을 가리켰다. 그땐 너무 지쳐 있어 안나의 말에 따랐지만, 거실과 바투 붙어 있는 이 방을 고른 게 이상하다는 생각은 내내 하고 있었다. 설마 그때부터 준비하고 있었던 걸까? 우리를 따돌리고 요셉과 단둘이 도망칠 그날을?

그러나 안나의 계획이 얼마나 오래전부터 준비된 것이든, 반쪽짜리 성공인 건 분명했다. 그 증거가 저기, 침대 위에 있었다. 미희는 차마 그 앞에 다가갈 수 없었다. 그는 굳은 채로 방문 앞에 서 있기만 했다. 나미가 그런 미희의 어깨를 감싸듯 밀어내고는 피의 카펫 위로 들어섰다. 발이 포도를 밟은 것처럼, 비둘기의 발처럼 붉어졌다. 태연한 듯 보였지만 그 역시 긴장되는지 시트를 걷는 손길이 부들부들 떨렸다. 얇은 천이 걷히자 진실이 드러났다. 두 사람은 희애가 죽은 이유를, 안나가 저 혼자 도망친 이유를 보고야 말았다.

한 아이를 자신의 자식이라고 주장하는 여자가 둘 있었다. 현명한 재판관이 답을 가릴 수 없으니 아이를 반으로 잘라 나눠 가지라고 하자 한 여자는 그러자고 했고, 다른 여자는 울며 제 아이가 아니라고 말을 바꿨다. 친모가 아이를 해칠 리 없다. 그렇게 말하며 재판관은 우는 여자에게 아이를 안겼다. 하지만 말이지, 가끔은 영원히 남의 손에 잃을 바에야 내 손으로 사지를 찢겠다고 생각하는 사람도 있을 거야. 그렇지 않을까?

요셉의 가슴에 박힌 칼날을 보며 미희는 여기서 그런 일이 있었을 거라고 생각했다. 누구도 뽑을 수 없게 단단히 고정된 칼은 요셉의 일부처럼 보였다. 정작 요셉은 생명과 고통을 함께 두고 간 듯 전에 없이 평온한 표정이었다. 아무것도 남지 않은 깨끗한 얼굴. 가는 속눈썹이 더이상 떨리는 일은 없을 것이다. 볕을 쬐어 주근깨가 늘어나는 일도. 젖은 입술에서 노래가 흘러나오는 일도.

나미가 천천히 침대 옆에 무릎을 꿇었다. 토사물과 피가 묻은 두 손을 모으고 고개를 숙인 후 눈을 감았다. 미희는 나미가 희미하게 웃고 있다고 생각했지만 눈을 뜬 그의 얼굴엔 표정이 없었다. 나미가 시트 밖으로 나온 요셉의 손을 잡았다. 짧게 머뭇거리더니 그 손에 입을 맞추고 요셉의 가슴에 얹었다. 처음 그랬던 것처럼 머리끝까지 시트를 덮어주었다.

"다 끝났군요."

나미는 그렇게 말하고 자리에서 일어났다. 여직 잠이 덜 깨 휘청이면서도 부엌을 향해 또박또박 걸어갔다. 미희는 그가 얼굴을 썼는다고 생각했다. 그러나 잠시 뒤, 미희의 곁에 온 건 죽은 순경의 총을 들고 있는 나미였다. 그는 입을 떡 벌린 미희의 앞에서, 처음 보는 수줍음 타는 얼굴로 웃었다.

"죽으려고 했는데요, 요셉이랑 좀더 같이 있고 싶어서요."

"……"

"썩기까지 얼마나 걸릴까요? 될 수 있으면 오래 있고 싶은데."

그 이상할 정도로 천진한 미소에 당황한 미희가 쏘아붙였다.

"어떻게 그래요?"

"뭐가요?"

"어떻게 그렇게…… 아무 생각도 안 하고……"

"내가 말하지 않았던가요? 우리는 운명이라고. 요셉을 뺀 나머지는 나에게 거추장스러운 짐일 뿐이에요."

그놈의 운명. 지치지도 않고 여태 그런 소리를 하는 걸 보자 저절로 허탈한 웃음이 났다. 그걸 보고 나미도 호응하듯 웃고는 덧붙였다.

"나 부탁할 게 하나 있어요."

"뭔데요?"

"요셉이랑 같이 있고 싶어요. 될 수 있는 한 오래요. 그러니까, 사람들이 여기 들어오지 못하게 해줘요."

"그걸 내가 어떻게 해요? 무슨 힘으로요?"

"내 인질이 되어주면 돼요."

"인질요?"

"세게 묶진 않을게요. 그냥 잡힌 척하고 있어줘요. 그러면 내가 당신을 해칠까봐 경찰이 함부로 들어오지 못할 거예요."

미희는 고개를 끄덕였다. 어차피 여길 나가봤자 할일이 없었다.

"그러면 나도 부탁 하나 할게요."

"뭔데요?"

"마지막 총알은 날 줘요."

그게 뭘 의미하는지 나미는 아는 듯했다. 그는 더 묻지 않고 고개를 끄덕였다. 짧은 계약을 마치자 미희는 또다시 헛웃음이 났다. 분명 시작은 그랬는데, 터져나온 웃음은 긴 여운을 남기며 눈물이 흐를 때까지 멈추지 않았다.

나미가 빈 자루를 가져다 복면을 만드는 동안 미희는 밧줄을 얼기설기 묶은 가짜 포박을 만들었다. 두 사람은 힘을 합쳐 바리케이드를 쌓았다. 그래봤자 현관문 앞으로 소파를 밀어놓고 이층에 있던 의자 몇 개를 더 가져와 쌓아두는 정도였다. 먹을 걸 준비하거나 물을 받지는 않았다. 오래지 않아 끝날 거라는 걸 둘 다 알고 있었으니까. 그게 아쉽다거나 하진 않았다. 나미는 몰라도 미희는 더이상 뭘 기다리는 게 지겨웠다.

벽에 걸려 있던 오래된 사냥 도구들도 손질했다. 장식으로만 쓰던 장총과 엽총 여섯 정을 늘어놓고 총알까지 채워넣자 처음으로 가슴이 둥둥 뛰었다. 배수진을 친 반란군 같았다. 이게 무슨 싸움인지, 누구와 무엇 때문에 싸우는 건지 알지 못한다는 점만 빼면 그랬다.

남아 있던 밥을 뭉쳐 주먹밥을 해먹었다. 해가 떨어지자 다시 잠이 쏟아졌다. 생각보다 기다림이 길어져, 두 사람은 번갈아 거실에 나와 보초를 서기로 했다. 미희가 나미에게 먼저 쉬라고 하자 나미가 말없이 일어나 손님방으로 향했다. 문이 닫힌 뒤 벽을 타고 희미하게 속삭거리는 소리가 들렸다. 미희는 연인의 밀어를 엿듣지 않기 위해 라디오를 켰다. 잔잔한 피아노 반주 위로 또다시 일본인 남자의 웅얼대는 목소리가 들렸다. 미희는 해독 불가능할 것을 알면서도 노이즈가 섞인 그 소리에 귀를 기울였다. 깜빡 잠이 들었다 눈을 뜨니 라디오는 방송이 끝난 채 지지직대고 있었다. 전원을 끄자 사방이 고요했다. 무언가 평소와 달랐다. 미희는 몸을 일으켜 테라스 창을 열었다. 조심스레 손을 뻗어보았지만 아무것도 떨어지지 않았다. 한 달 만인가? 비가 그친 새벽 하늘은 처음 보는 것처럼 아름다웠다. 미희는 유독 크고 밝은 별 하나를 응시했다. 그것이 더는 보이지 않게 될 때까지 눈을 떼지 않았다. 그렇게 먼 하늘에서부터 푸른빛이 밀려오다 옅은 잿빛으로 물들더니, 다시 한두 방울 비가 떨어지기 시작했다. 시간이 얼마나 흘렀을까. 언덕 아래에서 올라온 사람 그림자가 주차된 순경의 차 앞에서 멈췄다. 어느새 거실로 나온 나미가 창밖으로 고개를 뺐다.

그리고 허공을 향해 총을 한 발 쏘았다. 으악! 하는 짧은 비명을 내지른 그림자가 넘어져 몇 번을 구르더니 언덕 아래로 내달렸다. 나미가 총을 내리며 말했다.

"곧 올 거예요."

그 말대로 머잖아 산골짜기에 사이렌 소리가 울렸다. 작은 빛들이 먼바다의 오징어잡이 배가 육지로 다가오듯 증식했다. 팍, 하고 무언가 터지는 듯한 소리가 들렸다. 두 사람은 창가에서 몸을 숨겨 등을 벽에 댔다. 찢어질 듯한 소음이 귀를 파고들었다. 확성기를 통과하며 뭉개진 남자의 목소리가 들렸다.

"경찰이다. 너희들은 포위됐다."

갈게요. 나미가 속삭이더니 얼굴에 복면을 뒤집어썼다. 팔이 뒤로 묶인 미희를 창가로 내보냈다. 미희는 창을 꿰뚫고 들어오는 태양의 파편 같은 조명을 맞았다. 겁이 난 것도 아닌데, 도로 한가운데에서 헤드라이트를 맞은 짐승처럼 몸이 굳었다. 나미가 자신의 머리에 총구를 들이밀자 웃음이 났다. 간신히 이를 깨물고 침울한 표정을 짓는 그의 머릿속에 시체가 축축한 흙 속에서 썩어 양분이 되는 과정이 그려졌다. 찌꺼기가 된 자신의 몸 위로 푸른 싹이 트는 장면을 상상하며, 미희는 처음으로 자신의 쓸모를 증명받은 기분을 느꼈다. 이제 얼마 남지 않았어. 미희는 생각했다. 곧 있으면 살아 있다는 걸 견디지 않아도 된다는 사실이 유쾌했다. 좋았다.

총을 몇 발 쏘고, 유리창 뒤로 숨길 반복하자 비가 개었다. 지난밤 조그만 주먹밥 하나를 먹고 쭉 공복 상태였지만 누구도 배가 고프다고 말하지 않았다. 오히려 물만 마시며 빈속으로 있으니 정신이 훨씬 명료했다. 코끝에 맴도는 희미한 탄환 냄새, 지면에 부딪히는 빗방울 소리, 경찰들의 웅성거림, 그들의 몸에서 피어오르는 끈끈한 열기, 젖은 흙 냄새, 땅 밑에 숨어 있는 벌레의 꿈틀거림, 멀리서 새가 날개를 퍼덕대는 소리, 무거운 구름이 밀려오는 움직임까지 모든 게 느껴졌다. 살아 있다는 감각을 확실히 느낄 수 있었다.

오전 여덟시 십분에 나미는 현관 계단으로 올라오려는 경찰관을 향해 죽은 순경에게서 빌린 리볼버를 쏘았다. 공포탄이었다. 격발로 인한 가스 압에 가벼운 상처를 입었는지 경찰은 비명을 지르며 주저앉고는 물러났다. 그뒤로 한동안 잠잠하다가 무장해제를 한 젊은 경찰 하나가 두 손바닥을 올려 보인 채 와서 이런저런 말을 걸었다. 그는 묻지도 않은 자기의 고된 삶에 대해 늘어놓으며 나이는 얼마나 되었는지, 가족은 있는지, 무엇 때문에 이런 일을 벌이는 건지 물었다. 나미는 무시했다. 딱 한 번, 말을 해야 들어주지 않겠냐는 간청에 이렇게 답했을 뿐이었다. 그냥 여길 떠나지 않고 싶을 뿐이라고. 그 '여기'가 요셉의 곁이라는 걸 미희는 알았지만, 경찰은 나미가 무단 점거한 집의 소유권을 주장하는 것으로 알아들었다. 그 일은 훗날 희애가 산장 소유자의 저택에서 가정부로 일했고 미희와 나미는 각각 강남의 카페 종업원과 고아에 둘 다 중졸이라는 사실이 밝혀지자 그들의 범죄가 여자 깡패들의 소동극으로, 일각에선 정치적 액션으로 읽히는 근거가 되었다. 모든 건 사랑에서 비롯됐다는 나미의 자백을 귀담아듣는 사람은 없었다.

오전 열한시 사십오분에 다시 창가로 접근해오는 경찰을 향해 나미가 실탄을 쏘았다. 종아리를 스친 탄알은 옷을 찢고 화상을 남겼다. 경찰들이 다시 물러갔다. 나미는 상체를 빼고 하늘을 향해 연달아 세 발의 경고사격을 했다. 가진 탄환이 많다고 뽐내려는 제스처였지만, 이제 쓸 수 있는 건 단 한 발뿐이었다. 나미는 아무 말 없이 벽에 등을 기대고 앉았다. 미희는 때가 되었다고 생각해 물었다.

"몇 발 남았어요?"

수사적 질문이란 걸 알았을 테지만 나미는 친절히 대꾸했다.

"한 발이요."

"이제 끝이네."

그 말에 나미가 군말 없이 리볼버를 건넸다. 미희는 씨익 웃고 벌떡 일어났다. 손에 총을 쥔 그림자가 창에 비치자 그를 나미라고 착각한 경찰이 다시 한번 확성기를 들어 외쳤다.

"원하는 게 뭐냐!"

그 질문에 미희는 생각했다. 내가 원하는 건 말이지……

그는 연극적인 발걸음으로 창문 앞에 다가가 섰다. 넓게 펼쳐진 하늘과 구불구불한 산등성이가 보였다. 구름이 걷히고, 정오의 날카로운 햇빛이 그를 꿰뚫었다. 그 아래 선 바보 같은 표정의 경찰들을 보고 미희는 생각했다.

그딴 게 있을 리가 있냐?

미희는 그렇게 말하는 대신 이를 드러내고 활짝 웃었다. 자기 머리를 향해 총을 겨눴다.

높은 가지에서 새가 날아갔다. 나뭇잎에 맺혀 있던 빗방울이 후드득 떨어졌다. 미희의 몸이 쓰러지는 것을 신호로 경찰이 전술적 해결에 돌입했다. 물대포가 쏟아지고 오래된, 아름다운, 먼 나라에서 뚝 떨어진 것 같은 나무 산장이 부서지기 시작했다. 창이 깨지고 거센 물줄기가 두 사람의 머리와 어깨를 적셨다. 나미는 갈라져 뿜어지는 물줄기가 거인의 손가락 같다고 느꼈다. 한낮한시에 죽은 자신의 부모가 부러웠다. 하지만 곧 누군가 자신을 꺼내 머리통을 물어뜯을 것이다. 자신은 요셉의 뒤를 따라 영원한 왕국으로 갈 것이다. 그러나

　　……

　　……

　　……

　　……

씨팔. 왜 안 와?

*

　문을 부수고 들어간 기동대가 본 건 흠뻑 젖은 채 꿇어앉아 두 팔을 벌리고 있는 나미와 아직 미약하게 숨을 쉬고 있는 미희였습니다. 일부는 재빨리 미희를 가까운 병원으로 옮겼고, 일부는 나미를 제압했습니다. 저항할 거라고 여겨졌던 나미는 팔이 뒤로 꺾이는데도 비명 한 번 지르지 않고 순순히 지시를 따랐습니다. 훈련받은 이들은 재빨리 모든 방을 수색했습니다. 흰 천에 덮인 가구들, 가루눈 같은 먼지가 흩날리는 방안에선 특이한 점을 발견할 수 없었습니다. 이 사람은 여기서 뭘 하던 걸까? 무엇 때문에 경찰과 대치하고, 무엇을 지키기 위해 총을 들었던 걸까?

　의문이 들 무렵 기동대에 들어온 지 얼마 안 된 막내가 거실 가까이에 있는 문 하나를 발견했습니다. 화장실, 옷장, 심지어 아무도 존재를 알지 못했을 법한 부엌 바닥 아래 반 층짜리 창고까지 뒤지는 동안 어째서인지 미처 발견하지 못한 방이었습니다. 이렇게 눈에 보이는 곳에 있는데 어떻게 아무도 열 생각을 하지 않았을까? 의심을 품은 막내가 문손잡이에 손을 올리자 그때까지 얌전히 있던 나미가 발광하듯 비명을 질렀습니다. 저기다. 저기에 뭔가 있다. 확신이 든 경찰들이 비명소리를 배경 삼아 잠겨 있던 방

문을 열었습니다. 그리고 그것을 보았습니다.

피로 가득한 방이었습니다. 분노에 찬 사람들이 내건 귀족의 목처럼 우아한 박제가 사방을 둘러싼 그 작고 붉은 광장에서, 죽은 여자 하나가 침입자들을 막듯 침대에 몸을 기대고 있었습니다. 그 침대 위에서 누군가는 은쟁반 위에 올라가 있는 잘린 목을 보았다고 합니다. 누군가는 벌거벗은 옆구리에 구멍이 난 시체를, 또 누군가는 가슴이 텅 빈 채 벌어져 있는 시체 옆에 쪼글쪼글하게 말라비틀어진 잿빛 심장이 무명천에 싸여 있는 장면을 보았다고 합니다. 그러나 한 용감한 경찰이 뚜벅뚜벅 걸어가 시트를 걷어내고 본 건 정교한 마네킹이었습니다. 뭐야. 모두에게서 어이없다는 듯한 탄성이 터져나왔습니다. 고작 이런 가짜 때문에 이 난리가 난 걸까?

혼란도 잠시, 그들은 나미가 환각을 보고 있다는 걸 알았습니다. 알려진 대로 그들이 먹고 마신 버섯 때문이었습니다. 조금 횡설수설했지만 나미가 하는 말의 일부는 진실을 담보하고 있어, 그 진술을 바탕으로 경찰은 도망쳤다는 한 명의 공범을 쫓아 개를 풀었습니다. 그렇게 첩첩산중을 이틀간 수색한 끝에 땅굴에서 저체온증으로 죽어가던 안나가 발견되고 사건은 일단락됐습니다.

나중에 듣길, 안나는 처음부터 동료들을 죽이고 소년과 함께 북으로 넘어갈 계획이었다고 합니다. 그러나 식사에 조금씩 탄 쥐약의 약발이 듣기도 전에 살인과 다툼이 연달아 일어나자, 무슨 수를 써서든 한시라도 빨리 그곳을 떠나야겠다는 판단을 내렸다고 합니다. 기억을 잃은 소년에게 실은 자신이 그의 어머니이니 함께 도망가자고 설득하는 일은 어렵지 않았지만, 마지막 한 방을 위해 수면제와 남은 쥐약을 몽땅 털어넣은 술을 마시고도 동료들은 죽지 않았습니다. 근래에 나오는 건 만성형이라 보통 사람이 먹어서 죽지 않는데, 더는 쥐약을 쓸 일 없던 사모님이 먼 옛날의 기억만 가지고 헛발질을 한 셈이지요. 시간을 벌기 위해 칼을 꽂은 마네킹을 둔 것까지 그의 입장에선 옳은 선택이었고요. 그 탓에 희애가 자살하는 사고가 있었지만, 만약 그래두지 않았다면 옛 동료들이 그를 쫓아 산을 헤맸을 테니까요. 땅굴에서 잠시 눈을 붙인 사이 소년이 흔적도 없이 사라져 모든 노력이 수포로 돌아가긴 했지만요.

  미희는 곧장 병원으로 옮겨진 덕에 극적으로 치료에 성공해 새 생명을 얻었습니다. 그러나 이미 그 아름다운 얼굴은 알아볼 수 없게 망가진 다음이었습니다. 그가 잃은 걸 사람들은 아까워했지만, 그는 그 사실에 딱히 절망하진 않았습니다. 그보다는 권총 자살의 높은 치사율에서 배제된 자신의 운에 절망했습니다. 결국 미희는 두 달이 지난 어느 새벽, 술에 취해 졸고 있던 경찰 몰래 병실을 나서 병원 옥상에서 떨어진 뒤에야 간신히 안식에 들 수 있었습니다. 미희의 자살은 훗날 그를 감시했던 경찰이 본보기로 강등되고, 그 처분을 부당하다고 여긴 경찰이 위기를 기회로 삼으라는 친척 형의 충동질에 넘어가 퇴직한 후 사업을 시작했다가 일가족이 동반자살한 사건으로까지 이어지는 불행의 씨앗이 되었습니다만, 그걸로 미희를 탓할 수는 없다고 나는 생각합니다. 죽은 자가 미래를 내다볼 순 없었을 테니까요. 그리고 누군가가 그를 벌하지 않아도, 그의 삶은 충분히 불행했기 때문이지요.

여기까지의 일을 정말 기이하다고 여기실 줄 압니다. 하지만 내가 정말로 이상하게 여기는 건 요셉의 존재 그 자체입니다. 여러분에게도 묻고 싶습니다.

그렇게 아름다운 소년이, 정말로 존재한다고 생각하세요? 현실 세계에도요? 암만 사랑의 힘이 세다지만 정말로 한 달 동안 대소변 수발을 들어주면서도 깨지지 않는 환상이 존재할 수 있을 거라고 생각하세요?

내가 이런 의문을 갖게 된 건 그들이 요셉을 납치한 당일 그 저수지에서 벌어진 일에서 이상한 점을 발견했기 때문입니다. 나는 그들이 했던 대로 길 가장자리에 차를 세우고 저수지로 내려가보았습니다. 걸음이 꽤 빠른 편인데도, 사람이 다니는 길이 아니라서 도착까지 삼십 분 이상이 걸렸습니다. 그들은 거기서 요셉의 차를 찾아야 했고, 늦은 밤 작은 손전등 하나에 의지해서 걸었으니 시간이 배로 걸렸을지 모릅니다. 차에서 번개탄으로 죽는 데는 빠르면 십여 분이 걸린다고 하더군요. 이상하지요? 그들은 분명 유리를 깨고 가는 숨을 내쉬는 요셉을 구했다고 하는데요.

334

이 물리적인 모순을 해결하기 위해 나는 몇 가지 가정을 해보았습니다. 요셉이 번개탄에 제대로 불을 붙이지 않은 걸까? 창을 단단히 막았다고 하지만 어딘가로 공기가 새어나간 게 아닐까? 그렇게 뻗어나간 망상은 결국 이런 가능성에까지 도달했습니다.

어쩌면 처음부터 요셉은 죽어 있었던 게 아닐까? 여자들은 그 충격을 잊기 위해 버섯 따위론 설명할 수 없는 집단적인 환각을 만들어냈고, 죽은 그의 몸에 멋대로 만든 영혼을 덧씌워 그들의 안에서 부활시킨 게 아닐까? 그렇다면 시체와 사랑하고 살았다는 말이냐, 는 질문이 날아오겠지만 사실은 인간보다 시체 쪽이 훨씬 견디기 쉽다는 게 나의 지론입니다. 그들은 변하지 않잖아요. 게다가 썩어가는 시체를 다루는 것도 불가능한 일은 아닙니다. 안나가 요셉의 몸을 계속해서 닦아냈다는 걸 떠올려보세요. 그걸 물이 아닌 알코올로 닦아냈다고요. 안나로선 단지 요셉의 육체와 접촉하기 위해 반복한 일이었지만, 그것이 부지불식간에 시체에 박테리아가 번식하는 걸 막아 시랍화하는 결과를 낳지 않았을까 하는 거죠. 엉뚱한 소리만은 아닙니다. 실제로 말끔히 보존된 시체가 그걸 돌봐주던 사람의 죽음이나 체포 따위로 발견된 사례가 국내에도 몇 건 있거든요. 저멀리 보이는 수많은 창들 중 어딘가엔 죽은 연인과 조용한 밀회에 빠져 있는 사람이 있을 수도 있습니다. 인간의 마음은 두터운 커튼이 드리워진 방. 그 안에서 무슨 일이 일어나는지는 영원한 미스터리잖아요.

하지만 그들은 분명 요셉이 살아 있었다고 했습니다. 비록 미약한 환각 상태에 빠져 시간이 가는 것도 잊은 채 그 산장에 숨어 지냈지만, 그래도 요셉을 쓰다듬은 것, 그의 입에 수프를 떠 넣어주고 더러워진 시트를 갈고 빨았던 건 모조리 진실이라고 항변했습니다. 늘 진실에 대해 생각하려고 애쓰는 나는, 고민 끝에 여자들의 말이 옳다는 결론을 내렸습니다. 아니, 그렇게 생각할 수밖에 없습니다. 그들이 틀렸다면 땅굴의 맨바닥에서 추위에 떨며 몸을 웅크리고 잠든 안나의 곁에 있던 시체가 뚜벅뚜벅 걸어나가 사라졌다는 이야기가 되니까요.

죽은 둘을 제외한 나미와 안나는 재판에 넘겨졌습니다. 요셉이야 오간 데를 몰라도 지하 냉동고에 담긴 두 구의 시체는 떠나지 않고 얌전히 그 자리에 있었으므로 둘은 징역을 살게 되었습니다. 모두 심신미약인데다 여러 복잡한 상황이 얽혀 있어 재판이 길어질 거라 했지만, 예상외로 결론은 쉽게 내려졌습니다. 나미는 무기징역을 선고받고, 안나는 십오 년의 장기수로 복역하게 되었습니다. 오랜 정신병이 감형의 원인이 되었다고 하더군요. 안나는 수감생활의 삼분의 일을 채우자마자 조용히 특사로 풀려난 뒤 외국으로 떠나 다시는 돌아오지 않았다고 합니다. 하지만 이것은 이야기의 시점에서는 아직 먼 미래의 일로, 선고가 내려진 20세기 말 성탄전야에 여자들이 어떤 생각을 했는지는 아무도 알지 못합니다. 차분히 받아들였을지도, 더할 나위 없이 깊은 절망에 빠졌을지도 모르지만, 그들과 상관없이 시간은 흘러 새해가 시작되었습니다. 끝나고, 또 새해가 시작되었습니다. 밀레니엄의 문이, 희망찬 미래가 보신각에 모인 인파들의 환호성과 폭죽으로 열렸고, 그렇게 지난 세기는 시체 애호가가 아니면 추억하지 않는 과거가 되었습니다.

이쯤 되면 내가 이 모든 이야기를 어디서 알게 되었는지 궁금하실 겁니다. 이건 한 여자의 편지를 통해 내게 전해졌습니다. 그 여자는 수감 전 검사에서 임신 사실을 알게 된 것, 그애를 낳아 교도소의 철창 안에서 열여덟 달 동안 기른 것에 대해선 한 줄도 적지 않았습니다. 그 아이가 밖으로 나간 뒤 자라난 과정에 대해, 밥은 잘 먹는지, 낯은 가리지 않는지, 말은 시작했는지에 대해서도 전혀 묻지 않고 궁금해하지도 않고 그저 한 소년과, 그와 있었던 일에 대해서만 지겹도록 썼습니다. 여자는 어떤 확신을 갖고 있었습니다. 편지의 수신자가 이것을 찢거나 태우거나 변기에 콰르르 흘려보내며 멜랑콜리와 분노에 젖는 일 없이 영원한 기억의 전당에 올려놓으리라는 확신. 나는 그게 미워 몇 번은 편지를 없애려고 했으나 결국 실패했고, 모든 건 여자가 원하는 대로 되었습니다. 비참하게도, 나의 어머니의 뜻대로.

네, 여러분. 제가 당신들이 사랑하는 요셉의 하나뿐인 아이입니다.

믿지 않는 것도 당연합니다. 나 역시 내가 어떻게 신문이나 티브이의 저열한 관심을 피해갔는지 알 수 없으니까요. 아마 아무도 믿고 싶어하지 않았기 때문이었겠죠. 혹은 죽은 자에게 강간 피해자라는 치명적인 꼬리표를 붙일 필요까진 없다고 생각했거나요. 한편으론 이런 생각도 듭니다. 수십 번은 반복되었을 행위에서 아버지도 한 번은 잠에서 깨어나지 않았을까요? 어쨌든 전후 사정을 보았을 때 아버지가 어머니를 제외하고도 산장의 여자들과 관계를 맺은 건—부디 화내지 말고 들어주세요. 나는 여자의 순결에 대해 왈가왈부하는 한심한 남자들처럼 아버지를 탓하려는 게 아니니까요—의심할 여지 없는 사실이니까요. 손발이 묶인 채로 별다른 유희도 없이 지내던 그에게 여자들과의 만남은, 몽마라고 착각할지언정 내심 기다리던 순간이었을지도 모르지요.

하지만 아무리 지루했다고 해도 그런 엉망인 여자들과 관계를 맺었다는 게 나로서는 이상하게 생각됩니다. 정서적으로도 그렇지만 육체적으로도요. 아무리 생물학적 요인이 있다고 해도 어떻게 그 여자들을 보고 사랑을 느낄 수 있었을까? 여자는 잠자리에서 비교적 연기에 능숙하지만, 남자들은 자기 신체를 다루는 것에 더 서툴지 않나요? 게다가 아버지처럼 유년기와 소년기에 크나큰 충격을 받은 남자에게는 일종의 불능과도 같은 기질이 있는 법이잖아요. 지나치게 일찍 어른의 세상에 노출된 우울한 소년들이 커서 사내구실을 하려고 들 적에, 여자의 살냄새가 되레 찬물을 끼얹는 것처럼 그들의 피를 식히는 게 드문 일도 아니고요.

그러던 어젯밤, 나는 이곳에 오기 위해 뒤늦게 아버지의 젊은 시절 영상을 보다가 답을 얻었습니다.

처음이자 마지막 콘서트 영상이었습니다. 그 속에서 아버지는 조금 긴장한 듯했지만 살아 있는 것처럼 생생했고, 이젠 그를 잊었을 여자들도 생생했습니다. 아버지는 방긋방긋 웃으며 최선을 다해 춤을 췄지만, 솔직하게 말해 잘 만든 공연은 아니었던 탓에 잠이 쏟아질 정도로 지루했습니다. 돈을 아껴 날림으로 지은 세트장은 화도 나지 않을 정도로 허접했고, 너저분한 의상은 걸레짝 같았습니다. 그렇게 볼륨을 줄인 채, 검은 화면에 비치는 내 얼굴이나 관찰하며 턱을 괴고 산만한 망상에 빠져 있는데, 한 여자가 무대 위로 올라오는 게 눈에 들어왔습니다. 무슨 일인가 싶어 되감아보니, 아버지와 사진을 찍는 이벤트가 있었고 그는 영광의 당첨자라고 했습니다. 나는 자세를 고쳐 앉고 소리를 키웠습니다.

스물은 넘겼을까요. 객석을 나오는 순간부터 줄곧 아버지와 눈도 마주치지 못한 채 눈물만 흘리는 여자는 눈에 띄는 얼굴이라곤 할 수 없었습니다. 매일 전철의 같은 칸에서 마주치고도 매번 잊을 사람처럼 평범했습니다. 그러나 무대 위에 서서 뺨을 적시며 말없이 고개만 숙이고 있는 동안 그에게선 사람의 시선을 잡아당기는 드라마틱한 힘이 느껴졌습니다. 말하자면 그는 아버지를 보지 않음으로써, 모두가 그를 바라보게 하고 있었습니다.

진행자가 몇 번이고 말을 걸었지만 여자는 그저 울기만 했습니다. 땀을 뻘뻘 흘리며 우스갯소리를 하는 진행자. 객석의 수런거림. 카메라는 아버지의 얼굴로 돌아갔습니다. 조금 젖어 반짝이는 머리칼. 달아오른 홍조와 젖은 눈두덩이. 아버지는 끝내 그를 바라보지 않는 여자를 보며 어색하게 웃다가 입을 꾹 다문 채 객석으로 고개를 돌렸습니다.

그리고 그를 맞이한 수많은 빛.

별과 같이 매혹적이고 개구리알처럼 끈적하고 징그러운 수많은 점들.

그걸 보던 아버지의 얼굴에 동정과 쓸쓸함과 미약한 애정, 필멸하는 생명체에 대한 기묘한 슬픔이 떠오른 걸 본 순간 나는 깨달았습니다. 저 여자들과 반대로 아버지에겐 자기 육체가 아무것도 아니었구나. 아버지는 아무것도 아닌, 어차피 썩어 없어질 몸뚱이를 오로지 자기의 살로만 주린 배를 채우고, 자기의 피로만 목을 축일 수 있는 불쌍한 여인들에게 나눠주기로 결심했던 거구나. 그걸 깨닫자 나는 커다란 빛 속에 안긴 듯 평온한 기분이 들었습니다. 아버지는 성인이었습니다. 아무도 사랑하지 않기로 하고 모두를 사랑하기로 한 성소년이었습니다.

그런 그의 피를 하나도 남기지 못한 것이 안타깝습니다. 아니요. 분명 유전적으로 우리는 부녀가 맞습니다. 그런 하찮은 차원이 아닌 더 큰 문제에 대해 얘기하는 겁니다. 나는 오로지 어머니만의 딸입니다. 아니, 실은 어머니의 분신에 가깝습니다. 보면 아시잖아요. 당신들 눈앞의 나를. 못났지요? 아버지와 하나도 닮지 않았지요? 이따금 길에서 어머니 또래의 사람들이 내 얼굴을 빤히 볼 때가 있습니다. 그럴 때면 난 얼굴을 일그러뜨리며 혼자 생각합니다. 이 사람은 아는구나. 자기가 누굴 보는지 기억하지 못하고 있지만 분명 내게서 누군가를 보는구나, 하고요. 물론 그 누군가는 어머니지요. 딱히 좋은 일은 아닙니다. 어머니는 박색이었으니까요. 이렇게 못난 여자와 누가 아이를 낳는 모험을 하겠냐, 납치라도 하지 않으면 안 되겠다 싶을 정도로요.

어머니는 지난해 돌아가셨습니다. 암이었고, 발견되었을 땐 이미 손쓸 수 없는 상황이었다고 합니다. 마지막으로 그가 내게 보낸 편지엔 신비주의 책에서 베껴 적은 듯한, 임사체험을 한 사람들의 경험담이 적혀 있었습니다. 강, 혹은 꽃밭. 사람에 따라 공간은 다르지만 평온하고, 안도감이 들고, 순수한 빛에 감싸안긴 느낌은 모두에게 공통적이었다고 했습니다. 그 아래 어머니는 어느 밤, 자신도 비슷한 장소에 갔던 일을 고백하고 있었습니다. 물소리가 졸졸 들리고, 잔디밭 위로는 부드러운 햇살이 내려앉은 강가였습니다. 손 틈새로 녹아드는 빛을 바라보는 어머니의 곁엔 보얗게 아름다운 요셉이 누워 있었습니다. 어머니는 쟁반 위에 놓인 푸른 포도를 요셉의 입에 넣었습니다. 눈알만한 알갱이를 하나씩 하나씩. 꾸역꾸역 입에 집어넣다가 어머니는 요셉의 뺨에 눈물이 한 방울 흐르는 걸 보았습니다. 그걸 보고 꿈에서 깨어 이렇게 적었습니다.

　요셉. 드디어 만났어.
　하지만 거기서도 네가 나를 사랑하지 않는다면 무슨 소용이
있겠니?

　나 역시 태어난 이상 그 꽃밭으로 갈 테지요. 그 생각을 하면 정
말 다행이라고, 내가 이렇게 어머니만의 자식으로 태어나 다행이
라고 생각합니다. 아버지의 아이가 죽는다면 어머니는 슬퍼 까무
러칠 테니까요.

작가의 말

1

어느 겨울에 나는 보석새 한 마리를 봐
그렇게 아름다운 건 처음이라 무슨 수를 써서라도 갖고 싶었다
배를 갈라 검고 윤기가 흐르는 붉은 보석을 바쳤다
가슴을 열어 희고 단단한 새장을 만들어주었다
나는 불처럼 행복했다

어느 아침 눈을 뜨니
보석새는 녹아 사라지고 없었다
사람들이 웃었다

너는 속았다

처음부터 보석새는 없고

너는 얼음새를 쥔 것이라고 누가 말해

하지만 새장은 여기에 남아 나에게 새의 모양을 떠올리게 한다

절인 오이가 여름 햇빛을 기억하듯이

썬 당근이 토끼의 위장을 기억하듯이

빈 새장을 만지며 나는 말한다

이렇게 아름다운 것을 위해서라면 무엇이든 할 수 있겠구나

*

물이 오줌이 되어 질질 샌다는 건 새에게 비밀이다

새가 한 번도 새장에 들어가지 않았다는 건 나에게 비밀이다

2

2021년 4월부터 6월까지 웹진 '주간 문학동네'에 연재한 소설입니다. 제목은 구라하시 유미코의 『성소녀』에서 따왔습니다. 첫 번째 살인 장면에선 아쿠타가와 류노스케의 「거미줄」의 한 문장을 변형해 인용했습니다. 태영의 부모가 대화하는 장면은 박관수의

「1940년대의 '남자동성애' 연구」를 참조했습니다.

　늘 신경써주시는 정은진 편집자님께 고개 숙여 감사 인사를 드립니다. 문학동네 편집부 분들과 추천사를 써주신 오은교 선생님 감사합니다.

　읽어주셔서 감사합니다.

2021년 가을

이희주

*

낮에 경찰 구경은 실컷 해서 더는 볼 게 없다고 생각했다. 그러
나 다시 보아도 정차한 그랜저의 차내에선 다 큰 남자가 운전대에
엎드려 엉엉 울고 있었다. 황은 호기심을 감추지 않고 눈을 빛냈
다. 멀쩡하게 생겨가꼬. 기집아한테 차였는갑지? 한참을 뚫어져라
쳐다보고 있는데, 뭔가 이상했다. 가만 보니 운전석 유리창이 부
서져 있었다. 그래서 우는가. 하여간 별 미친놈이 다 있다야. 황은
입을 쩝 다시며 슬리퍼를 질질 끌었다. 혜진이한테 말해줘야지.
근데 그놈의 기집아는 언제 나오나. 그는 주차 방지 턱에 쪼그려
앉아 담배 필터를 이로 깨물며 노래를 불렀다. 언제 나오냐 혜진

아. 언제 나오냐아. 오빠 기다리다 죽겠다. 얼른 나와라 혜진아아.

거기서 멀지 않은 곳.

사람이 빠져나가 텅 빈 해변을 옥은 홀로 걷고 있었다.

파도가 뼈처럼 흰 조개껍질들을 핥고 있었다. 바다는 썩지 않는 대신 모든 걸 부식시켰다. 쓸쓸한 바다. 모든 것을 깎아내리는 바다. 소금기 묻은 바람이 말라붙은 침처럼 얼굴을 간지럽혔다. 옥은 뺨을 살살 긁으며 비에 젖어 굳은 모래 위를 걸었다. 먼바다의 윤슬은 깨진 유릿조각 같은 빛을 잔잔하게 흩뿌렸지만 해변에 도착한 파도는 피로에 전 여행자답게 괴팍한 성질을 부리며 철썩, 철썩 하고 흰 거품을 토해냈다.

해변의 끝에서 끝. 그렇게 반복해서 걷던 옥의 눈에 못 보던 바위가 보였다. 가까이 다가가니 죽은 인어처럼 떠밀려온, 피부가 흰 소년이 누워 있었다. 옥은 모여든 작은 벌레들을 쫓아냈다. 소년의 팔다리에 끈적하게 감겨든 해초를 벗겨냈다. 그리고 뼈의 윤곽이 드러난 마른 가슴에 귀를 댔다. 쿵쿵쿵. 바다 소리를 간직한 소라처럼 소년의 심장에서 낮고 아득한 북소리가 들렸다.

옥의 드레스가 바닷물에 푸르게 젖었다.

옥이 달에 비친 소년의 얼굴을 쓰다듬으며 속삭였다.

오빠, 이제야 왔구나.

문학동네 장편소설

성소년
ⓒ이희주 2021

초판인쇄 2021년 10월 21일
초판발행 2021년 11월 5일

지은이 이희주
책임편집 정은진 | 편집 오윤 이상술 | 디자인 고은이 이원경
마케팅 정민호 이숙재 우상욱 정경주
홍보 김희숙 함유지 김현지 이소정 이미희
제작 강신은 김동욱 임현식 | 제작처 한영문화사

펴낸곳 (주)문학동네 | 펴낸이 염현숙
출판등록 1993년 10월 22일 제406-2003-000045호
주소 10881 경기도 파주시 회동길 210
전자우편 editor@munhak.com | 대표전화 031) 955-8888 | 팩스 031) 955-8855
문의전화 031) 955-3578(마케팅) 031) 955-1922(편집)
문학동네카페 http://cafe.naver.com/mhdn | 트위터 @munhakdongne
북클럽문학동네 http://bookclubmunhak.com

ISBN 978-89-546-8294-7 03810

www.munhak.com